翠玉鼬　Illustration 又市マタロー

ゲート・オブ・アミティリシア・オンライン

スウェイン
性別 男
身長 172cm
外見年齢 20代前半
装備 杖、革製ローブ、革製ブーツ
ルーク
性別 男
身長 170cm
外見年齢 18歳くらい
装備 ロングソード、ナイトシールド、ブレストプレート、ガントレット、グリーヴ
フィスト〔狩野拳児〕
性別 男
身長 174cm
外見年齢 20代半ば
装備 鉢金、革製胴鎧、ガントレット、革製ブーツ
ジェリド
性別 男
身長 182cm
外見年齢 18歳くらい
装備 ヘビーメイス、タワーシールド、クローズドヘルム、フルプレートメイル

シリア
性別 女
身長 161cm
外見年齢 20歳くらい
装備 スローイングダガー×6、革製胸鎧、革製タセット、革製ブーツ
ミリアム
性別 女
身長 160cm
外見年齢 21歳くらい
装備 コンポジットボウ、革製胴鎧、革製アームガード、革製長ズボン、革製ブーツ
ウェナ
性別 女
身長 156cm
外見年齢 17歳くらい
装備 ショートソード×2、革製胸鎧、革製ホットパンツ、革製グローブ、革製ブーツ

ツキカゲ
性別 男
身長 171cm
外見年齢 20代前半
装備 ショートソード、忍装束一式
グンヒルト
性別 女
身長 160cm
外見年齢 20代前半
装備 ヴァイキングアクス、ロングソード、木製ラウンドシールド、ブレストプレート、チェインメイル、革製グローブ、革製ブーツ

Gate of Amitylicia Online

ゲート・オブ・アミティリシア・オンライン

Gate of Amitylicia Online

CONTENTS

第一話　初ログイン

俺、狩野拳児（かのうけんじ）がこのゲームに興味を持ったのは、ほんの偶然だった。元々、ＴＴＲＰＧ（テーブルトーク）の方が好きだった俺は、それまで出ていたコンピュータゲームのＭＭＯＲＰＧ（大規模多人数同時参加型オンラインＲＰＧ）自体に食指が全く動かなかったのだ。

　そんな俺が偶然ネットで見かけたのが、『ゲート・オブ・アミティリシア・オンライン』通称ＧＡＯというゲームのβテスター募集。また新しいＭＭＯが出るんだな、とスルーしようとした俺の目に留まったのは『五感を刺激する』『自由度＝想像力＝無限大』という一文。

　よくよく内容を確認すると、このゲームは『自分がゲーム世界に存在する感覚で遊べる』ＶＲ（バーチャルリアリティ）ものだった。画面越しにアバターの背を追うのではなく、自分自身がアバターの視点で、その世界の確かな一員として行動することができる形式だ。

　ＶＲＭＭＯのゲームは既に世に出ていたし、そのＲＰＧ系も大手ゲーム会社がいくつか発表していて人気があるジャンルだ。当然、システムによる制約はあるに決まっているのだが、ＧＡＯは従来のＶＲＭＭＯに比べるとかなり自由度が高そうに――否、自由度が段違いに見えた。考えうる行動がほぼ実行可能だという。それは、発想で行動の幅が広がるということであり、ＴＴＲＰＧに通じるものがあった。だから、そんなゲームができたのなら、ぜひやってみたいと思った。が、テスター募集には見事に落ちた。あの時の落胆は、正直自分でも信じられないくらいのものだった。それだけ期待が大きかったのだ。βテストよ早く終われ。製品版早く出ろ。そんなことを毎日願いながら時は過ぎ。

　製品版は一週間前に発売され、既に稼働している。俺も予約開始と同時に押さえていて、スタート当日を待つばかりだった。

　ところが急遽（きゅうきょ）、県外研修が入ってしまい、スタート初日にログインすることは叶わなかった。研修を命じた上司には上辺の笑顔で応え、心の中で呪詛を吐く。社会人の宿命故、致し方なしと割り切って仕事に集中した。

そしてようやく、プレイの瞬間がやって来た。帰宅するとスーツを脱ぎ捨て、PCを立ち上げて、ゲーム屋で回収してきたGAOをインストール。完了までの時間を使って家事を片付ける。

インストールも家事も完了し、俺はVRゲーム用のヘッドギアをかぶってベッドに横になった。

IDとパスワードを入力してログインすると、アバターの作成画面へと切り替わる。

さて、どうするか。始める前には色々と想像して楽しんでいたのに、いざ作るとなると緊張してきた。なにせ、自分の分身となるキャラクターの作成なのだ。

GAOではアカウントを一つしか取得できず、アバターも一つしか作成できない。もし作り直すなら、それまで使っていたアバターは削除しなくてはならない。慎重にいかなくては。

目の前にはマネキンのような人型が立っている。これがアバターの素体だ。これを弄って容姿を決めるわけだが、まずは名前の決定から。

リアルネームは論外だ。西洋風ファンタジー世界でだと締まらない気がする。だから西洋風の名前を考えるが、どうもしっくりこない。浮かんでくるのはありきたりで、きっと同名のプレイヤーが何人もいるであろうものばかり。自分の名前を少し弄ってしまおうかと思ったが、拳児じゃなぁ……うん、ケンとか多そうだし弄りようがない……いや、拳を英訳してフィストとか……『名前が重複するプレイヤーはいません。決定してよろしいですか?』と確認が出た。これでいいかと決定する。

次は容姿作成だ。パーツのサンプルを呼び出して選択することもできるが、イメージをそのまま反映させることもできるらしい。選んだサンプルの細部をイメージで修正することも可能だとか。試しに適当な漫画のキャラクターを想像してみると、目の前の素体が変化していった。ただそのままというわけではなく、イメージしたキャラクターが実写化したように補正されている。いや、いくら何でもこんなの使わんよ、さすがに。

素体をイメージすることでリセットされ、マネキン状態に戻った。さて、それじゃ順番に決めていこうか。

髪の色も肌の色も様々だが、肌の色は常識の範囲内で、人間にあり得ない色はない。でも髪はピンクとか緑とかあるんだよな。どれにしようか。髪は金……いや、それだと芸がないか。肌の色との組み合わせもあるし……ん、褐色肌もできるな……これに黒髪を組み合わせてみて……おぉ、いい感じ。髪型は適当にサンプルから選ぶか。短すぎず、長すぎずで、と。うむ、これにして、この辺をチョチョイと弄って、こんなものかな。

次は目の色。ん、左右で別の色にできるってことは、オッドアイもいけるのか。しかしさすがに狙いすぎな気もする。両方とも黒にしよう。

体型はあんまりでかくするのも何なので、身長は一七〇をちょっと超えたくらい、つまりリアル準拠で。というか、素体のデフォルトってリアル体型とほぼ同じだな。そういえばアカウント取得申請の書類に身長と体重の項目があったっけ。任意だったから記入しておいたが、こういうことだったのか。

ここからどう弄るか。ネタに走って肥満や痩せぎすにするつもりはないし、このままリアル準拠にするか……いや、細マッチョ系もいけそうだな。ちょっと絞って……よし、こんな感じで。リアルだともう少しガッチリ系なんだけども。

顔の形はデフォのままでいいか。これで目、眉、鼻、口を弄って、と。これをこうして……うん、並よりはマシ、くらいのルックスだ。

全体像を見て最終チェック。容姿作成はこれでいいか。

次はスキルの選択、と。

一応、プレイスタイルは決めてあるから、それに必要なスキルを選択する。どのスキルが強いとか弱いとか、役に立つとか立たないとかは考えにない。自分が楽しむための構成だから。

そんなわけで、取ると決めていたスキルを拾い上げる。

手技：素手による格闘をするスキル
精霊魔法：精霊魔法を操るスキル
調理：料理を作るスキル
敏捷強化：敏捷度を強化するスキル
食品加工：食材を加工するスキル
遠視：遠くの物を見るスキル
暗視：暗闇の中で物を見るスキル
隠行：身を隠すスキル
動物知識：動物に関する知識を得るスキル
植物知識：植物に関する知識を得るスキル

これでいいだろう。俺は今のところはゲームで強さを求めることをメインにするつもりはない。五感に訴えるゲームだと知った時から、俺がやりたいことは『味わいたい』だからだ。

ゲーム内の料理を食いたい。自分で調理してみるのもいいな。リアルの料理をゲーム内で再現するのもアリだろう。未知の食材を探し出して食すのも面白そうだ。当然それを手に入れるには危険もあるだろうし、中には食べたら死んでしまう物もあるだろう（ゲーム内で、だが）。そういうのを楽しみたいのだ。

食材調達のためにも戦闘力はある程度は求めるつもりだし、イベント等があるなら積極的に参加していく予定でもある。が、基本は食べ歩き、できれば料理の作成も頑張ってみようと思う。店を作って商売、というのも現時点では考えていない。ただ、いつかは自分の土地を獲得し、家を建て、そこで農作物や家畜を育て、たまに冒険に出掛けて未知の食材の確保、みたいな自給自足生活もどきをするつもりだ。リアルで今の文明レベルを維持しつつ農地付き一戸建てなんて無理なので、せめてゲーム内で夢を見るくらいはいいだろう。

アバターの作成も完了した。後は細かい設定を弄って、設定を完了させる。すると目の前にメッセージが現れた。

『この世界での自由度は限りなく高く、プレイヤーの皆様が望む行動のほとんどが実行可能です。

ただし、当然のことですが、可能であることが必ずしも『この世界で許されること』『やってもいいこと』であるとは限りません。

この世界でプレイヤーの皆様が何をするのも自由です。

ただしその結果、何が起ころうとも『その責任は全てプレイヤーの皆様方にある』ということを忘れないでください。

全ては自己責任で行動してください。行動の結果、ご自身に、そして他のプレイヤーの皆様にどのような不利益が起ころうとも、弊社は一切の責任を負いません』

このメッセージを俺は知っている。いや、俺でなくても、ＧＡＯをプレイする人間なら大半の人が知っているだろう。このゲームの公式ＨＰが立ち上げられて少しした頃から、ずっとトップページに載っている一文だからだ。

やっていいことと悪いことを判断して行動する。常識だ。本当ならいちいち念を押すことでもない。

しかし、そんな当たり前のことができない人間も、残念ながら存在する。そういう連中に対する警告なのだろう。

とはいえ疑問もある。やってはいけないことがあるなら、最初からシステムで制限をかけておけばいいのではないか、ということだ。

例えば、このゲームではプレイヤーがプレイヤーを殺すＰＫ（プレイヤーキル）という行為が実装されている。この行為はリアルに照らし合わせれば、暴行から殺人までを含む行いであり、リアルでは当然やってはいけないことだ。

しかしシステム上、それは許されている。

これをどう判断すべきなのか。単純に考えれば、システムで許可されている行為なら、やっても問題ないと思うだろう。なのにリアルでもこの場でも、わざわざ釘を刺すようなことをしている。ＰＫは可能だが、やってもいい行為なのかどうか。やったとして、何のペナルティもなく無事に済むのか。βの頃から実装されていればとうに結果も分かっていたはずだが、ＰＫは製品版から組み込まれたらしく、ＰＫが既に発生していることは知られているが、ＰＫした結果どうなるのかは不明のままだ。

まあ話を戻すが、実のところこの一文自体は俺に何ら影響を与えるものではない。ゲームの中で、リアルと同じ倫理観をもって行動する分には、まず問題にはならないはずだからだ。

当然、リアルの倫理観がゲーム内で通用しないという可能性もあるけども。要は犯罪を犯さない、他人に迷惑を掛けない。これだけはどんな世界でも一緒のはずだ。

メッセージをスクロールさせると『以上に同意できる方だけが、この先へ進めます。同意しますか？』という一文の後に『はい』『いいえ』の文字が浮かぶ。迷わずに『はい』を選んだ。

『プレイヤーの皆様方が、理性と良心を持った『人間』であることを期待します』

最後に表示された一文。深読みしなくても、社会に適合できるまともな人間として行動してくれという念押しにしか見えない。

そしてメッセージが消え、遠くの方に灯（とも）った光が次第に近づいてくる。そのまぶしさに思わず目を閉じ――。

目を開くと、そこには新世界が広がっていた。

古い時代の西洋を思わせる街並みを満たす喧噪（けんそう）。行き交う人々の中には鎧（よろい）を纏（まと）い、武器を提げている者も多い。

頬を撫でる風。鼻をくすぐる匂い。いつもと違う空気。

「すげぇ……」

それが、この世界に足を踏み入れて最初に自然とこぼれた言葉だった。

ゲームだというのに、ゲームだとは思えない。そこにあるのはもう一つの現実なのだと五感が訴えてくる。

VR技術ってここまですごいことになってたのか。

これから起きるであろう、関わっていくであろう様々なことに期待が膨らんで仕方がない。が、まずすべきことは、だ。

食す!

そのために始めたのだから、まずはこの世界にある食べ物を色々と食いたい。この世界特有の物でなくてもいい。まずは味覚を確かめてみたいのだ。

今いるのは、初めてログインした者が最初に出現する都市であるアインファストの中央広場。かなりの広さがあり、アバター達が動き回っている。

「しっかし……どこに行けばいいんだ?」

都市自体がかなり広いようだ。マップを起動させるが広場の一部しかオープンになっていない。これは自分が行ったことのある場所しか開けない仕様になっているので、いずれは散策をして埋めることにして。

「あの、すみません」

聞くのが早かろうと判断し、近くにいたアバターに声を掛けた。

「ん、何だい?」

応えてくれたのは三〇代半ばに見える小太りの男。

「この辺りで食い物を売ってる店、どこかいい所を知りませんか?」

「食い物、ね……それは料理か? それとも食材か?」

「えーと……どっちもです」

考えて、そう答える。料理は食べたいし、自分でも作りたい。料理屋の場所もそうだが、食材を扱う店も知っておきたい。

「そうだな。食材はあっちにある市場がいいだろうな」

言って男はある方向を指す。

「露店なんかだと掘り出し物が売り出されてることもあるが、確実なのは市場だ。大抵の物はそっちで揃（そろ）う。で、メシは屋台なんかもあるが、店が固まってるのはそっちの大通りだ」

そして今度は別の方向を指し示してくれた。

「お薦めの店とかありますか？」

「そうだな……最近、異邦人が開いたらしい店が話題に上ってたりするが……何て店だったかな」

え、と思わず漏らしてしまった。この男は『異邦人』と言った。『異邦人』や『外の人』というのは、この世界でプレイヤーを指す言葉だが、プレイヤーという言い方をしないってことは、つまりこの人はＮＰＣ（ノンプレイヤーキャラクター）か。言動が自然すぎてＰＣ（プレイヤーキャラクター）だとばかり思い込んでいた。どんな技術が使われているのかはさっぱりだが、すごいことには違いない。ＮＰＣ一人一人に高度なＡＩでも搭載されているのだろうか。

これは面白い。よほど特徴がない限り、ＰＣとＮＰＣの区別は外見だけではつかないようだ。まあ、非武装のアバターはまずＮＰＣだろうけども。

実はシステム上、ＰＣとＮＰＣを区別する方法はある。設定でマーカー表示をオンにするだけでいい。そうすると頭上にＮＰＣであることを示すマーカーが表示されるのだ。

俺はその機能をオフにしていた。そしてもう、オンにする気はない。こっちの方が、いかにもリアルっぽいではないか。言動だけ見ても、ゲームのオブジェクトだとは思えない。そこにいる、個人なのだ。テーブルトーカーとしては、断然こっちの方が好みに合う。

「すまないな、店までは思い出せん」

「いえ、ありがとうございました」

礼を言って、まずは市場へと足を向けることにした。

しかし……プレイヤーが開いた店、か。開始から一週間で、もうそんな剛の者がいるんだな。開店の費用とかどれくらいかかるんだろうか。土地の購入も結構な金額になるんだろうし。稼ぐためにどれだけ苦労したんだろう。それとも課金したのか。

色々と気にはなるが、ひとまず置いておこう。まずは食い物だ。

先ほどの男の言うとおりにまずは市場へ行ってみようと歩を進める。

こうしている間にも、パーティー募集や攻略の相談といった声が耳に入ってくる。既にスタートから一週間経っている。やり込み派でなくてもそれなりに世界を把握し、楽しんでいるだろう。何だか取り残された感じもするが、先行した人がいるということは、それだけの情報が獲得されているということでもある。GAOは公式サイトに情報掲示板が設置されているので、それらをうまく使えばその遅れも取り戻せるはずだ。

とはいえ、攻略自体にはあまり興味がないので、必要な情報を必要な時に確認に行けばいいだろう。

さて、広場を抜けて大きな通りを過ぎると、更に大きな通りへと出た。行き交う人達の数も増え、活気に溢（あふ）れている。

周囲を確認すると案内標識のような物も出ていて、主要な施設への道案内はこれで何とかなりそうだ。

市場はあっちか。で、あっちが武具通りってことは、文字のまんま武具を売ってる店が多いんだろうな。む、あっちへ行けば闘技場もあるのか……ああ、見えた。小さめだけどローマのコロッセオみたいな建造物。後で行ってみるか。ん、蜂蜜街？　何だ、蜂蜜が特産だったりするのかこの街。甘い物は好きだぞ。これも後でチェックしてみるか。

いかんな、目移りしてしまう。しかし初志貫徹だ。まずは食い物。

田舎のお上りさんよろしくキョロキョロと街並みを見ながら市場へと進んでいたが、足が自然と止まる。

「こ、この匂いは……」

そう、俺の足を止めたのは匂いだった。それの発生源はすぐに分かった。通りの端に出ている屋台があり、そこで髭（ひげ）の男が何やら焼いているのだ。それが『何であるのか』は分からない。

気が付くと、足は屋台へと向かっていた。

「おう、らっしゃい！」

「おやっさん、これ、何を焼いてるの？」

焼かれているのは鳥の脚のようなものだった。それを指して問う。

「これか？　これは鶏の脚だ」

鶏、か。鶏ならリアルにもいる鳥だが、こっちの世界の鶏は、何か違いがあるのだろうか？

そんなことを考えているとウィンドウが目の前に開かれた。


鶏（？？？種）：一般的な食用の鳥。様々な種類が存在する。


なるほど、これは【動物知識】のスキルが発動したのか。でもこれは不完全みたいだな。鶏の説明は出たが、未表示のままの情報がある。どっちにせよ、自分が知っている種ではないのだろうけど、気にはなるな。

「で、何て種です？」

ダメ元で聞いてみる。すると、

「聞いて驚け、ティオクリだ。うまいぞ」

と鼻を高くして親父は言った。と言われても、何がすごいのかよく分からない。

そう思った時だった。

ティオクリ鶏：一般的な食用の鳥。鶏の中では高級種。肉の味は最高だが、卵はいまいち。

とウィンドウ情報が更新された。

種類が分かったことで品質その他の情報が更新された。追加情報によって知識判定の難易度が下がって、再判定に成功したのか……いや、そもそもこの世界の知識系スキルってそういうものなのか？　無条件で何でも分かるわけじゃないみたいだけど。

いずれにせよ、不明な部分についてはこうして情報を集めていけばより完璧な情報へ近づくようではある。聞くのは一時の恥ともいうし、分からないことは機会があればどんどん聞いていくことにしよう。

まあこの辺りの検証は後にするとして……。

「おやっさん、これ、いくら？」

「一本七〇ペディアだ」

この世界の通貨単位はペディアとなっている。現在の所持金は一万ペディア。さて、買うのは問題ないが、はたしてこれは高いのか安いのか。何気に他の出店に目をやると、果物を扱っている露店があった。そこには見覚えのある果物が。見た目は明らかにリアルでいうところのリンゴだ。すると今度もウィンドウが立ち上がって、それがリンゴだと教えてくれた。これは【植物知識】の方だろう。

で、リンゴは一個五ペディアだった。ふむ、とリアルの相場を思い返す。リンゴだったらスーパーで三個パック一五〇円前後の値が付いていただろうか。となると、一ペディアは一〇円で、この鶏肉は約七〇〇円ということになる。あくまで物価が現実と同じであるならば、だが。

少し高い気がしなくもないが、祭りの屋台の牛串焼きがそれくらいの値段だ。しかもこの鶏肉の場合、この世界でも高級品だという。スキルでもその判定が出ているのだから間違いはあるまい。高級鶏肉が七〇〇円。そう考えると安い買い物に思える。

「一本もらうよ」

「あいよ、まいどありっ！」

即決し、注文する。威勢のいい声と同時に、親父は炭で焼かれていた鳥の脚をフォークのようなもので掬い、大きな葉へ乗せるとこちらへと差し出した。

所持金から七〇ペディアを取り出して親父に渡し、肉を受け取る。

葉で端を包むようにして肉を持ち、まずは匂いを楽しむことにする。リアルでいうところの照り焼きチキンのような匂いは食欲を掻き立てる。湧き出る唾が口の中に溜まる疑似感覚は、早く食えとこちらを急かすようだ。

「では……いただきます」

呟き、がぶりと肉に食らい付き、引きちぎって咀嚼する。甘辛さと香ばしさが同居したタレの匂いが鼻を突き抜けた。軟らかな肉からは肉汁が溢れて口内を満たす。噛めば噛むほど肉の甘さが強くなっていくようだ。

「うめぇ……」

文句なしにうまかった。こんなにうまい鶏肉は食べたことがない。リアルに存在しない食材だというのがとても悔やまれる。いや、リアルにある高級鶏もこれくらいうまいのかもしれないけどね。

「がっはっは、どうだい兄ちゃん、気に入ったかい？」

「気に入った！　こんなにうまい鶏は初めてだよおやっさん！」

「そうかそうか！　うまそうに食ってもらえて俺も嬉しいよ！」

おやっさんが機嫌良さそうに笑った。

「まぁ、俺は大抵、ここで店を開いてるから、いつでも来な」

「ああ、絶対にまた来るよ！」

本当ならもう数本食べたかったが、我慢する。なにせ、まだまだ食い物はあるのだ。

次は何を食ってみるか。周囲の店を確認しながら、俺はその場から動く。

その日は、市場に辿り着くこともなく、食べ歩きだけで終わってしまった。

第二話 初訓練

仕事を終えて帰宅し、ＧＡＯへとログインする。いや、昨日は失敗だった。色々とやりたいことはあったのに。いや、このゲームを始めた理由を考えると、成功なのかもしれないが。

とりあえず、昨日食べたティオクリ鶏だけは買って、食いながら街の中を歩く。行き交うプレイヤーと思しき連中はもう慣れたのか、街並みを気にする様子もなくスイスイと歩いたり走ったりしている。俺もそのうちそうなるのかもしれないけど、今はこの異世界の街を、見て聞いて肌で感じていたい。でも、フィールドに出る準備はしておきたいので、とりあえず闘技場へ向かうことにした。

闘技場はその名のとおり、戦いを見世物にする場所だ。当然プレイヤーも利用できる。調べてみたところ、闘技場所属の戦士と戦ったり、猛獣や魔物と戦ったりできるらしい。勝てば報酬を得ることができるわけだ。また、観客として賭博もでき、誰が勝つかを賭けることができるとか。

が、今回、闘技場そのものには用がない。目的はその隣だ。

木の柵で囲まれたそこには、大勢のプレイヤーらしき人達がいた。入口、頭上に掲げられた板には、盾に剣と杖が交差した絵と『自主訓練場』という文字がある。

ここは戦闘スキルを試す場所だ。魔法や武具の効果を試すための場所でもある。モンスターが湧き出すフィールドでは危険もあるため、ここを利用するわけだ。

特に初心者用の意味合いがあり、ここで戦闘方法をある程度把握してから外に出るのがおすすめらしい。ちなみに、ここでの訓練はきっちり経験値も入る。ただ、普通にフィールドで戦った方が効率はいいので、ここで延々とスキル上げをする人はいないだろう。なにせ利用料もかかるし。

入口付近にある事務所のようなところで受付を済ま

せ、一〇〇ペディアを支払う。

「何か分からないことがありましたら、遠慮なくお申し付けください」

「とりあえず、格闘と魔法を練習したいんだけど、同じ場所でいいのかな?」

「エリアは大きく分けて手前から、近接戦闘、射撃・投擲(とうてき)武器、魔法となっていますので、それぞれの場所をご利用ください」

丁寧に教えてくれた金髪ショートカットの少女に礼を言って、まずは近接戦闘のエリアへ。地面に高さ二メートル、太さ五〇センチくらいの木の杭(くい)が刺さっていて、プレイヤーが武器をそれに振るっている。

「訓練用の木製の武器や刃引きした武器を使ってるのか。金属製の打撃武器はそのままみたいだけど」

ターゲット用の杭もタダではない、ということだろうか。ボロボロになった杭の交換作業をしている人もいるし。

見学はほどほどにして、自分のスキルを試してみることにする。空いていた場所に入って杭の前に立つ。


うん、何となく懐かしい。田舎の祖父の家の庭にある巻藁(まきわら)を思い出す。

まずは一発ということで拳(こぶし)を作り、杭を軽く打った。確かな手応えがある。続けてもう一発、今度は本気で打ってみた。が、拳に痛みが走る。

「ありゃ……まあ、当たり前っちゃ当たり前か」

裸の拳だ。何の防護もなければ、鍛え上げているわけでもない。とはいえ痛みは微々たるもので、リアルよりも痛覚が抑えられているのは本当らしい。実際、リアルでの壁パンよりもはるかに痛みは少なかった。それとも【手技】スキルのお陰だろうか。

今度は掌打で杭を打った。手加減なしの全力。手の痛みは拳の時よりも小さい。

レベルが上がれば、拳で岩をも砕くことができるようになるんだろうか。なったら面白いなぁと思いつつ、掌打をメインにして打ち続ける。時々、蹴りも交えながら。

実は武器に関しては、スキルがなくても使用することが可能だ。ただ、スキルによる命中やダメージの補正がないためにあまりメリットはない。これは格闘系スキルでも同様で、スキルがなくても補正を気にしなければパンチやキックは使える。格闘技を習ってない人間がケンカで手や足が出せるのと同じだ。

「手技か。珍しいな」

杭打ちを続けていると、そんな声が聞こえた。手を止めてそちらを見ると、いたのは一人の男。革製の胸甲だけを装備した中年で、腕を組んでこちらを見ている。罵詈雑言で有名な、某映画の軍曹に似てる人だ。

「珍しいですか？」

手を休めて、聞いてみる。ああ、と男は頷いた。

「武器を使う者がほとんどだな。それでも【足技】はいくらかいたが、【手技】を使っている奴はここ最近では一〇人にも満たたん」

なるほど、と思う。いくらゲームとはいえ、モンスターと相対するのに素手というのは抵抗もあるだろう。リーチの差もあるし、中には接触毒を持っているような奴がいてもおかしくはない。今のように、殴ったらしっかり拳に反発があることを考えても、格闘は人気がないのだろう。

ああ、そう考えたら、アンデッド系、それもゾンビの類が存在するなら殴りたくはないな……。

「……不遇なんですかね、格闘って」

「何にも一長一短はあるさ。まあ、武器と違って耐久性を気にせずに済むというのはあるな」

言って男は俺の手を見る。

この世界の武器や防具、道具には耐久値がある。限界を超えると壊れてしまい、使い物にならなくなるのだ。それを防ぐためには武具の耐久値を回復させる必要があり、ＮＰＣの鍛冶屋や【鍛冶】スキル持ちのプレイヤーの修理でそれが可能となる。当然、費用は発生する。高性能な武具であればそれだけ高くなるだろう。

その点、手や足は、怪我はするかもしれないが治療してしまえばそれまでだ。手段によっては金が掛からないのだから、その点はメリットだろう。大きなものではないが。

「それでも拳の保護のための武具はある。扱っている店は多くないが、探してみるのもいいだろう」

「ありがとうございます。ところであなたは？」

アドバイスへの礼を言って尋ねると、男は組んでいた腕を解き、右手の親指を立てて胸甲の左胸を指した。そこにあったのは盾の前に剣と杖が交差した紋章。この訓練場の入口の看板にあったものと同じだ。

「俺はパーキンス。この自主訓練場の教官の一人だ。何かあったら気軽に声を掛けるといい。分かる範囲で色々と教えてやろう」

ああ、チュートリアルのようなことをしてくれるNPCだったか。

「ありがとうございます。ところで魔法に関する教授も、教官殿でよろしいのでしょうか？」

格闘については大体の要領が分かったので、今度は魔法について訓練してみることにした。

「ああ。俺自身が使えるわけではないが、使い手へのアドバイスは問題なく行える。魔法の訓練はあちらを利用することになっている」

そう言ってパーキンスさんが歩き出したので、その後について行くことにした。

「そういえば、お前の名を聞いていなかったな」

「フィストといいます、教官殿」

教えを請う立場であるので、そういう態度を取ることにした。悪ノリかもしれないが。

一方のパーキンスさんはそれを特に咎めることもなく、ではフィスト、と更に言葉を続ける。

「貴様、今覚えている魔法は何だ？」

「精霊魔法を修得しています」

「精霊使いか。ならば問うが、精霊魔法の弱点は何だ？」

「はい、精霊のいない場所では行使できないことです」

このゲームの精霊魔法は、精霊の力を借りて行使する。つまり、精霊がいなければ魔法は使えない。

例えばこの訓練場は、地面は土であるので土の精霊がいる。壁や屋根に覆われているわけでもない屋外なので風の精霊がいる。使用済みの杭を燃やしているので火の精霊がいる。池のようなものがあるので水の精霊がいる。

だから、基本の四大精霊の魔法は問題なく使える。恐らく訓練用に、全ての精霊魔法が使えるように準備してあるのだろう。

「そうだ。精霊魔法は精霊がいない場所では使えない。《精霊石》でも入手できれば、その辺りは気にせずとも良くなるが、限度があるからな」

「《精霊石》、ですか？」

ファンタジーではよく聞く名前だが、当然、タイトルによってその役割は異なる。この世界での《精霊石》は、流れから察するに精霊魔法行使に役割を持つアイテムだろう。

「一時的に精霊を格納することができる石だ。なかなかお目に掛かれない貴重品らしいが、運が良ければ入手できる機会もあろう。さあ、ここだ」

パーキンスさんが足を止めた。目の前には広い空間が広がっている。ところどころに木の杭が立っているのは同じだ。

「まずはあの杭へ魔法を使ってみろ」

言われるままに、指し示された杭をターゲットにして、風の精霊に訴える。精霊魔法には決まった詠唱がない。【精霊魔法】を修得した時点で言語スキル【精霊語】が追加され、それを使って精霊にお願いする形だ。熟練すれば、キーワード的な言葉でも発動するようになるらしい。

風が緑がかった薄い光を纏って真っ直ぐに杭へと向かい、命中した。その部分は剣で斬ったように裂け目が生じている。精霊魔法1レベルで使用可能な基礎魔法、【ウインドカッター】の魔法は無事、成功した。

「どの精霊魔法も同じだが、レベルが上がれば上がるほど、より高度な行使が可能となる。今の【ウインドカッター】も、単発ではなく複数放てるようにもなれば、より切れ味の高い刃としての運用も可能となるだろう。全てはお前の想像力次第だ」

「想像力、ですか？」

何だか不思議なことを言われた気がする。レベルが上がれば、より高度な魔法を覚える、の間違いではないのだろうか。そう思って問うと、

「何を言っている。精霊魔法の効果は精霊の恩恵あれ

ばこそ。いかに精霊に自分の望む効果を発揮してもらえるかが熟練の鍵だぞ」

などと言われた。つまり、魔法の効果は自分の発想と、それを実際に再現する精霊の力次第ということだろうか。

「故に、今のお前と同じ力量の精霊使いがいたとしても、使える魔法の数は必ずしも一緒ではない」

……これはまた……何とも難儀な話だ。つまり発想次第でいくらでも魔法を作れるということだ。正確には、精霊のできることが増える、ということだが。

しかしこれも面白い要素ではある。その気になれば、1レベルでも無数の魔法を使えるようになるということだ。当然、低レベルのままではろくな効果も望めないだろうけれど。というか、どういうシステムになってるんだこれ。

「うーん……じゃあ、こういうのはどうだ?」

風の精霊に呼びかけて、自分のイメージを伝えてみる。さて、うまくいくかどうかだが……。

「教官殿、ちょっとこちらへ軽く石を投げてもらえませんか?」

「石を? よかろう」

一瞬だけ浮かんだ怪訝(けげん)な表情はすぐに楽しげなものに変わり、パーキンスさんは足元の小石を拾ってこちらへと軽く放った。

その石は見えない壁に当たったように、俺に当たることなく地面へと落ちる。

成功だ。風による防御の壁。それが、俺が今、試した魔法だった。

が、次の瞬間、石が俺の身体に当たった。風の壁の効果は持続したままであるのに、だ。

「まだ強度に難があるな」

そう言って手のひらで石を弄んでいるパーキンスさん。別の石を、今度は軽くではなく、強めに投げたのだ。風の壁は、それを阻むことができなかった。

「だが発想は良い。そうだ、今のように、何ができるかをまずは考えろ。それが貴様の力となろう」

「はい、ありがとうございます、教官殿」

このアドバイスは正直助かった。もし知らぬままでいたなら、俺は延々と【ウインドカッター】等の初期魔法ばかりを使い続けていただろう。そして、威力こそ上がっても他の魔法を使えず、非常に狭い使い方しかできなかったかもしれない。

「うむ、貴様の成長に役立つことができたのなら、教えた甲斐があったというものだ。最近の若い者は人の話も聞かず、自分のやりたいことだけをやって完結してしまうからな。事実、俺達にアドバイスを求める者はほとんどおらぬ」

確かにチュートリアルが面倒だったりうざかったりするのはコンピュータゲームでは常だが、この手のゲームではまず情報を得ることが肝要だろうに。

βテスター達なら十分理解していること、そして事前に情報収集をしているなら分かること。それらを知ることなくこの世界に飛び込んだ者には、ここの存在は十分に価値があると思う。

「何とも、勿体ない話ですね」

正直な感想を述べた。それにこれは、この訓練場に限った話ではない。昨日、食べ歩きをしている時にNPCと世間話をしたが、決して画一的なものではなく、様々な話題に溢れていた。これからゲームを進めていく上で役立つ情報、有利な情報がどこにでも転がっていそうだった。それを活用しない手はないだろう。

ふと、メッセージが浮かんでいるのに気付いた。

『精霊魔法（風）を新たに登録しますか？』

イエスを選択すると、魔法名の入力画面へと変わる。なるほど、こうやって魔法を増やしていくわけだ。というか、備忘録的な扱いか。【ウインドガード】と命名して、登録を完了させる。

「では教官殿、自分はもう少し、魔法の研究をしてみます」

「うむ。何かあれば遠慮なく頼るがいい。できる限り力となろう」

「はい、ありがとうございました」

「貴様の今後の活躍を期待しているぞ」

凛々しく、見惚れるように見事な敬礼をして、パーキンスさんは去って行った。他にアドバイスを必要とする者を探しに行ったのだろう。

「さて、やるか」

今の自分でどこまでできるか。今後、どんなことが可能になるのかを検証してみなくては。今までのTTRPGで培った知識を総動員して、このゲームのシステムで再現できるかどうかを試してやろう。あ、【手技】ももうちょっとやっておきたいな。

この日は訓練だけに費やすことになった。

第三話　調　達

ログイン三回目。

昨日の訓練場での訓練の結果、【手技】が6、【精霊魔法】が4になった。とりあえず、これで外のモンスターとも割合楽に戦えるだろう。プレイスタイルがアレだし、社会人故に仕事でログインできないなんてこともそれなりにあるだろうから、ソロプレイを基本にいくしかない。だから大体のことは自分でできるようにしておかなくてはならない。プレイヤー同士の関わりを蔑ろにする気はないけど。

さて、今日の予定は装備の調達だ。普通のプレイヤーはログイン初日にそれを済ませてフィールドに出るまでいくらしい。それを考えると随分とスロースターターだということは自覚している。

恒例のティオクリ鶏を買って、食べながら店を探す。買いたい物は武具と道具だ。

プレイヤーには初期装備がある。それはログインと同時に与えられる初期の布の服、ズボン、革靴の三つ。当然、服の防御効果はゼロだ。これは必要最低限の外見を確保するためのものでしかない。

そして、戦闘系スキルに対応した武器。【手技】を選んだ自分には武器がない、そう思い込んでいた。が、実は武器はあった。アイテムメニューを開くとセスタスが一つ。どこにあるのかと探してみたら、ズボンのポケットに入っていた。

セスタスというのはナックルダスターの一種で、カイザーナックルやメリケンサックといった方が通りがいいかもしれない。拳へ装備するタイプの武器だ。

で、セスタスは確かローマ時代の拳闘士が使っていた革製のバンテージのような物だ。目の前にあるそれは確かに革製のベルトにしか見えず、鋲が入っているので拳の保護と打撃力強化はできるのだろう。が、片方ってどういうことだ。普通、この手の武器は両手に装備してこそだろう。しかも初期装備なのはいいとしても攻撃力補正が1。これでは心許ない。

そういうわけでまずは武器と防具なのだ。が、問題もある。最初の食べ歩きで、結構お金を使ってしまっていた。そして昨日もティオクリ鶏と訓練場利用で一七〇ペディア使っている。初期の所持金が一万ペディアで現在の所持金は七〇二〇ペディア……単純計算で三万円ほど使ったことになる。食事だけで。しかも二日、時間換算すれば数時間で。

い、いや、仕方ないんだ。弁解させてもらうなら、このゲーム、キャラクターに飢え度と渇き度が存在する。空腹と喉の渇きを示すパラメーターで、これがマックスになると色々と不具合が生じる。だからプレイヤーはこの世界でも飲食が必要になる。それはいい。

だが問題は、飢え度と渇き度が0になろうとも、腹がいっぱいにならないということ。つまり、いくらでも食い続けることができるわけだ。これがリアルなら満腹でごちそうさまなわけだが、ゲーム内では多少の満足感こそあるものの、満腹感はない。つまり、欲しい物はいくらでも食えてしまうというわけで……。

その結果が、現在の残金である。いや、自重しなかったのは反省してるけど。

ともあれ残りの金で色々と整えなくてはならない。最低限、両手の武器と上体の防具は必要だ。あと回復薬など。

やって来たのは武具通り。その名のとおり、武器や防具の店がズラリと並んでいる。当然、買い物に来てるプレイヤーも多い。で、これだけあると、だ。

「どこに行けばいいかさっぱり分からん……」

コンピュータRPGのように、街には武器屋や道具屋が一軒だけ、とかなら悩む必要すらないのだが、これだけあれば値段も品質も品揃えも千差万別だろう。そんな中で当たりを引けるかというと正直疑問だ。

何となく、ではあるのだが。NPCの店舗の方が安定している気がする。代わりに、とんがった部分もなさそうであるが。逆にプレイヤーの店の方は、癖があるけど高品質なものを扱っている気がするのだ。

そして、その予感は当たっていた。【遠視】のスキルを使いつつ、店の中の商品や店頭に並んでいる商品の値段を確認しながら歩いてみると、まさにそのとおりだったのだ。しかし、だ。

「駄目だ……」

まず、【手技】用の武器を扱っている店がない。セスタスを置いてある店舗はあったが、それだけだ。

そして防具は高かった。ソフトレザーアーマーだけでもざっと見た感じ、最低額が二五〇〇ペディア辺りから。一応前衛職なので、あんまり脆い防具も心許ない。できれば最低でもハードレザー製が欲しいのだが、それでも五〇〇〇ペディアくらいから。しかもこれ、胴体だけでこの値段だ。一式揃えるとなると気が遠くなる。

これを買うとして残り二〇〇〇ペディア。消耗品や道具を買うことを考えると、武器にどれだけ割くことができるだろう。

「……一応、魔法も使えるしな……防具を優先して、攻撃は魔法中心に組み立てていくか……」

そんなことを考えながら、一度通り抜けた武具通りを逆に進む。どこかに掘り出し物がないものかと考えながら、再度、店を見て回る。

「ん……あれは？」

それはとある露店だった。どうやら武具の露店らしく、いくつかの武器が並べられている。先ほどは店舗だけを見ていたので見逃していた。

近づいて品を確認してみる。値段は割高だが質は悪くなさそうである。

「いらっしゃい、何をお求めだ？」

露店の主である男が、こちらを見上げる。男の外見は三〇前後といったところだ。銀の交じった黒い短髪。黒い目は鋭いが、剣呑ではない。

「【手技】用の武器って、あります？」

「【手技】？　珍しいな。それに、初期装備のままか」

「ええ、二日前に始めたばかりで、昨日までは街の様子を見ていたので。それより、そちらもこんな所で露店を開いているなんて、すごいですね」

初期装備なんて言い方をするってことは、この人プレイヤーか。

男に答えて、自分も思っていたことを口にする。武具を扱う店舗が密集する場所で、まさかの露店だ。ある意味度胸があるなと思う。

しかし男は苦笑いを浮かべ、

「ああ、実は店舗の準備中でな」

と背後を指差した。それを追えば、現在改装中の建物がある。職人らしき人達が中で作業をしていた。

「完成までの間、何もせずにいるのも退屈でな。だったらと、店の前で露店を開いているわけだ。宣伝も兼ねてな」

男は一枚の紙を取り出して、こちらへ渡してきた。

「鍛冶職人のレイアスだ。金属製の武器と防具を専門にしている」

渡された紙は名刺大で、内容は名刺そのままだ。

『レイアス工房』とある。

「で、【手技】用の武器と言ったな。残念ながら、武器はないが……」

言いつつレイアスさんはそばにある箱から取り出した物を差し出してくる。

それは一対のガントレットだった。金属と革の組み合わせで、指は第二関節まで覆われているが、親指の保護はない。腕部分も金属部は表側だけ。指を通し、腕二箇所をベルトで止めるシンプルな造りで飾りっ気はない。材料は鉄だろうか。下地は――

「下地はウルフの革ですね」

「何だ、同業か？」

「いえ、【動物知識】持ちなんで、多分それのお陰かと」

レイアスさんの問いに、そう答える。素材についての情報が表示された理由で、他に思い当たる節はない。

あぁ、とレイアスさんは納得の様子。

「でも、どうして同業だと？」

「入手した素材の正体を知るには、その素材を扱う生産系スキルを持っている者が鑑定する必要があるのだ。だから例えば、プレイヤーが初めてフィールドで、明らかにウルフであろう名称不明の動物を倒し、その皮を手に入れても、入手できるアイテムである肉や皮は？（ハテナ）表示になる。それは鑑定後のアイテムを入手しない限りそのままでな。それが反映されて動物の名称も分かるようになる」

だから、素材の正体を見破った俺がその系統のスキルを持っていると思ったのか。しかし、

「それだと、一度ウルフを倒してウルフの皮を入手した人なら、見たら分かるってことじゃ？」

「皮が加工済みの革素材になった時点で、別アイテム扱いになるのだ。加工する場を目にしていれば別なんだがな」

「何だかややこしいんですね……」

例えばウルフの革を説明付きで先に入手したとしても、生きているウルフの正体や、ウルフがドロップした皮の正体は分からないということか。要は確実な関連付けができない限りは一連の情報にならないのだろう。何とも面倒なことだ。

ともあれ素材系については関連のあるスキルを持っていれば鑑定可能ということだ。皮の素材だと普通なら【革細工】のスキルだろうか。鉱石なら【鍛冶】、薬草類は【調薬】といった具合に。そういえば【採取】や【採掘】ってスキルもあったたな。あれは確か植物や鉱石の採取数に補正が入るスキルだったたか。あれも素材知識は入りそうだ。

しかしそう考えるなら、【動物知識】は結構汎用性が高いのだろうか。単純な料理だったとはいえ、見れば元の動物が分かり、加工後の動物系素材を見れば元の動物が分かった。後は、名前を聞いただけで詳細が分かるようなら完璧なのだが。

「この世界では、自分の目で見て確かめるというのがかなり重要だな。スキル持ちはその辺りが優遇されているとも言える。まあ、掲示板情報を頼りに、というのもできなくはないがね」

見るのが重要だというなら、図鑑のような物を見て覚えたりすればある程度の補正が掛かったりするかもしれないな。そういえば図書館もあったはずだ。勉強してみるのもいいか。

「まあ、話を戻そう。これは腕用の防具ではあるが、拳を保護するという意味でも十分に使える。攻撃力だけ見るなら市販のセスタスなどより少しマシ程度だろう。実のところ、【手技】や【足技】用の武器を作っ

ている者は聞いたことがない。βの頃に自分が使う武器を自作していた者はいたが、売りには出していなかったしな」

　レイアスさんの言葉に、やっぱりなーと溜息が漏れた。まあ元々、拳で語れなんて言葉があるように、そこに武器を着けるのは無粋だという考えがあるのかもしれない。格闘系プレイヤーにしても、武器職人にしても。

　そんなことを考えていると、レイアスさんから問いが投げられた。

「君は、戦闘系スキルの共通アーツを知っているか？」

「【魔力撃】、でしたっけ」

【魔力撃】はその名のとおり、魔力を込めた強力な一撃を放つ最初期アーツだ。基本的にどの戦闘系スキルにも存在するアーツで、弓等の飛び道具すら例外ではないと聞く。

「ああ。この【魔力撃】が少し特殊でな。【手技】と【足技】に関しては、効果が一定時間継続するのだ。その代わり、他の武器系統の【魔力撃】よりも威力は低い」

　それは初耳だった。つまり、魔力で擬似的な武器を作っているのと変わらない状態になるということだろうか。その代償が威力の低下、と。

「それに近接で相手を摑んだり組み付いたりする場合に邪魔になったりもするから、指に装着したり、握り込む類の【手技】用武器は敬遠されていたという事実もある。だからグローブやガントレットをつけていた者は多かったが、【手技】用の武器を持っていた者は少数だ」

　投げや関節技については別にスキルが存在するが、打撃に拘らないなら指が不自由にならないというのはメリットだろう。

　運営が【手技】用のユニーク武器でも出さない限りは、ガントレットやグローブで十分かと思えてきた。となると、お値段の話になるのだが。

「おいくら、でしょうか？」

「練習用に作った品だからな。店に並べるつもりのないレベルだ。処分特価で一双二〇〇〇ならどうだ？」

所持金から差し引いて、残りが五〇〇〇か。他の消耗品も買う必要があるので妥当なところだろうか。

「街のすぐ近くで慣らしをするなら、防具はソフトレザーあたりでも十分通じるはずだ。それなら胴体だけの保護でも、ポーション等を買う余裕はあるだろう」

せっかくのアドバイスなので、買わせてもらうことにした。代金を払って装備する。思ったほど重たくもない。感覚を確かめるように虚空へ数度拳を放ってみるが、問題はなさそうだ。

「もし、鉱石等の素材を見つけたら、持ち込むといい。よいものなら買い取りもしよう。武具の注文にも応じるので、よかったらまた来てくれ」

「ありがとうございます、お世話になりました」

レイアスさんに礼を言って、その場を離れる。さあ、次は防具だ。

結果、防具はソフトレザーの胴鎧とブーツを購入。その他の防具はお預けにした。

後は回復用のポーション、パンをいくつかに飲料水を入れるための水袋。そして携帯用調理セットと冒険者セット。

冒険者セットとは、そういうアイテムがあるわけではなく、TRPGでお約束の道具類一式だ。毛布、たいまつ、火口箱（ほくちばこ）、ナイフ、ロープを革製リュックサックに詰めたもの。このゲームで必要になるのかどうかは分からないが、勢いで買ってしまった。反省はしたが後悔はしていない。

俺の所持金はほとんどなくなった。後はしっかり戦って、しっかり稼いで、装備を充実させていこう。

これでやっと、外に出る準備が整った。というわけで、そのまま外へ向かうことにする。

ここ、アインファストは、城壁に周囲を囲まれていて、東西南北に一箇所ずつ門がある。どこを通っても外には出られるが、プレイヤーは目的に応じて方向を決めているようだ。ざっと聞いた話では、北は山岳方面、南が平原、西が森林、東が湿地帯となっているらしい。あちこちに小さな村も点在しているそうだが、現時点では関わり合いになることもないだろう。

敵に関しては、街の周辺だとほとんどが動物で、モンスターと言えるようなものは街からかなり離れた所でないと出てこないそうだ。まあ、街のすぐ近くにモンスターが大量に湧くようでは治安が悪い。あくまでリアルに考えれば、だが。

さて、どこに行こうかと考えて、食い物を得るなら森の方が良さそうだなと考える。敵ＭＯＢ(モブ)の強さとかはあんまり考えない。【遠視】のスキルもあることだし、やばそうなのが見えたら逃げればいいのだ。

西門に近づくにつれて、建物がまばらになっていく。空き地がそこそこ目立つ。そして値段と連絡先の書かれた立て札。売り土地のようだ。とても今の俺には手が出ないので、今後の参考に留(とど)めておく。

やがて、西門へと辿り着いた。二人の門番が行き来する人を見張っている。城壁上にも兵士がいて、これは門の外を見張っているようだ。

「すみません、外に出るのに何か手続きが必要でしょうか？」

よく分からないので念のために確認する。

「いや、特には必要ない。戻って来た時も同様だ。ただし、門は日没と同時に閉鎖される。日の出までは開門されないので注意するように」

夜になると色々と危険が多くなるらしい。夜行性の動物などもいるし、視界も悪くなるので不意打ちを受けやすいとか。何があるか分からないので日没前には街へ戻った方が無難だろう、そう丁寧に教えてくれた。

礼を言って門をくぐった。目の前は広々とした草原、というか、整地された広場があった。その先しばらく行った所に、木の柵が城壁を更に取り囲むように点在しているのが見える。

「何だ、これ？」

「都市開発地区だ。いずれ、ここにも色々と建物ができていく。まあその前に、あの柵が城壁にならんと始まらんのだがな」

俺の呟きが聞こえたのか、門番が教えてくれた。つまり、都市拡張のためのスペースということか。この街、現時点でもそこそこ大きいのに、更に大きくなる可能性があるってことだな。スケールがでかい。

　さて、ようやく第一歩を踏み出した。街の外には何が待っているのか。今からとても楽しみだ。

「うまいもの、たくさんあるといいなぁ」

　本当に、楽しみだ。

第四話　実戦

まずは森へと向かう。金を得るために動物を狩るのが目的だ。

アインファストには狩猟ギルドがある。これはプレイヤーのコミュニティであるギルドとは違い、言葉どおりの組合だ。動物の肉や毛皮等を引き取ってくれる所で、時には特定の動物を狩ってくるミニクエストが起こることもあるらしい。

ひとまずはここに狩りの成果を引き取ってもらうのがしばらくの収入源となるだろう。

何もない平原を独りで歩く。時折、他のパーティーやソロプレイヤーを見かけるが、【遠視】で発見しているので特に言葉を交わす機会があるわけでもない。皆、思い思いに獲物を狩っているようだ。

さて、どんな獲物がいるのだろうか。さっきのプレイヤー達はウサギやウルフを狩っていたようだが。

何かいないかと周囲を見ていると、一羽の茶色いウサギを見つけた。背を向けたまま、こちらに気付いた様子もなく草を食んでいるようだ。

「……近づいたら、逃げられるよなぁ」

野生動物だから危機察知能力はきっと高いに違いない。まあ、ダメ元で近づいてみるか。

【隠行】のスキルがあるのだが、敢えて使わずに近づいてみる。ウサギがどのくらいの距離でこちらに気付くのかを確認するためだ。一応、こちらが風下なので、かなり近づけるんじゃないかと期待する。

一五メートルくらいでウサギがこちらを向いた。

「えっ？」

そしてこちらへと突っ込んでくる。そういえば、このウサギがどんなウサギなのかを確認し忘れていたなと考えたところで、【動物知識】が発動した。

○チャージラビット
草食動物。気が荒く、弱い敵を見ると突撃して額に突き出たこぶを打ち付けてくる。当たるとかなり痛い。骨折することも。

食用可能。

ただのウサギではなかった。しかし、弱い敵を見ると突撃するってことは、俺はこいつに格下と認識されたということだ。おのれウサギめ。

近づいてきたところを蹴飛ばしてやろうと身構える。カウンター気味に蹴飛ばしてやれば、スキルはなくともいいダメージを期待できるだろう。所詮はウサギ、そう考えたのだが甘かった。

チャージラビットが跳んだ。その跳躍は高く、突き出たこぶが狙う先は俺の顔面だった。

「うわっ!?」

慌てて横へと跳び退（の）いた。無様に地面を転がりながら体勢を立て直す。チャージラビットは綺麗（きれい）に着地するとそのまま走って行き、こちらとの間合いが十分開いたところで方向転換して再びこちらへと向かってきた。これがこいつの戦闘スタイルか。まるで闘牛みたいだな。

いきなりだったので驚いたが、今度は大丈夫だ。来ることが分かっているなら恐れることはない。

アーツ【魔力撃】を起動。拳に魔力の光が宿る。次に顔面に跳びかかってきたらこいつをお見舞いして――

「ごふっ!?」

予想に反して、チャージラビットが突っ込んできたのは腹だった。ハンマーで殴られたようなとはいうが、とんでもない衝撃が腹を突き抜ける。苦痛に関してはリアルよりも軽減されてる仕様のはずなのに痛くてたまらない。

が、ここで逃がしたら同じ攻撃をまた受けてしまう。反射的に腕を伸ばし、離脱しようとするチャージラビットの長耳を掴んだ。ジタバタと暴れるが、それ自体はたいした力ではない。あの突進力を生み出す足で蹴られでもしたらまた大ダメージを受けるのは間違いなさそうだが、こうしてしまえばこっちのものだ。

暴れるのをやめてしおらしくなり、つぶらな紅い瞳を向けてくるウサギ。某金融業CMに出ていた犬を彷彿（ほうふつ）させるがもう遅い。現実は厳しいのだ。ゲームだけど。

「お返しだっ！」

耳を摑んだまま地面にチャージラビットを叩き付け、追い打ちで【魔力撃】を横っ腹に叩き込んだ。確かな手応えと共に、拳がチャージラビットの身体に埋まる。

それでカタが付いた。硬質の何かが砕けるような音と共に体が光になって割れ散り、その場に肉と毛皮が残される。チャージラビットの肉と毛皮だ。

「はぁ……」

その場にしゃがみ込んでステータスを確認すると、HPが半減していた。まさかあの一撃だけでこれとは……俺を格下扱いしただけはあるということなのか。それとも偶然クリティカルしてしまったのか。まあいい、勝ちは勝ちだ。

リュックサックからポーションを取り出して一気に呷ると、HPは全快した。うーん、肉と毛皮でポーション代を補塡できるんだろうか……。

そうそう。このゲーム、アイテムは基本的に持ち運ばなくてはならない。つまり、持ち運べる道具類には限度があるということだ。どんなアイテムを所持しているのかはメニューから確認できるが、片付け方が下手だと何がどこに入れてあるのか分からなくなりそうだ。

未来から来た某猫型ロボットのポケットのように、内部に収納空間が広がっている鞄等がアイテムにあるのだが、これが高い。お値段、何と一〇万ペディア。日本円にして約一〇〇万円。これが手に入れば、アイテムの大きさ関係なしに、一〇〇個までアイテムを収納できるようになる。

そして更に。この空間に収納している間は時間が経過しない。つまり、食材は腐ることなく保存できるし、できたての料理を保管しておけばいつでも温かい料理が食べられるのだ。

ただしこの鞄にも耐久値があり、壊れてしまったら中身はその場にぶちまけることになるらしい。βの頃、大岩をいくつも収納していたプレイヤーが、魔物に鞄を壊された途端、ぶちまけられた大岩に潰されて死亡したという話があるのだ。

それでも質量を無視して収納できるというのは大き

なメリットだ。プレイヤー達はまずこれの獲得を目指して金を稼ぐんだとか。俺もいずれは手に入れたいと思っているので頑張らねば。

まだまだ先は長い。肉と毛皮を回収し、俺は先へと進む。

森に着くまでに普通のウサギを三羽見つけたが、二羽に逃げられ、一羽をゲット。

風向きはやはり関係しているらしく、二羽はチャージラビットより近づく前に逃げ出した。

残り一羽はかなり近づけた上に【隠行】を使ったため、生け捕りすることに成功。その場で首をコキッとやって肉と毛皮ゲット。MP（マジックポイント）消費に難があるが、察知されるギリギリから【隠行】を併用すれば生け捕りは可能ということが判明したのは収穫だ。普通のウサギはすぐ逃げる。一度逃げられたら今の俺には捕獲は困難なのだ。

他のプレイヤーって、どうやってウサギを仕留めてるんだろうか。魔法のような遠距離攻撃で逃げられる前に倒してるんだろうか。

そういえば俺も精霊魔法で遠距離攻撃できるんだったな、と今更思い出す。ただ、それで倒すと毛皮の質が落ちるような気がしないでもない。まあ確実に毛皮がドロップされる保証なんてないのだけれど。

「さて、と……」

森の手前で意識を目の前の木々に移す。無数の木々が立ち並び、奥の方は薄暗くてよく見えなかったが、【遠視】と併用して【暗視】を使うと、白黒ながらもぼんやりと見えてきた。多分、夜もこれでだいぶ見えるんじゃないかと思う。過信は禁物だが。

それにしても先ほどから、【植物知識】のせいで片っ端から植物の名前や特徴がウィンドウで表示されていく。確かにここは植物の宝庫だから、スキルのレベル上げにはちょうどいいんだけど。

実はアインファストの露店でも同じことが起きていた。ならば、市場へ行けばもっと効率がいいはずだ。あそこは野菜や果物、肉の関係が比喩抜きで売るほどある。知は力なり、だ。戻ったら試してみよう。

さて、見る限り動物の類はいないようだ。もっと奥へ入ればいるのかもしれないが、そっちは後回しにすることにして、【植物知識】に引っ掛かったものの中から目を付けていたものを回収することにした。

まず傷癒草。調味料みたいな響きの名前だが、立派なポーションの原料だ。売れば金になりそうだから、ここで採取していこう。

それからトリカブト。薬・毒の材料になる。イメージは毒としての方が強いかもしれない。使い道があるか分からないけど、これも集めておこう。売れるなら売ってもいいし。

最後が毒消草。ただこれは、毒を消す草じゃなく、あくまで解毒薬の材料でしかないみたいだ。このままだと解毒作用とかないってことだろうか。これも集めておこう。

そうやって集めているうちに、日が傾き出したのに気付いた。今から街に戻ったらちょうどいいくらいだろうか。【暗視】を持っているといってもフィールド経験は今日が初めてだ。無理は避けたい。

それにリュックサックもそろそろ限界だ。次からは収穫物をどうやって持って帰るかも考えておかなくてはならない。

実は収納空間付きのバッグ以外にも、アイテムを片付ける方法はある。【空間収納】というスキルだ。通称アイテムボックスといわれていて、入手方法は課金である。リアルマネーで一万円。これを高いと取るか安いと取るかはプレイヤーの財力次第だろう。個人的には安いと思う。

それに【空間収納】でなくても、収納空間付き鞄でも使いようで一〇〇を超えるアイテムを収納できる。理屈は簡単で、アイテム枠を埋めるのは一個のアイテムであるということだ。

例えば今、色々と物が入っている俺のリュックサックを、収納空間付き鞄に片付けると、アイテム枠はリュックサック一つ分となる。内容物の数については計上されないのだ。つまり薬草を一〇〇個詰め込める袋を用意しておけば、ボックス枠一つで一〇〇の薬草を収納できるということだ。ちなみにこの話はβの頃から有名らしく、運営も修正はしていないとか。

しかしこれを使えば、課金でアイテムボックスとか買わなくても何とかなるんだよな。課金の有り難みが薄れた気がする。いや、でもアイテムボックスは内容物の保護が掛かるからロストの心配がないいんだよな。便利なことには違いないのだ。

いずれは手に入れたいな、と最後の薬草をリュックに収めて背負い、腰を上げたその時。

「ん？」

視界を何かが横切った気がした。何だろう、とそれを見極めるよりも早く、

「ガウッ！」

木の陰からこちらに跳び掛かってくる影があった。咄嗟に腕を前に出す。影はそのまま俺の左腕に食い付いた。犬、いや、ウルフだった。

「こいつ、いつの間にっ!?」

薬草摘みに集中してたとはいえ、時折周囲の確認はしていた。それなのに全く気付けなかった。さすがは、というべきなのだろうか。

しかしまずい。狼は通常、群れを成す生き物のはずだ。俺の左腕に嚙み付いているこいつが、一匹だけのはずがない。早くどうにかしないと一斉に嚙み付かれてお陀仏だ。

「このっ！」

【魔力撃】で仕留めようとするが、どうにもうまくいかない。殴ろうとすると嚙み付いたまま、身体を巧みにずらして殴れないようにしてくる。蹴りもこの至近距離じゃうまく放てない。だったら——

「ギャンっ!?」

判断は一瞬。空いた右手の親指と人差し指をウルフの眼窩に突っ込んだ。さすがにこれは効いたのか、ウルフが俺の腕を放す。そこで追撃をかけて腕を首に回してから馬乗りになり、思い切り締め付ける。ウルフはしばらくもがいていたが、やがて動かなくなった。

ウルフの身体が砕け、毛皮と肉を落とした。それら

を回収しつつ起き上がり、周囲を警戒する。他のウルフが襲ってくる様子はない。少しずつ森の外へ向かいながら警戒を維持するが、それでもウルフの群は見つからなかった。

「……一匹狼だったのかな」

群れに入れないはぐれ者の狼。要は仲間外れのぼっち狼だ。こちらとしては幸運だったと言える。ソロプレイで群れに囲まれるなんて冗談じゃない。

こうしている間にどこかから群れが近づいてくるんじゃないかと不安が湧き上がる。敵の接近を知るためのスキルを修得した方がいいかもな。

「……帰ろう」

無理は禁物だ。俺は全力で森から離脱する。

門が閉まる前に街へ入り、その足で狩猟ギルドへと向かう。

ギルドは多くの人で賑わっていた。その日の戦果をカウンターへ出し、ギルドの職員が査定をして金を払う。さて、俺の戦果は今回どれくらいの値がつくのか。

列に並んで待つことしばし、俺の番がやって来た。

「それじゃあ獲物を出してくれ」

職員の男の指示に従って、リュックサックから戦果を出す。ウサギの毛皮と肉、チャージラビットの毛皮と肉、それからウルフの毛皮と肉だ。

「毛皮の状態はどれもいいな」

「やっぱり倒し方で変わるものですか？」

気になったので聞いてみる。倒し方で値が変わるなら、なるべく高くなる倒し方を心掛けるべきだからだ。もちろん、余裕があればの話だが。

「そりゃあ、刃物でざっくりやれば毛皮も傷付くし、使える部分も少なくなるからな」

道理ではある。そこまで細かく設定しているこのゲームがおかし……否、すごいと言えばいいのだろうか。ともあれ、素手で狩るスタイルの俺なら、倒し方をあまり気にせず戦えるということだ。

しかし修得している戦闘系スキルが【手技】だというのに、今日の獲物に関しては半分以上が絞め技と極め技のとどめだ。状況が悪かったせいではあるが、どうにも格好が付かないな。

次はもっと、拳を使えるように頑張ろう。そんなことを考えながら、俺は金を受け取った。

時間はもう少し大丈夫そうなので、市場で【動物知識】と【植物知識】を鍛えてみるか。

第五話　法律

あれから何度か狩りに出て、要領は摑めた。お陰で今は効率のいい狩猟ライフが送れている。

市場での知識系スキル鍛練もうまくいった。今では市場の食材はほぼ全て分かる。詳細が不明なものもいくつかあるが、食材名だけは制覇した。

そうそう、狩りといえば、街中で面白い店を見つけた。ペットショップだ。その名のとおり、愛玩動物を取り扱う店で、家畜の店や、調教屋とは別の系統のようだ。ここでは愛玩用動物を買い取ってくれることが分かったので、何度か生きたウサギを持ち込んでいる。毛皮と肉を合わせたより高く売れるのだ。

リスや小鳥も人気ということで、どうにかならないかと店の人に言われたが、小動物の捕獲が生業ではないし、捕獲だとスキルも上がらない。何よりそいつらを捕らえる技術も道具も持っていないので、機会があればと誤魔化しておいた。

あと、調教屋も動物を買い取ってくれる。一度チャージラビットを捕獲したら、ペットショップでは無理だったがこちらで売れた。【調教】というスキルで飼い慣らせば、戦闘にも参加させることができるらしく、それ用の動物を取り扱っている店だ。中には魔獣を取り扱う店もあるとか。俺自身はペットにも戦力としての動物にも現時点で興味はない。ただ収入的には魅力なので、生け捕りは機会があれば狙っていこうと思う。

そんなこんなで収入を得て、防具をソフトレザーからハードレザーに買い替えた。腕は変わらずレイアスのガントレットのままだが、額には鉢金を着けることにした。いつぞやのチャージラビットのような一撃を額に叩き込まれたら嫌だからだ。

それなりに装備は整ったと思う。防具がないままの上腕や大腿部は不安が残るが、動きを阻害しない範囲でいずれ揃えよう。何だかんだで身軽な方が自分の戦闘スタイルには合っているのだ。

あと、買っておいたナイフを腰に提げることにした。

素手でこの恰好とあって、一度チンピラなプレイヤーに絡まれたのだ。ＧＭコールするぞと口にしたら慌てて逃げ出す小者だったが、何度も絡まれたら鬱陶しい。武器が抑止力になればいいな、という程度のポーズだ。ふふふ、これで俺が格闘家だとは誰も思うまい。

　道着でも着ていれば格闘家スタイルだと解釈もされるんだろうけど、この世界に道着など売っていないので仕方ない。


　ログイン一〇回目。

　今日もひと狩り、と街の外へ向かおうとしていると、前方から騒ぎがやって来る。衛兵さんが二人、男の両腕を抱えて連行しているところだった。

「ちくしょう！　離しやがれモブがーっ！」

　ああ、プレイヤーか。抵抗を続けるプレイヤーに対し、衛兵さんは黙して語らず、そのまま歩いて行く。

「何だあれ……」

　あの男が何かをしたのは確かなようだが、衛兵さんに連行されるところなんて初めて見たぞ。

「器物損壊の現行犯だ」

　俺の疑問に答えるように横から声が来た。見るとそこにあったのは見覚えのある中年男性の顔。

「教官殿」

　自主訓練場でアドバイスをくれた教官、パーキンスさんだった。

「どうしてここに？」

「今日は休暇でな。別に四六時中、あそこに籠もっているわけではないぞ？」

　そう言われて納得した。剣は提げているが、今日は先日の革鎧は着ていない。普段着だ。しかしＮＰＣにも休暇とかあるのか。どこまでリアルにする気なんだろうか運営は。

　まあそれはいいか。話を戻そう。

「で、器物損壊というのは？」

「ああ、この先の露店であの男が店主に因縁をつけたらしいのだ。果物の露店だったのだが、商品のある台を蹴飛ばして、更にいくつかを踏み潰してな。それを通りかかった衛兵が取り押さえたわけだ」

「……自業自得ですね……というか、お恥ずかしい」

俺達プレイヤーは『異邦人』としてこの世界の人間とは別枠で認識されている。ああいう馬鹿をすれば、それだけ俺達の評判が悪くなるはずだ。何とも迷惑な話である。

「悪さをする愚か者は、俺達でも異邦人でも変わらんよ。善人もいれば馬鹿もいる。それだけのことだ」

「そう言っていただけると助かります」

一人が悪さをしたら全てが悪人だなどという理屈はないが、あまり度が過ぎればそういう印象がどうしても付いてしまう。この言葉に甘えないよう、自分の言動には気を付けなきゃいけないな。あまり自信はないけど。

「ところで貴様、最近はどうだ？」

「何とか軌道に乗りました。教官殿のご指導のお陰です」

事実パーキンスさんのお陰で、精霊魔法はかなり幅が広がった。使えるようになっただけで慣熟はまだだが、役には立つはずだ。

「ふん……調子に乗っていると痛い目を見るぞ。日々の研鑽を怠らぬようにな」

厳しい言葉だが、声にはそれがない。口元が笑っているところを見るに、照れ隠しだろう。それを口にする度胸はないが。

「ところで教官殿。これから時間があれば、どうです？」

グラスを傾ける仕種で誘ってみる。久々に色々と話を聞いてみたくなったのだ。しかしパーキンスさんは首を横に振る。

「残念だが用事があってな。だが、時間が空いた時には付き合おう。その時を楽しみにしているぞ」

そう言ってパーキンスさんは去って行った。残念だが用事なら仕方ない。さて、それじゃ予定通り――

「なぁ、ちょっといいか？」

動こうとして声を掛けられた。振り向いた先には一人の男。初めて見る顔だ。金の髪に青い瞳の、いわゆる美形顔。年齢設定は一〇代後半ってところだろうか。

装備は板金鎧。腰に提げているのは片手剣。

「何か？」

「ああ、さっき、ＮＰＣと話してただろ。器物損壊がどうのって言ってたけど、この世界、そういう法律があるのか？」

言われて気付いた。当たり前に聞き流していたが、この世界の法律なんて知るわけがない。

「いや、物を壊せば器物損壊だよな、って勝手に納得してた」

正直に答えると、目の前の美形プレイヤーは目を瞬かせて、だよなぁと笑うと、

「でもさ、今更だけど、これって大切なことじゃないか？」

と問題提起をしてくる。

「そりゃまあ、確かに」

何をしたら罪になるのか。一応リアル準拠で考えてはいたが、それが通用する保証は全くないのだ。

一度確認してみる必要があるかもしれない。今後の活動の参考にもなりそうだし。確か図書館があったはずだからそこで調べてみるか。いつか行こうと思っていたし、ちょうどいい。そこまで考えたところで、

「で、悪いんだが。図書館とかの場所って知らないか？」

と男が聞いてきた。どうやらこの男も、この世界の法律に興味を持ったらしい。

「俺も行こうと思ってたから、一緒に行くか？」

「ああ、助かるよ。俺はルーク、よろしく頼む」

「俺はフィストだ。よろしく」

互いに自己紹介を済ませ、俺達は図書館へ行くことにした。


図書館。正式にはアインファスト大書庫という。石造りの大きな建物だ。

中に入ると広々とした空間にいくつもの本棚が立っている。奥行きがかなりあり、二階部分もあるようだ。今いるここはロビーのようで、吹き抜けになっている。

「ん？」

そこで違和感を覚えた。何というか、手前に並んでいる本棚がおかしい。本棚そのものがおかしいというわけではない。ただ、配置が浮いているというか、どうしてこの並びにしたんだろうというか。うまく言葉にできないのが余計にもどかしい。

「どうした？」

「いや、別に……」

話しても仕方なかろうと判断し、言葉を濁して受付へと進む。長い茶髪をした眼鏡の女性が近づく俺達を見て頭を下げた。

「ここを利用したいんだけど、どうすればいい？」

「入庫料は三〇ペディアとなります。お求めの書籍の傾向を言っていただければ、ご案内もできますので遠慮なくお申し付けください。蔵書の持ち出しは基本的に禁止されていますが、複写自体は問題ありませんのでご自由にどうぞ。筆記用具の販売もしていますので、必要に応じてお買い求めください」

そこまで言って、受付横を手で示す受付――いや、司書と言えばいいか。ペンや紙、無地の本などが並んでいる。

「早速なんだが、法律関係の本はどの辺りにある？」

「はい、あちらの奥の、左から二番目の棚から、法律関係になっています」

ルークが問うと、司書のお姉さんが丁寧に教えてくれた。礼を言って三〇ペディアずつ支払って、目的の本棚へと向かう。

法律といっても様々だ。リアルにおいても憲法から始まって様々な法律がある。その全てに目を通すのは骨だが、とりあえず俺達に必要なのは、犯罪絡みの法律だ。他はおいおいでいいだろう。

本棚には同じタイトルの本も何冊か納められている。複数人に提供できるようにという配慮だろうか。この世界の文字を読み取りながら、刑法の載っている本を探す。

GAO世界の言語は、この世界独自の言語だ。俺達プレイヤーには言語スキル【共通語】が最初からついていて、この世界の文字が読めるようになっている。具体的には、この世界の文字に日本語が浮かび上がって読めるようになる、といった具合だ。

会話も同様で、俺達は日本語で話しているが、あちらにはこちらの世界の共通語で聞こえているらしい。NPC——住人達の言葉は、日本語とは別の言語として聞こえるのだが、意味は頭に浮かぶのだ。だから相手の口の動きと伝わる意味が一致しなかったりする。最初から日本語を共通語として設定しておけばいいのに、これもよく分からない拘りだ。すごいとは思うけど。

ともあれ、刑法の本を無事に発見する。同じ本が三冊あったので、一冊をルークに渡した。礼を言ってルークが受け取ったので、一緒に近くのテーブルに座り、内容を確認していく。

内容は、リアルの刑法と大差がないようだ。まずは適用範囲や刑の種類から始まっている。

「死刑はやっぱりあるんだな……」

ルークが呟くのが聞こえた。この世界でも一番重たい罰は死刑である。それから懲役、禁錮、罰金と続く。それから複合で没収刑もあるようだ。犯罪を犯した者の所有物を取り上げる措置である。具体的にどういう場合に適用されるのかは分からないが。

「ん、執行猶予ってないんだな」

「ところで執行猶予って、どういう意味なんだ？　新聞やニュースではよく聞くけどさ」

「例えば懲役一年で執行猶予三年って判決が出たとするだろ。その後三年間、何も悪さをせずにいたら懲役を受けずに済む。そんな感じだ」

こちらの呟きに問いを投げてきたルークに、そう答える。多分この説明で合っているはずだ。違ったらすまん。

本には続いてどのような罪があるのかが記されている。さっき街中で見かけた器物損壊もきちんと明記されていた。処分は懲役か罰金となっている。あの男もこの処分を下されるのだろう。

俺達に関わってきそうなのは、殺人・傷害系、窃盗・強盗系、器物損壊系あたりだろうか。

ただ、殺人・傷害系のところでこんな記述があった。

『ただし、決闘を行った結果による場合を除く』

つまり、決闘によって相手を傷付け、またはその結果、死に至らしめても罪にはならないということだ。この世界では法律で決闘が認められているんだな。

ふと明治頃に作られた、決闘をしてはならないという法律を思い出した。決闘の当事者や立会人等、関わった者を罰するためのものだ。ちなみにこの法律、今も有効である。故に、不良のタイマン等は法律違反ということになり、実際に暴行や傷害ではなく、この法律で立件された例もあるそうだ。

話をゲーム内に戻すが、この世界における決闘についての補足は、恐らくＰｖＰ(プレイヤーVSプレイヤー)のことを指すのだろう。相手を傷付けても双方同意の上ならば、罪には問わないということだ。確かにＰｖＰのたびに衛兵さんに逮捕されていては目も当てられないしな。


一通り読み終えると、自然と溜息が漏れた。

まさかこのゲームがここまで細かく設定をしているとは思わなかった。しかし気になるのは、一体どれだけのプレイヤーがこの存在を知っているのか、ということだ。

開始時の忠告文に従っていれば、そうそう迂闊(うかつ)な真似はしないはずだが、現に器物損壊で逮捕されたプレイヤーを俺は見ている。このことは広くプレイヤーに知らしめるべきだ。そう思う。

「なあ、ルーク。この件、公表するべきだと思うんだが、お前はどう思う？」

「ああ、俺もそう思う。これは俺達だけの中にしまってちゃ駄目だ。このままだと、プレイヤーの犯罪者率がどんどん上がる気がするんだ」

ルークも同じ考えのようだ。彼の言葉は続く。

「ゲームだから、ってＮＰＣに結構横暴な態度を取るプレイヤーも多い。コンピュータゲームだったら、民家のタンスや宝箱を開けるのが当たり前だしな。でもその当たり前をこの世界に持ち込んで行動してたら確実に犯罪者になってペナルティを受ける」

ゲームだから。これは魔法の言葉だ。リアルじゃないから許される、何をしてもいいという免罪符。ただ、それがこの世界では許されていない。

「それに多分、フィストは気付いてるんだろ？　そういう横暴なプレイヤーに対するＮＰＣの目や態度を」

「ああ」

ルークが言うとおり、明らかに違うのだ。普通に接する人と、そうでない人に対する表情や声色。そしてそれは、直接接した住人だけではなく、他の住人にまで伝播(でんぱ)している。まるで、当事者から事情を聞いたかのように。噂(うわさ)が広がったかのように。住人達に好感度が設定されているような反応なのだ。

「さっきフィストが話してた男みたいに、理解を示してくれる人もいる。でも、そうでない人が増えてしまうことが問題だ。これは俺達プレイヤー全部に降り掛かってくるかもしれないんだから」

正直驚いた。こういう考え方をするプレイヤーがいることが。そしてそれが、ちょっと嬉しかった。

「ああ、だから行動に移そう」

メニューを立ち上げ、掲示板を開く。そしてスレッドを新規作成しようとしたところで、

「待ってくれフィスト。スレ立ては俺がやる」

とルークに止められた。

「俺、βテスターだったから、これでも結構顔が広いし名前も売れてる。その辺りで信憑性(しんぴょうせい)を少しでも高めることができるかと思ってな」

言われてみれば確かに。俺は製品版からのプレイヤーで有名人でもない。そんな人間の声が皆に届くのかと言われると疑問だ。同じことを言うにしても、無名と有名では効果が違う。

「分かった、それじゃルークに任せる」

「ああ。仲間とも相談して、近いうちに上げることにするよ。まぁ……本当ならこれも、ＮＰＣのマイナス感情が無関係のプレイヤーに向かないんだったらどうでもいい話なんだけどな……」

溜息をついてルークがぶっちゃけた。

馬鹿やって報いを受ける本人は自業自得だが、そのとばっちりを受けるのは当事者以外のプレイヤー。そんな理不尽は遠慮願いたいのが本音だ。他人のためという部分はあるが、自分自身のためでもあるわけだ。

とはいえ、この世界で楽しくやるために必要なことには違いないので、少しは骨を折らないといけない。広報活動自体は機会があるごとにやっていき、少しは他のプレイヤーにも真面目に考えてもらいたい。何だか妄想乙とか自治厨失せろとか言われそうだが知ったことか。

さて、ここでやることも一段落ついた。今日はこれくらいにしておこう。

「それじゃ、俺はそろそろ落ちるよ」

明日は少し早めに出社しなくてはならないので、この辺で切り上げておいた方がいいだろう。本当は狩りに出たかったが、この時間自体は有意義だったのでよしとする。

「あ、ちょっと待ってくれフィスト」

席を立つと、ルークに呼び止められた。

「いきなりなんだが、お前、俺達のギルドに加わらないか?」

ここで言うギルドは、狩猟ギルドのような住人の組合ではなく、プレイヤー同士のコミュニティの方だろう。サービス開始から二週間以上経って、ギルドを設立できる条件が整ってきたプレイヤーも増えているらしい。

「メンバーもみんないい奴だし、きっと仲良くできると思うんだが」

「ギルドか……ルークのギルドってどんな方針で動いてるんだ?」

「一応、攻略メインではある。攻略組の中の一つだな。今はまだパーティーメンバーだけのギルドだけど、全員βの頃からの仲間だ」

「んー……俺って攻略の最前線で戦えるようなスキル構成とレベルじゃないんだよ……気持ちは嬉しいけど、攻略面だとまず足を引っ張ってしまうと思うから、遠慮しとくよ」

正直、βテスター攻略組といわれるようなハイレベルプレイヤーについていけるとは思えないのだ。迷惑を掛けるくらいなら、最初から加わらない方がいい。それに、社会人である以上、その攻略のタイミングに加われない可能性も多分にある。毎回こちらの都合に合わせてもらうわけにもいかない。

「そうか、残念だな……でも、フレンド登録くらいはいいだろ？」

　俺の返事に気落ちしたようだったが、あらためて提案をしてくるルーク。

「ああ、よろしく頼む。タイミングが合って、そっちに余裕がある時は、誘ってもらえると嬉しい。色々と教えてほしいしな」

　考えてみたらゲーム始めて一〇日近く経過して、ルークがフレンド第一号なんだな。どれだけぼっちだったんだ俺……。

　無事にフレンド登録を終え、その日は別れる。

さて、明日は何をするかな。

第六話　料理と調薬

ログイン一一回目。

今日は狩りに行かず、生産系スキルを使おうと決めた。

薬草がかなり集まったのと、そろそろ料理もしたいと思ったからだ。

狩りで得たアイテム、毛皮や牙、肉は、そのまま狩猟ギルドへ売り、生け捕りにしたウサギはペットショップに売り払っている。それで現金収入を得ていた。

薬草類は売ろうかと思っていたが、自分で作るのも面白そうだと判断し、残しておいたのだ。その結果、リュックサックから溢れ、別に購入した麻袋に詰め直したものの、そちらもいっぱいになってしまった。これ以上麻袋を増やすと持ち歩くのは無理なので、ここで消費しようというわけだ。

スキルを修得するにはＳＰ（スキルポイント）を消費しなきゃならない。これはスキルレベルが10を超えると1ポイント入手できる。次は20に到達するとまたもらえる。つまり10レベルごとに1ポイントずつ加算されていく。今の俺は【手技】がレベル10を超えているので未消費のＳＰが1。本当なら【気配察知】を修得しようと思ってたが、予定を変更して【調薬】を修得することにした。ポーション等の薬を作るスキルだ。

調理セットは持っているので、まずは調薬用の道具を買う。

次に市場へと行き、調味料も含めて料理用の材料の調達。狩った肉は放っておけば腐るので全て売り払っていたのだ。

あと食器も買った。割れると困るので木製の物を選んだ。

それら準備を済ませて適当な宿屋へ入り、部屋を借りる。外でやってもよかったのかもしれないが、人の目もある。変なのに絡まれてはかなわないので安全策を採った。

では、まず料理から始めよう。

調理セットを取り出してテーブルの上に置く。携帯コンロに火を入れて、フライパンを火にかけた。油を少しだけ落として広げ、熱くなるのを待つ。

その間に市場で買ってきた卵を三つ取り出して、二つはボウル代わりのスープ木皿に割って落とした。

フライパンが熱くなったので、残った一個を割ってフライパンに落とす。白身が固まってきたら周囲にちょっとだけ水袋から水を注ぎ、蓋をする。少しして蓋を取り、完成した半熟目玉焼きを木皿へと移した。

うん、一応うまくできた。何の変哲もない半熟目玉焼きの完成だ。

するとウィンドウメッセージが浮き上がった。

『この料理をレシピ登録しますか？』

迷わず『はい』を選択すると、メニューが開いてレシピの項目が新たに生まれた。それを確認してみると、目玉焼きのレシピが確かにある。

これが、このゲームでの【調理】スキルだ。まずは自力で料理を作る。すると、できた料理をレシピ登録できるようになる。これで次からは直接調理しなくても、メニューを操作するだけで料理を作ることが可能になる。

あと、単にレシピを入手して登録し、自動で作る【簡易調理】という方法もある。こっちの方が手間は掛からない。ただし、料理にかかる時間は実際に作るのと変わらず、当然材料を全て準備しておかないと作成は不可能。

更に、料理には一から一〇までの星評価が付くのだが、【簡易調理】をすると、どれだけスキルが高くても評価の上限が五になってしまうそうだ。それに【簡易調理】は実際に調理するより成長率がかなり落ちるらしい。検証によると、【簡易調理】によるスキル成長率は実際の調理によるそれの一〇分の一だとか。スキルを上げるなら実際に調理した方が格段に効率がいいのだ。時間的な意味もそうだが、食材の調達にかかる費用についても。

それに【簡易調理】の場合、レシピの星評価も関係してくる。例えば三つ星のレシピがあったとする。これを【簡易調理】すると上限は三つ星のままなのだとか。レシピ準拠なのである。これは【調理】スキルに関係なくそうなるらしい。ただ、そのレシピのとおりに実際に調理すれば、スキルレベルに応じて出来もよくなる。だから、レシピを入手した人は、まずは自分で作るそうだ。そしてその結果がレシピよりも高評価になれば上書きしてしまうのである。こうすれば上書き後の評価に合わせた【簡易調理】ができるようになる。上限は変わらないけど。

今、俺が作った目玉焼きは四つ星。つまりは普通よりちょっとだけマシなレベル。それをレシピ登録したので、いつでも評価四の目玉焼きが作れることになったわけだ。今の俺の技量では【簡易調理】による料理の出来のデメリットは関係ないが、成長率のことを考えると実際に作るのがよさそうだ。

そして、まだ俺には縁のない話になるが、星が七つ以上になるとステータス一時上昇の効果が付くようになる。しかし【簡易調理】では上限が五となるため、追加効果は得られない。付加効果を狙うなら手作りするしかないのだ。

そういうわけで追加効果付きの料理の大量生産はなかなかに難しいようだ。そういえば俺が贔屓にしているティオクリ鶏の屋台は六つ星だ。あれが七つ星になったらおやっさん大繁盛するだろうなぁ……あ、今日は食ってなかった。後で食いに行こう。

作った目玉焼きに胡椒を軽く振る。目玉焼きには胡椒と醬油がマイジャスティスなのだが、今のところこの世界には醬油はないはずだ。市場には売っていなかった。なのでいずれ【食品加工】で作ってみようとは思っている。

目玉焼きをひとまず脇によけて、次の料理に取り掛かることにする。

タマネギの皮を剝いて半分に切り、それをみじん切りに。もう半分は千切りにする。フライパンにまた少し油を落として馴染ませ、ボウルに落としておいた卵へみじん切りのタマネギを投入し、塩を少々加えてよくかき混ぜる。

それをフライパンへと少しずつ流し込む。フライパンいっぱいに広がったら入れるのを止めて、縁から少しずつ固まった卵を手前に丸めていく。全て丸め終えたら残りの溶き卵も投入し、同じ作業を繰り返す。

「完成～」

タマネギ入りの卵焼きの完成だ。評価は四つ星。これもレシピに落とし込んだ。

さて、次の料理を……。


手の込んだものを作るのは次にしようということで、今回作ったのは、
・目玉焼き
・タマネギ入り卵焼き
・ウルフ肉の野菜炒め
・ウサギ肉の胡椒焼き
のシンプルな四品。ウルフについてはwiki先生が食用犬について触れていたのでそこを参考にした。スープ、姿焼き、シチュー等あるようだったが、その中に肉炒め(いた)があったので、勝手にイメージを膨らませて野菜と一緒に炒めた。

しかしこの世界に存在するレシピってどのくらいあるんだろうか。また大書庫に行ってみるかな。料理本とか普通にありそうだし。


さて、一通り食べ終えたので、次はポーションを作ってみることにする。

こちらは料理と違い、レシピを入手してもいきなり【簡易作成】することは不可能で、まずは一度きっちり手順を踏んで作る必要がある。とはいえ、作り方は難しくない。単純なポーションならば傷癒草を煮詰めるだけでいいらしい。

調薬の初心者セットから乳鉢、乳棒、鍋を取り出し、鍋には水を入れて火にかける。

麻袋から適当に傷癒草を出して、小さくちぎって乳鉢に入れ、乳棒で潰していく。葉のまま煮詰めてもいいらしいが、こうした方がよくダシが出る――じゃない、薬効成分が出るような気がするので手間を掛けてみる。ちなみに根拠は全くない。

潰した傷癒草を逐次、煮立った鍋に入れていく。傷

癒草の葉は緑色だが、煮詰めると青色になった。これは市販のポーションと同じ色だ。

水に対してどの程度の傷癒草を入れればいいのかは分からないので、市販品と同じ色に近づくように傷癒草を追加していく。

やがて同じくらいの濃さになったので投入をやめて、火も消した。

指をちょっとだけつけて舐めてみる。味は市販のポーションと同じだ。薬なので味は期待してはいけない。多分うまくいっているとは思うのだが……。

冷めるのを待つ間に器の準備をしよう。使うのはポーションの空き瓶だ。

ちなみに、ポーション用の瓶は店で売っている。俺が使うのは『使用済みのポーションの瓶』だが。

GAOにおけるポーションの使用法は、飲むかぶっ掛けるかのどちらかだ。飲むのが一般的であるが、対象に飲ませる余裕がない緊急時は直接ポーションを傷に浴びせる。当然、飲む方が効果は高いというか、浴びると効果が落ちてしまう。

そしてポーションを使用すると、瓶が残る。普通のプレイヤーはこれをその場に捨てていく。空き瓶一つとっても、バッグやアイテムボックスの容量を削るためだ。使い道がないと判断して捨てている人もいるだろう。

しかし、これは再利用可能であったりする。なにせ売っている瓶と物は同じなのだから。綺麗に洗ってやれば何ら問題ないのである。資源の無駄遣いは勿体ない。リサイクル万歳だ。

これが工房を構えている調薬師達なら纏まった量の瓶を注文して揃えるのだろうが、金銭的余裕の少ない初心者や片手間でやっている人には、こちらの方が便利なこともあるのだ。他人が一度口をつけた物なんて綺麗に洗っていても嫌だ、という意識さえなければ、だが。あとこのリサイクルは特に俺が考えたわけではなく、β時代からの伝統らしいので念のため。

さて、そろそろいいか。空き瓶を直接鍋に沈めて中身を瓶に移し、これまたフィールドでリサイクルしたコルクで栓をする。これで一本完成だ。

出来としては星三つ。市販のポーションと全く同じ出来となった。レシピ登録を済ませ、残ったものを瓶に詰めていく……詰めるの、これだと効率悪いな。手も汚れるし。今度、漏斗みたいなのを探してみよう。

これで自分が使うには十分なポーションが確保できそうだ。残りの傷癒草もポーションにしてしまおうか……あ、瓶が足りない。空き瓶全部使っても、薬草はかなりの数が余るな……まぁ、作れるだけ作っておこう。無駄に作らないように注意しながら。

【調薬】は【調理】と違い、レシピ化後の【簡易作成】でも評価上限はなかったりする。その代わり、品質保証はされずに酷い出来になることがあるそうな。成長率についても【調理】と一緒で、【簡易作成】だと著しく低下する。

【調理】にしても【調薬】にしても、手作業が一番確実ということなのかもしれない。

トリカブトは現在の自分の手に余るので保留。毒消草の方はというと、解毒ポーションが該当する毒ごとに作られるものであるため、現状では手を出せない。毒を持った動物やモンスターを見つけたら、素材が出るかどうか狩ってみよう。

あとポーションのレシピも図書館にある気がするな。これも後で探してみよう。

一通り作業を終えたので、大書庫へ足を運ぶことにした。料理と薬のレシピを探してみるためだ。全部をいきなり作れるようになるとは思っていないが、知識として知っておくだけでも今後の参考にはなるだろう。

賑やかな通りを抜けて、昨日訪れた大書庫へ足を踏み入れる。

「ん……？」

異変に気付いたのはすぐだった。明らかに昨日とは違う。何が違うのかというと、冒険者風――つまり、プレイヤー達の数だ。昨日は俺とルークしかいなかったというのに、一〇人以上がテーブル付近に固まっている。位置的に、法律関係の本があった場所だ。

どうしてこうなったのかは見当が付いた。

「今日はお客さんが多いね？」

料金を払いながら司書のお姉さんに言うと、

「ええ、ああやって皆さん、法律の本を読んでいるみたいなんですが、何があったんでしょうね？　こんなこと初めてです。お客様、何かなさいましたか？」

どうも困惑気味だ。

原因は多分、ルークがスレを立てたからだと思う。他にプレイヤーが法律に興味を持つ切っ掛けがあるとは思えない。いや、何かイベントでもあったって可能性はあるけど。

心当たりはない、と誤魔化して、料理と薬物関係の資料の場所を聞く。

そちらに向かいながら、法律本を読んでる連中の方に聞き耳を立てると、法律があることに驚きを隠せないようだった。刑法だけじゃなく、別の法律本の内容らしき言葉も聞こえる。

ルークの迅速な行動によって、うまく情報が広まっているようだ。さすが有名人は違う。ルークのギルドを検索してみたが、古参の中ではかなり有名な存在であるらしかった。名前の威力は大きいのだなと強く感じる。俺がスレ立てをしていたとしても、ここまで広がっていたかは正直疑問だ。

誰がやってもいいのだが、より効果の高い方がいいに決まっている。ルークとの出会いがいい方向に働いたようだ。とはいえ、彼なら俺と出会っていなくても、いずれはここに来たかもしれないが。

まあそれは置いておこう。当分は推移を見守るしかないのだから。

意識を自身の目的に切り替える。辿り着いた本棚には料理のレシピ本がたくさん納められていた。一冊を手に取ってページをめくると、この世界の家庭料理らしいもののレシピが並んでいる。リアルに通じる料理も結構あるな。

いきなり異世界料理に挑戦するのも何なので、まずはリアルのレシピを持ち込んでスキルを磨こう。それからこちらの料理にチャレンジしてみることにする。

そうなると、やることは一つだ。

俺は受付まで戻って、ペンとインク、それから無地の本を三冊ほど購入し、本棚へ戻る。

それからレシピ本を持ってテーブルに着き、写本の製作を始めた。

公式ＨＰ掲示板：【男のサガ】蜂蜜街情報スレ【エロは性義】

ＧＡＯ公式ホームページには掲示板がある。ＧＡＯに関する情報を共有するための掲示板だ。攻略情報やスキル等の検証、アイテムトレードの連絡や雑談など、様々なスレッドが立っている。ゲーム内で撮った写真や動画などのアップロードもでき、キーワードによるスレッド検索も可能で、欲しい情報は存在さえしていれば比較的簡単に閲覧が可能だ。

そんなスレを何気なく眺めていたら、目に留まるタイトルがあった。

【男のサガ】蜂蜜街情報スレ【エロは性義】

蜂蜜街の名前はアインファスト内で見かけた覚えがある。あの時は蜂蜜が特産なんだろうかなどと考えていたが、これを見るに、どうもエロ方面らしい。

迷ったのは一瞬で、俺はスレッドを開いた。俺だって健全で健康な男なのだ。

1：**名無しの紳士**
ということで情報求む

2：**名無しの紳士**
まずは自分の情報を晒せ、話はそれからだ

3：**名無しの紳士**
エロという文字が見えたので。蜂蜜街って何ぞ？

4：**名無しの紳士**
アインファストにある色街だよ。つか、行った奴いるの？

5：**名無しの紳士**
色街って風俗街かっ！？　βの頃はなかったぞ！？

6：**名無しの紳士**
お、俺、ちょっと行ってくる

7：**名無しの紳士**
お前だけをイかせはしない、俺もイくぜ！

8：**名無しの紳士**
俺行ってきたけど、
「大人になったらいらっしゃい、ボーヤ♪」
ってボンキュッボンのエロイお姉さんに頰を撫でられてやんわりと断られた

9：**名無しの紳士**
年齢制限あるのかよｗ

10：**8**
うん、リアル年齢が未成年なのは確かだから、それで弾かれたんだと思う

11：**名無しの紳士**
識別どうやってんだ？
ってそういやＧＡＯってユーザー登録時に年齢とそれを確認できる書類を送らなきゃあかんかったな

12：**名無しの紳士**
まさか、そこが明暗を分けるとは……誤魔化しておけばあるいは……

13：**名無しの紳士**
身分証のコピーと、住民票の写しまで送らなきゃならん時点で、成りすましは困難だと思うぞ。そこまでして成りすましする意味もないしな。ばれたら即垢削除らしいし。お陰でネカマが存在しないのはいいことだ

14：**名無しの紳士**
話を戻そう。蜂蜜街だ。他に誰か行った奴はおらんのか。

15：**名無しの紳士**
俺行ったことある。

16：**名無しの紳士**
勇者ｷﾀ――――(ﾟ∀ﾟ)――――!!！

17：**名無しの紳士**
ｋｗｓｋ

18：**名無しの紳士**
では報告を。色々と店はあるし、店によって金額も違う。大衆店と高級店みたいなイメージなんだろう。俺が行った店は中くらいのところだ。安すぎても不安だし、高い所は金がなかったからな。

19：**18**
で、コースにもランクがあってな。俺が入った店は、最低ランクが膝枕だった。金額は30分3000Ｐ。

3：名無しの紳士
エロという文
蜜街って何ぞ
の紳士
――(ﾟ∀ﾟ)――!!！
4：名無しの紳士
アインファストにある色街だよ
つか、行った奴いるの？
12：名無しの紳士
まさか、そこが明暗を
……誤魔化しておけ
……

20：**名無しの紳士**
は……それだけ？

21：**名無しの紳士**
しかも高いｗｗｗ

22：**名無しの紳士**
リアル換算３万円で、膝枕だけとかｗｗｗｗ

23：**18**
話は最後まで聞け。指名とかもできるらしいが、事前情報がなかったのでしていない。試してみないと始まらぬということで決行。あてがわれた子はランク高かった。外見レベルでは大当たりだった。恰好は、ミニのチャイナっぽいやつでな、ふとももが眩しいんだこれが。

24：**18**
で、個室へ案内された。ベッドが１つあるだけで華美な装飾とかはない、あまり広くない部屋だ。ベッド２つ分くらいと言えば、このスレを覗くような奴なら大体のイメージは湧くだろう

25：**名無しの紳士**
あー、何となく分かる。壁とか床が木材になればそのまんまか

26：**18**
その通り。で、ベッドに横になるように言われて横になった。それで膝枕だ

27：**名無しの紳士**
おい、続きはどうした

28：**名無しの紳士**
ここまで言っておいて放棄とはけしからん！

29：**18**
ああ、すまん。ちょいと野暮用だで、結論から言うと、最高だった。むっちりしたふとももの柔らかさと、何より体温だな。次に、視界に入る二つの立派な膨らみ
あと、香水だろうけどいい匂いがしてな。頭を優しく撫でてくれてさ。何とも言えない癒しの一時だったよ

30：**名無しの紳士**
おおぅ……直接的なエロはないが、惹かれるものがあるな

31：**18**
まあ、あと、何だ……顔の向きを身体側にしたら、当然僅かだが見えるわけだ

32：**名無しの紳士**
何……だと……！？

33：**名無しの紳士**
な、何色だった！？

34：**18**
それは自分で確かめてくれ。が、結局同じ娘に３度ほど行ってるが、毎回別の色だったことだけは言っておこう

35：**名無しの紳士**
……ハァハァ

36：**名無しの紳士**
しかし中級ランク店舗の膝枕だけでリアル換算３万は高いのか安いのか

37：**名無しの紳士**
お触りとかはできなかったのか

38：**18**
一応、サービス以上のことはしない方が身のためだ的な注意は店員から受けてたからな。試してない。あのふとももにはぜひとも触りたいところだが、嫌われたくないしな

39：**名無しの紳士**
ちなみに、膝枕以上はどうなってるんだ？

40：**18**
その店では次が膝枕（薄着）、添い寝、添い寝（薄着）ときて、次がＶＩＰだった。当然、金額は上がっていく

41：**名無しの紳士**
どうして薄着は体験してないんだ？

42：**18**
考えてもみろ。今だってふとももスリスリしたい衝動に駆られるんだぞ？
これがもし仮に下着なんかになったら理性が持つか分からんわ

43：**名無しの紳士**
納得した。生殺し度が半端ねぇ

44：**名無しの紳士**
確かに。膝枕でそれだと、添い寝になるとどれほどの破壊力か。しかもリアルでお目に掛かれない美女なんだろ？

45：**名無しの紳士**
お、俺、頑張ってお金貯めるよ！

の店では次が膝枕（薄着）、添い
添い寝（薄着）ときて、次が
Ｐだった。当然、金額は上が
ていく

46：**18**
以上だ。まあ、気が向けばランクを上げてみようかと思う。が、正直、今でも十分満足だから、どうなるかは分からん。理性メーターは今がギリギリだからな

47：**名無しの紳士**
情報感謝だ。次に備えて資金を貯めておいてくれ

48：**名無しの紳士**
情報乙。しかしこうなると、次のランクが気になるな。いや、大体の見当は付くんだが、問題はＶＩＰだ

49：**名無しの紳士**
何だお前ら、わざわざ店舗なんていかなくてもいいんじゃね？
蜂蜜街、立ちんぼも結構いるぜ？
買ったことはねぇけど、以前声を掛けられた時の金額は1000Pちょっとだったぞ

50：**名無しの紳士**
立ちんぼ？

51：**名無しの紳士**
街娼いるのか。サービス内容は一緒か？

52：**49**
分からん。いかにも、な薄暗い路地に立ってたからな。気持ちいいことしてやるよ、とは言ってたが、持ち合わせがなかったから、金が貯まったらなって言ってその時は断念した

53：**名無しの紳士**
うーん、店舗型とどう違うんだろうな

50：名無しの紳士
立ちんぼ？

47：名無しの紳士
情報感謝だ。次に備えて資金を貯めておいてくれ

54：49
色っぽさというか、妖艶さは際立ってた。いかにも、な感じでさ。まあ、金ができたら行ってみようと思う

55：名無しの紳士
立ちんぼはやめておけ、後悔するぞ

56：名無しの紳士
経験者現る？

57：名無しの紳士
どうした何があった。まさかのぼったくりか？

58：名無しの紳士
ぼったくり……そういうのもあるのか

59：名無しの紳士
そんなところまでリアルにしなくてもいいよｗ

60：名無しの紳士
おいお前ら　これを見てくれ、どう思う？
【画像１】

61：名無しの紳士
ぶはっｗｗｗ

62：名無しの紳士
すごく……破廉恥です……

63：名無しの紳士
素っ裸の男？　おいおい、ストリーキングとはｗ

64：名無しの紳士
股間にモザイク入ってるｗ　おいおい、全裸って可能なのかよｗ

65：名無しの紳士
つか、この画像どういう状況なの？

66：60
蜂蜜街の店舗からつまみ出されたのを撮ったらしいな。ちなみにこれ、プレイヤーな

67：名無しの紳士
うはｗｗｗｗ恥さらしｗｗｗｗｗ

68：名無しの紳士
こりゃー……キャラ作り直しですわ。同じキャラと名前で表歩けんですよ

69：名無しの紳士
でも原因は何これ？

70：60
ルールを守れない奴は二度と来るんじゃねぇ！　ってＮＰＣが言ってたらしいから、多分、いらんことをしたんだろう

71：名無しの紳士
18は正しかったのか

72：名無しの紳士
18、お前は真の紳士だ

73：18
……頑張った、頑張ったよ俺！　それより55、続きを聞かせてくれ

74：60
話の途中だったのか。割り込み画像、済まなかった、55氏

75：55
いや、これはこれで有益な情報だった
だから俺も、皆のエロライフのために恥を晒そう

76：名無しの紳士
何だか深刻な話の予感が……

無しの紳士
わあああぁぁぁぁぁぁあっ！？

77：**55**
先日、俺は蜂蜜街で女を買ったんだ
店舗じゃなく、立ちんぼだ
どこまでしてくれるんだって聞いたら最後までって言った

78：**名無しの紳士**
本〇経験者キター！

79：**名無しの紳士**
正座だ！　正座待機だ！

80：**名無しの紳士**
ちゃんと服を脱げよ！？

81：**名無しの紳士**
ただし靴下は脱ぐな！

82：**名無しの紳士**
そんなの常識だ！　安心しろ！

83：**名無しの紳士**
お前らｗｗｗ　変態紳士ばっかりかよｗｗｗ

84：**名無しの紳士**
お前ら落ち着け。今は真面目な話だ。55、続きを頼む

85：**名無しの紳士**
正直すまんかった。55、お願いします

86：**55**
で、案内されて連れて行かれたのはいかにもな連れ込み宿っぽいところだった
行く途中にも立ってる女はそれなりにいた
そういう通りなんだと思う
客らしき男もちらほらいたからな

87：**55**
で、中に入って服を脱いで、行為に及んだわけだ
詳細は省くがリアルと大差ない感覚だった
金額も1500でこれなら、悪くないと思った
問題はリアルに戻った時に発覚した
ズボンの下が大変なことになっていたんだ

88：**名無しの紳士**
おい……まさかリアルでイッちゃったのかよ！？

89：**名無しの紳士**
あれか、夢の中での暴発と一緒か

90：**55**
89の例えが的確だと思う。驚きながらもすぐにシャワーを浴びて、パンツは洗濯機へ。驚きはしたが、まぁいいか、とこの時はそれで完結したんだ

91：**名無しの紳士**
ん？まだ続きがあるのか？

92：**55**
異状に気付いたのは次にログインした時だ。股間が、妙にかゆいんだ……

93：**名無しの紳士**
ふぁっ！？

94：**名無しの紳士**
そ、それはひょっとして……

95：**55**
ステータスを確認したよ。そこにはこうあった。【病気：？？？】ってな……

96：**名無しの紳士**
うわあああぁぁぁぁぁぁあっ！？

78：名無しの紳士
本〇経験者キター

83：名無しの紳士
お前らｗｗｗ　変態紳士ばっかりかよｗｗｗ

97：**名無しの紳士**
まてまてまてまてちょっとまて！

98：**名無しの紳士**
股間がきゅってなった

99：**名無しの紳士**
そんなところまでリアルにすんなよ！

100：**名無しの紳士**
お、鬼だ！　運営は鬼だ！　狂ってる！

101：**名無しの紳士**
どこまで想定してんだよ運営！？

102：**名無しの紳士**
で、どうすんだそれ、治るのか？

103：**名無しの紳士**
病気を治すポーションってなかったっけ？

104：**名無しの紳士**
いや、確かあったはず

105：**55**
あるにはある。
でも、何でもいいってわけじゃない
通常、病気のポーションは、特定の病気にしか効果がない
例えば風邪なら、風邪用のポーションが必要になる
万能薬もあるらしいが、今のところアインファストでは売ってない
で、俺の場合上記のとおりで、病気が現時点で特定できてない

106：**名無しの紳士**
性病には間違いないだろうから、性病の病気治療薬が必要なわけか
そういや毒も、種類ごとに別の解毒剤がいるんだよな

107：**名無しの紳士**
ほっとけば治るんじゃね？　確か風邪ステータスって自然治癒するだろ？

108：**名無しの紳士**
しないのもある。確かフォレストラットに噛まれて発病する熱病は、薬を使わないと治らなかったはず。このへんもリアル準拠だとして、性病って治療なしで治るのか？

109：**名無しの紳士**
まず、病気の特定から始めなきゃならんのか……ＮＰＣの治療院とか行くしかないんじゃね？　プレイヤーが性病関連の薬を持ってるとは思えん。なにせ、薬師プレイヤー自体が少ないはずだからな。その中で性病用の薬を開発する奴なんて皆無だろ。そもそも性病があるなんて夢にも思わんわ

110：**55**
その予定だ
アインファストも広いから、どこかで治療可能だと信じたい
無理だったら転生するしかない
……以上が俺の体験談だ
後に続く者が俺と同じことにならないことを祈る

111：**名無しの紳士**
貴殿の勇気に敬意を表する

112：**名無しの紳士**
勇者よ、苦難を乗り越えて、また戻って来てくれ。我々は、君の帰還を待っている。

113：**名無しの紳士**
貴重な情報をありがとう。だが、立ちんぼは全部が全部、病気持ちなのかどうかは分からんな。同じ女で全員が感染するかも分からんし

111：名無しの紳士
貴殿の勇気に敬意を表する

112：名無しの紳士
勇者よ、苦難を乗り越えて、また戻って来てくれ。我々は、君の帰還を待っている。

114：49
ステータス次第なのかもしれんな
行くの保留するわ、５５、サンキューな

115：名無しの紳士
俺的には暴発の方が衝撃だ、下着洗いの日々が始まるのか

116：名無しの紳士
行く時にはパンツ脱いどけばいいんじゃね？

117：名無しの紳士
あと受け皿が必要だな。ほとばしる衝動を受け止めるための。愚息を袋か何かに突っ込んどけばいいか、ゴムさんだとリアルマネーかかるし

118：名無しの紳士
おいおい……下半身露出させて、●●●ケース装着してゲームやってる姿って蝶シュールだぞ……

118：名無しの紳士
おいおい……下半身露出させて、●●●ケース装着してゲームやってる姿って蝶シュールだぞ……

119：名無しの紳士
誰かに見られたら自害する自信があるな……

120：名無しの紳士
だが、アレだな、これってリアルにも通じる危険だよな

121：名無しの紳士
そうだな。リアルで風俗行ったり女買ったりする奴は気をつけろよ？

122：名無しの紳士
しかし街娼の検証をしようと思うと、準備が必須だな

123：名無しの紳士
ああ、リアルでの準備と、ゲームでの準備の両方がな

124：名無しの紳士
リアルは暴発対策、ゲームは薬か……病気も一種類とは限らんぜ？

「……何だこれ、生々しい……」
俺は途中で、そっとブラウザバックをした。
しかしまさかゲーム内で風俗街とか性病とか……運営の脳はどうなってるんだ……。
でも膝枕か……リラクゼーション目的と割り切るなら、いいかもしれない。
それ以上は、ちょっと、なぁ……。

第七話　モラル

ログイン一五回目。

一応それなりにスキルアップを重ねた結果、【遠視】と【精霊魔法】が10を超えたので新たにスキルを修得した。【足技】と【気配察知】だ。

【足技】は蹴りのためのスキル。スキルなしでも普通に使えるといっても、補正が全くないのは心許なかったので取った。威力も上がったし、命中率も上がったような気がする。もっぱら突っ込んできた敵へのカウンターとして使っている。

【気配察知】は周囲の存在を探るスキルだ。これで何か近づいてきたら分かる、という俺の期待は裏切られることになったが。何か近づいてきたら自動で知らせてくれるスキルではなく、何がいるのかを探るためのスキルだったのだ。

存在を確認するためにはスキルを発動させねばならず、しかも発動中は【隠行】と一緒でMPを消費し続ける。【隠行】よりは消費量が少ないとはいえ、常に発動させているとあっという間にMPは空だ。

だからレベル上げを目的にしない時は、一瞬だけ発動させるようにしている。スキルで察知できた存在の位置は、発動中に限りマップにも表示されるので、反応があればそちらを警戒する、といった具合だ。タイミングによっては敵の接近を許してしまうのだが仕方ない。

そしてこのスキル、レベルが低いこともあって何がいるのかが判断できない。マップに表示されるマーカーは全て同一なのだ。獲物かと近づいてみたらプレイヤーだったり狩猟中のＮＰＣだったり、なんてことが何度もあった。レベルが上がれば識別可能になるらしいので今後に期待だ。

しかしその時に驚いたが、ＮＰＣも狩りをする、ってことだ。特にイベントがどうこうではなく、日常的に。話を聞いてみたら、本人にしてみれば普通に日々の糧を得るための行為だというのだから、どれだけ人間らしいのだと感心すると同時に少しだけ恐怖を覚えた。主に運営の脳的な意味で。いや、このリアリティが楽しいのは確かなんだけども。

ともあれひと狩り終えて、アインファストに戻って来た。最近はチャージラビットも向かってこなくなったので、ウサギ率が少し減った。その代わりウルフ率が上がったけど。あとイノシシ。イノシシは結構な値段で売れるので見つけたら積極的に攻めている。今日も一頭ゲットできたので大満足だ。ただ、大きさに比べて、入手できる皮や肉が少ないのがどうにかなればなぁ……。

薬草もあれから何種類かを見つけた。大書庫で見つけたレシピもあるので、時間ができたら作ってみようと思う。

それはさておき、いつものとおり狩猟ギルドへと向かうと、一仕事終えたプレイヤーや住人達が列を作っていた。こういう賑やかな雰囲気は結構好きだ。好きなんだが……何か違和感があるな。

理由が分かった。列の内容だ。片方はプレイヤーばかりの列。そしてもう一方が、住人――ＮＰＣの列。住人の列は普通にプレイヤーも交じっているが、どうもプレイヤーの前後が緊張しているというか……とにかく住人達の列の雰囲気が暗い。

その理由も、何となくだが分かった気がした。プレイヤーに対する警戒感とでも言うか。先日ルークも言っていたが、俺自身、あちこちでその片鱗（へんりん）は見てきたし、実際体験したこともある――その後は良好な関係を築いているけど。誠実な対応をすれば結果はついてくるものだ。

まあこの辺は、ＮＰＣをＮＰＣだと認識して接している限り、難しいところではある。ゲームなのだからそういう認識になるのは仕方ないのだが……公式サイドが事前に散々ヒントをくれている状態だというのにそれというのは同じプレイヤーとして情けない部分もあったり。

結局のところ、大半のプレイヤーには『自分がゲーム世界の住人の一員である』という自覚がないのだろう。同じ世界に生きる者としての視点で考えられないのだ。

そういう考えがおかしいって人の方が大半かもしれないが、俺にとっては別におかしなことではない。何故なら俺はテーブルトーカーだから。

キャラクターを作り、そのキャラになりきって、舞台となる世界でその世界の存在として振る舞う遊び。その世界のルールに従わずに無法なことをすれば、神であるGM（ゲームマスター）は容赦なく『当たり前のペナルティ』をプレイヤーに与える。

このゲームで言えばGMは運営であり、ルールはこの世界に適用されるシステムであり、世界内で通用する法律だ。俺はそれに従って、TTRPG感覚でプレイしているにすぎない。自分を作らず、ダイスを振ることがないというだけで、根本は同じだと思っている。

リアルであろうとゲームであろうと、ルールを逸脱した者は厳しい処分を受けるのは同じだ。

この世界には法律がある。そして、罪を犯せば罰を受ける。プレイヤーがそれを認識するのが先か、身をもって思い知るのが先かは分からないが、願わくば前者であってほしいものだ。

「今日はどうだった？」

俺は住人達の列の方に並び、前にいる狩人風の男に声を掛けた。同じ狩猟をする者としての声掛けだ。関係改善を図るためでもある。主に自分のために。

男はビックリしたようだったが、

「あ、あぁ……今日は運良く、イノシシが獲れたよ」

と、少しだけ警戒しながら答えてくれた。むむ、やはりこの人もか……。

「でも独りでイノシシを狩るなんてすごいな。それだけでどうにかなるものなのか？」

男の持った長弓を見ながら問う。こっちのイノシシは結構でかいし凶暴だ。安全に倒す方法があるんだろうか？

「ほ、方法は色々あるよ。罠（わな）で動きを止めて射貫くとかね。要は、自分が相手に狙われなければいいわけだから。毛皮で偽装して近づいたり、木の上から狙ったり、やりようはいくらでもあるんだ」

罠か。うまく使えば狩りが楽になりそうだな。近接専門の俺じゃ、木の上からってのは無理だけど。あ、でも魔法を使えばいけるか……いやいや、毛皮が傷付きそうだから駄目か。

「ど、どうかしたかな……?」

考え込んでいる俺を見て、不安げに声を掛けてくる男——狩人さん。あぁ、俺が不機嫌になったと勘違いしてるっぽい……重症だな、これ。

「いや、参考になるなぁと思って。ありがとう」

「へ……?　あ、いや、別に大したことじゃ……」

礼を言うと、狩人さんは戸惑いを浮かべた。照れるでもなく、謙遜でもなく、何か裏があるんだろうかという不安の色が消えていない……この人、プレイヤー絡みで何があったんだ本当に……。

でも頼りになるのは確かだ。俺達はポイントで簡単に得たスキルや、アーツに頼って獣を狩るけど、住人達は生業として得た経験（まであるかどうかは分からないが）や技術を駆使して狩るのだ。NPCだから『最初からそういう設定が実装されている』のかもしれないが、こういう人達から得る情報は重宝しそうでもある。よし、他にも色々聞いてみよう。

「今日はイノシシ、って言ってたけど、普段は何を狙ってるんだ?」

「ウサギや鳥かな。あとは罠を仕掛けて。ただ、最近は罠がさっぱりでね……今日みたいにイノシシを獲れたのは久しぶりだよ」

「近場のイノシシは狩り尽くしたのかね。それとも移動したか」

「いや……罠には掛かってるんだけど……見に行った時には獲物はなく、罠も壊されてて……」

狩人さんの表情が曇った。

設置式の罠に掛かった獲物は、獲物が自力で逃げ出すか、設置主が回収しない限り、掛かったままだ。第三者が奪っていくか、他の野生動物に食い荒らされる場合を除いて。

この人の狩人としての腕は分からないが、それで生計を立てている以上、悪いものではないはずだ。それが立て続けに失敗しているという。しかも、逃げられたという表現を使っていない、壊されているという言い方をするところから判断すると、獲物泥棒だろう。他人の仕掛けた罠に掛かった獲物を奪っていく、卑怯なやり口だ。

それも最近のことだというのだから、恐らく、犯人はプレイヤーだ。罠に掛かっているのを見て、ラッキーとばかりに狩っていったのだろう。誰が何のために仕掛けたのかを考えることもなく。まあ、自分でもそうすると思う。コンピュータRPGなら、という条件付きで。TTRPGだったらありとあらゆる可能性を考慮して慎重に動くだろう。

「他人の仕掛けた罠の獲物を盗むなんて屑人間、早く捕まるといいな。窃盗は場合によっては懲役刑だし、そんな奴が減れば狩りの実入りも増える気がするし」

わざとプレイヤー列に聞こえるように言ってやる。ほとんどの人がこっちに注目し、何人かが逃げるように視線を逸らしたが、それ以上は何も言わずにおいた。怪しげな奴についても、証拠がない以上はどうしようもないのが現状だ。仮にプレイヤーでなく住人の仕業であっても、多少は牽制になるだろう。これで馬鹿をやる奴が少しでも減ればいいが。ホント、自己満足でしかないけどな。

それはそうと、狩りの時に気を付けるべきこと等を教えてもらおう。プロの言葉は貴重だ。そう思って再び狩人さんと話そうとしたのだが、

「うわっ！」

驚きの声を上げて、狩人さんがこちらにぶつかってきた。

「大丈夫か？」

「え、ええ、……すみません」

体勢が崩れないように支えてやる。女性なら役得だったんだが……って、セクハラはいかん、うん、反省。

しかし一体何が起きたのか。その原因はすぐに目に入った。俺が並んでいた列の先に、先ほどまでいなかった姿があったのだ。全身金属鎧に大剣を背負った大きな——多分男だ。そいつが列に割り込んだのだった。その結果、鎧男（仮）の分だけ列が後ろに下がり、

狩人さんが俺にぶつかった、というわけだ。

で、割り込まれたのは案の定、住人だった。優しげな面立ちの、少し気弱そうな男。文句を言いたげな顔になったが何も動こうとはしない。ここで本人がガツンと言えばよさそうなのに動こうとしないのは、割り込んだ鎧男（仮）がプレイヤーだからだろうか。別にNPCがプレイヤーに逆らえないなんてことはないはずなんだが。単に戦力差のせいかもしれない。大剣持った鎧男（仮）とガチンコなんて、普通なら考えもしないだろう。

さて、どうするか。これがリアルだったら俺は多分、無視をする。厄介事に巻き込まれるのが嫌というのもあるが、相手が『何をするか分からない』からだ。素行を注意された学生が注意した人間を刺したなんて事例が実際にあるし、被害者になってはたまらない。

だから行動を起こすことによって得るメリットとデメリットを考えて打算で動く。当然限度はあるけど、自分が我慢すれば何の被害も受けないなら大人しくしているだろう。事実、そういう時に行動を起こしたことは片手の指で足りる回数しかないし。

が、今回についてはデメリットの方が大きい。住人達に『異邦人はろくでなしばかり』などと一括りにされるわけにはいかないのだ。現に今も、列の住人達や狩猟ギルドの職員達はいい顔をしていない。またか、などという呟きも聞こえる。少なくともあの鎧男(仮)は、誰かに列を譲ってもらったわけでもなければ代わりに並んでもらっていたわけではなさそうだ。

俺にとっては、一人のプレイヤーに恨まれるより、不特定多数のNPCに嫌な顔をされる方がデメリットが大きい。だから、動いた。

「おい、そこの」

列から外れて、割り込んだ鎧男（仮）に呼び掛ける。狩人さんが俺の行動に驚いていたようだったが、そのまま鎧男の腕を掴んで列から引きずり出そうとした。

「何しやがるてめぇ!?」

重量と腕力の差か、引きずり出すことはできず、腕を振り解かれてしまう。凄んでみせる鎧男だが、フルフェイスのヘルムを被っているので顔はみえない。

「何しやがる、じゃないだろ。列の最後尾はあっちだ。目が正常で脳みそがあるなら順番は守れ」

　親指を背に向けて、言い放つ。

「てめぇ、舐めてんのか？」

　列から外れ、俺と対峙する鎧男。背は俺よりも高いし鎧により重装備。しかも獲物は大剣だ。やっぱり狩人さん達だと荷が重いか。というか、舐めてんのか、って何だ。こいつ、自分の取った行動が理解できてないのか？　どこの子供だ……。

「誰が舐めるか気持ち悪い。そんなことより列に並び直せ。誰が横入りしていいなんて言ったんだ？」

「そんなの俺の勝手だろうが。てめぇに何の不都合があるってんだ？」

「俺の順番が遅くなる。それより何より、お前みたいな社会不適合者と同類だと思われたくないんだよ」

「……いい度胸だ……覚悟はできてるんだろうな、あぁ……？」

　鎧男の手が、大剣の柄に伸びる。それを気にせず俺は続けた。

「お前こそ、覚悟はできてるんだろうな？」

「んだとぉ？」

「ここでそんな物抜いて、無事で済むと思ってるのか？　それ以上やったら、お前、ここにいる連中を完全に敵に回すぞ？」

「何をわけの分からねぇこと……」

　言いかけた鎧男の言葉が止まる。俺達のやり取りを見ている周囲の人間（ＮＰＣ）達の視線が、鎧男に集中していたからだ。その全てが、鎧男に対する嫌悪が含まれたものだった。今までは気にも留めない――否、気付けなかったのかもしれないが、これだけの非難の目を向けられるとさすがに自分がどう思われているのかは理解したらしい。しかも狩人達は肩に掛けていた弓を下ろしたり、腰の短剣に手を掛けたりしているのだ。更には狩猟ギルドの職員までもがこれ見よがしに剣の柄に手を掛けている。プレッシャーは並ではないだろう。

「もう一度だけ言う。並ぶなら順番に並べ」

　できる限り声を低くして、威圧するように言う。

鎧男は舌打ちして手を下ろし、その場から動いた。列に並び直す様子はない。そのまま去って行った。

はぁ、と緊張を緩める。とりあえずはうまくいった。他の人達を巻き込むような会話展開をしてしまったのは反省点ではあるが、とりあえず締めるとしよう。

「同郷の者が迷惑を掛けて、申し訳ありませんでした」

列の人と、ギルドの人に頭を下げる。問題を起こしたのが異邦人なら、それを諌めたのも異邦人であるというアピールだ。あざといかもしれないが、この点は大事だ。ああいう奴ばかりではないというのを示さなくてはならないのだから。

一通り頭を下げて、俺は列の最後尾へ向かう。すると途中で腕を摑まれた。さっき俺と話していた狩人さんだ。

「君の場所は、ここだろう？」

「いや、俺は一度、列を外れたから」

何も言わずに抜けたのだから最後尾に回るべきだろう。それに騒ぎを起こしたお詫びの意味もある。

「いいからここへ並びなさい。咎める者は誰もいないよ」

「ああ、遠慮することはない」

狩人さんの後ろの男、つまりさっき俺の後ろに並んでいた人も、そう言ってくれた。いや、そう言ってくれるのはいいんだけど……。

「おう、兄ちゃん。そこに並ばねぇんなら、最前列に招待すっぞ？」

戸惑っていると、ギルド職員までがそんなことを言い、最前列の男までが手招きする。さすがにそれは勘弁してほしいので、大人しく元いた場所へ並ぶことにした。

その後は何も問題は起こらず、自分の番になった。

カウンターに今日の獲物、イノシシの毛皮と牙、肉を出す。それからウルフの毛皮だ。

「いやぁ、見直したぜ兄ちゃん！　あんた、名前は!?」

品物を確認しながら、ギルド職員が機嫌良さそうに言った。

「えーと、フィストといいます……」

「フィストだな！　よくやってくれたぜ！　あんたに言っても仕方ねぇんだが、最近、異邦人の態度が酷くてなぁ！」

俺にではなく、他の誰かに聞かせるかのように、否、聞こえるような大声で言葉が続く。

「あんまり酷いんで、今後、異邦人からの買い取りはやめようかなんて話も出てたところなんだぜ!?　持ち込む獲物は有り難いが、それ以上に気分が悪くてなぁ！」

ちらりと、プレイヤーだけの列に視線を送る職員さん。その言葉で、プレイヤー達の間に動揺が広がっていった。

いや、まさか、そこまで酷いとは思ってなかった……まだ余裕はあると思っていたのに、かなりギリギリだったみたいだ。考えてみれば、ここはプレイヤーとの結び付きが強い施設だから、それだけ酷い例も目の当たりにしてきたのだろう。

「まったく、お恥ずかしい限りです……」

はっきり言って恐縮するしかない。自分自身が悪いわけではないが、やはり一括りに考えてしまうのが人間というものだ。

「だがまぁ、異邦人もピンキリだって分かったからな」

言いつつ、査定の結果を俺の前に出す職員さん。俺の予想以上の額がそこにはあった。

「……ちょっと多くないですか？」

「色をつけた」

「いや、減らされても文句を言えない立場だと思うんですが、俺……」

「また同じようなことがあれば頼むぞ、っていう、心付けだと思ってくれりゃいい」

「いや、しかしですね……」

「何だ、俺達の感謝の気持ちが受け取れねぇ、ってのか？」

ニヤニヤ笑いながら、しかしドスの利いた声を放つ職員さん。いや、感謝されることじゃないんだ。極めて個人的な理由でやった自己満足なんだから。でも、それを言ってどうなるものでもないのか。彼らにしてみれば、異邦人の問題を同じ異邦人が解決してくれたという認識には違いないのだから。

「……ありがたく、頂戴します」

「おう。てことで、またのご利用をお待ちしてるぜ。今日みたいないいブツをまた持ち込んでくれよ」

金を受け取ると、ばしばしとこちらの肩を遠慮ない力で叩いてくる職員さん。分かりましたと答えて、カウンターを後にする。

小さな一歩ではあったけど、踏み出した甲斐はあったと見るべきなのだろう。まぁいいか、と狩猟ギルドを立ち去ろうとしたら、

「ちょっと待った」

男達に止められた。その数八人。中には俺の前にいた狩人さんと、騒ぎを起こした時に先頭にいた人、鎧男に割り込まれた人も交じっている。険悪な雰囲気ではないが、何か用だろうか？

「な、何……ですか？」

「ちょっと付き合ってくれないか」

思わず敬語で尋ねると、狩人の一人が、手に持った何かを傾ける仕種をした。

第八話　逆恨み

空を仰ぎ見れば星が瞬いていた。当然この世界の星座など分かるはずもない。そもそも星座というものがあるかも分からない。ただ、空に浮かぶ二つの月は綺麗だ。青みがかった月と赤みがかった月の二つ。

背後から、またなーという声が投げかけられた。振り向き、笑顔で手を振って、俺は酒場を後にする。

結局、狩猟ギルドでの件の後、俺は狩人さん達に酒場へ連行され、酒を振る舞われた。

俺が鎧男を注意したことへのお礼らしい。あの男、割り込みの常習だったらしく、散々迷惑を被っていたのだとか。アレ以外にも同じことをする奴もいて、それがことごとく異邦人――つまりプレイヤーだったのだそうだ。

当然、プレイヤーに対する反感は募っていき、しかしプレイヤーの持ち込む獲物は結構な量だったことで、ギルド側は苦い思いをしながらも黙認していたとか。

が、事態はよくなるどころか悪化。いい加減に我慢の限界が近づいていたのは、ギルド職員さんの言葉からもよく分かった。そんな時に俺が行動したことが、彼らには随分と嬉しかったらしい。

正直なところ、俺は彼らの感謝を素直に受け入れるのが心苦しかった。この程度のことで酒を奢るほどに感謝してくれる。逆に言えばそこまで酷かった、ということに申し訳なさばかりが膨らんでいったのだ。

ここまでプレイヤーが傍若無人になるのなら、運営の方から何か行動があってもいいんじゃないかとも思った。注意書きを無視して、理性と良識のない駄目人間としてプレイしているプレイヤーに対して、警告の一つでも送れば少しは改善されそうなのに。

しかし運営はこの件で動いている様子はない。それとも、何かが水面下で進行中なのか。所詮一介のプレイヤーである俺には、運営の思惑など分からないので考えても意味がないのだが。

結果として住人達の溜飲を下げることもできたのでそれはそれでいいとして。狩人さん達に拉致られてお礼を言われ、酒を奢られ、狩猟に関する様々なアドバイスも教えてもらえて。今日は随分な恩恵を受けることになってしまった。この恩は色々な形で住人達、NPCに返すことにしよう。

「さて、と……」

俺はゆっくりと歩き始める。特に目的地はない。いや、正確にはあるのだが、条件に当てはまるならばどこでもいい。具体的に言うならば、人の目に付かない路地裏とかが好ましい。

マップを確認しながら、そして時々【気配察知】を使いながら、条件に合いそうな路地裏を探す。やがて手頃な場所を見つけたのでそこへ踏み入った。人はおらず、明かりもなくて通りの街灯の光が差し込む程度。L字の路地を曲がり、少し歩いたところで俺は足を止めて振り向いた。慌てたように近づいてくる金属音。そして曲がり角から姿を見せる人影。

「よう、何の用だ?」

俺を尾行してきていた人物に、そう問い掛ける。俺が酒場に連行されてからずっと、その外で待っていた人物だ。

大剣を背負った全身鎧の男。狩猟ギルドで列に横入りしたあのプレイヤーだった。

狭い路地に鎧男の荒れた息が響く。そして鎧男が大剣を抜いた。

「……短絡的だな、闇討ちなんて」

「うるせぇっ！　舐めくさった真似しやがって……ブッ殺してやる！」

注意の際に挑発を混ぜたせいか、かなり頭に血が上っている様子だ。通り魔は今にも俺に斬り掛かってきそうだが……。

「本当に、いいのか?」

一応、聞いてやる。

「んだよ?　命乞いなんて聞かねぇぜ?　てめぇは俺を怒らせた！」

「そうじゃない……PK——つまり、人殺しになる覚悟があるのか、って聞いてるんだ」

「はぁ?　殺人……?　なにわけの分からねぇこと言ってんだ?」

「この世界には法律がちゃんとあってな、例えばお前がＮＰＣを殴ったりして怪我させたら、傷害罪が成立して処罰を受ける対象になるんだよ。相手を殺せば当然殺人罪だ」

「何言ってやがる……プレイヤーは死んでも復活するだろが」

　鎧男が鼻で笑う。確かにプレイヤーには、絶対的な死は訪れない。ＨＰが０になれば気絶し、その後何の措置も取られなければ死亡して、街に転送されるだけだ。ただ、一度死ぬという事実が消えるわけではない。

実際のところ、ＰＫ（プレイヤーキラー）達が法律で処罰を受けたという話は今のところ聞かないのだが……こいつは無知そうなので、何とでも言える。法を犯せば処罰を受けるという点においては全く嘘（うそ）も言っていないし。

「復活するんであって、一度殺したって事実は消えんことくらい、話の流れで察しろよ。お前の幼稚な理屈が通用する保証なんてどこにもないだろ。現に、屋台をブッ壊したプレイヤーがこの間、器物損壊の罪で衛兵に逮捕されてるって事実があるんだ。その後どうなったか知らんが……お前、俺を殺して身をもって知るか？　自分がその後、衛兵に捕まった後でどんな酷い目に遭うかを」

　鎧男は動かない。いや、動けないのか。ＰＫというゲーム上の行為を殺人だと断じられて怯（ひる）んでいる様子だ。

　さて。実のところ、俺はこいつを見逃す気はない。というのが、今後、難癖を付けてきそうだからだ。ＰＫ行為に対する反撃で相手を死亡させてもペナルティがないというのならこのまま戦闘に移ってもやむなしと思っているが、その保証がないので、ガチの殺し合いは勘弁したい。だから、

「ただ、ＰｖＰの場合は、相手を殺しても罪には問われないらしいがな」

と誘導してやる。決闘の結果による死亡は殺人罪にならないというのは、刑法の本で確認済だ。

　ＰｖＰには決着をつける方法がいくつかある。要するに勝利条件の選択だ。一撃を与えれば勝ちとか、ＨＰを半分以下にした方が勝ちとか様々だ。レベル差の

調整さえできる。HPを0にすることを勝利条件にしてもいいし、相手を殺すまでのデスマッチも可能だ。

「どうしてもやりたいって言うなら――」

言い終わるよりも早く、

『ブルートからPvPの申請があります
条件：デスマッチ
制限：なし
挑戦を受けますか？』

とメッセージが流れた。何とも素直というか、考えなしなことだ……こいつ、リアルだと絶対未成年だろうな。ここまで短絡的な成人が存在すると思いたくない。

断る理由はない、というか誘導したのは自分なので挑戦を受ける。相手の頭上にHPのバーが浮かんだ。

数字が表示され、カウントが始まる。鎧男――ブルートが大剣を構えた。

俺も腰のナイフに手を掛ける。ただしまだ抜かない。相手の意識をナイフに向けるための誘導だ。ブルートは、そんなナイフで何ができるとこちらを侮っていることだろう。

カウントゼロ。同時にブルートが動いた。大剣を右肩に担ぐようにして、左肩をこちらに向けて、一度の踏み込みで弾丸の如く飛び出してきた。確か【両手剣】のアーツ【チャージ&スラッシュ】だったか。一気に間合いを詰めたショルダータックルで相手を吹き飛ばし、浮いたところで大剣を上段から真っ直ぐ振り下ろして相手を両断するアーツだ。記憶が確かなら、このアーツはレベル20で修得できるものだったはずだ。

結構レベル高かったんだなこいつ。

が、スキルレベルが戦闘力の決定的な差ではない。戦闘力はスキルのレベル、アーツのレベル、プレイヤースキル等々の様々な要素が絡み合うのだ――と掲示板で見た。単純にスキルのレベルだけなら俺は10を超えたくらいでブルートには及ばないが、やりようはある。

だから俺は前方へと跳んだ。そして突っ込んでくるブルートに対し、両足を出した。

「ぶぎょっ!?」

豚の鳴き声のような声を出し、カウンターで放ったドロップキックを顔面に食らったブルートが倒れる。

何のことはない。俺はブルートの顔の前に両足を配置したただけで、ブルートが勝手に俺の足に顔から突っ込んだにすぎない。アーツ発動中は無敵というわけではないのだから、真っ直ぐ突っ込んでくるだけのアーツなら容易にカウンターを合わせられるのだ。途中でキャンセルできないアーツの弱点である。

「どうした、もう終わりか？」

「てめ、ざっけんじゃ――!?」

挑発すると、ブルートは即座に起き上がり、大剣を横薙ぎに振った。当然、大剣は『路地の壁』に当たって止まる。この狭い路地で大剣を横薙ぎに振れるわけがない。某黒の剣士なら壁ごと叩き斬るかもしれないが、こいつがそこまで超人的な剣士のわけがない。

「地の利も理解できないのか、お前？　何で俺がここにお前を誘い込んだと思ってる？」

人目を避けるためというのが第一だが、それ以上に戦いを有利に進めるためだ。大剣を自由に振るえない狭い場所。【暗視】がない限り、暗くてまともに物が見えない空間。真っ向から立ち向かえる保証がないのだから、これくらいの策を講じるのは当然だ。

言いながらこちらから間合いを詰めて【魔力撃】を発動。ブルートの顔面に容赦なく拳を叩き込む。続けて大剣を支えていた右手を蹴り上げると、大剣があっさりと手から離れ、石畳に落ちて派手な音を立てた。

当然ブルートはそれを拾おうとするが、それを許すつもりはない。顎を蹴り上げてのけぞったところに、更に顔面への回し蹴りを叩き込んだ。

ブルートはそのままの勢いでうつ伏せに倒れた。HPのゲージはまだ六割は残っている。さすが全身金属鎧。頑丈さだけは確かなようだ。が、それならそれで手はある。

呻きながらも立ち上がろうとするブルートの背中に俺は跳び乗った。そして右肩にまたがって、右手首を摑む。

「せー、のっ！」

手首を摑んだまま、俺は一気に後ろへと身体を反らした。続けて鈍い音と、ブルートの悲鳴が路地に響き渡る。システムによって痛覚軽減されていても、痛いものは痛いらしい。いくら強固な鎧を着ていようが、身体の方、関節の強度が増すわけではないのだ。

一度離れてのたうち回るブルートを観察する。もはや戦意は失せているが、容赦をする気はない。【魔力撃】を今度は足で使用し、ブルートの左膝を思いっ切り踏み砕いた。続けて右足首も踏み折って、俺はブルートの大剣を拾い上げる。

このゲームでは、戦闘中に他プレイヤーやNPC、果ては敵が持っていた武器を拾うこと、使用することが可能になっている。

そしてGAOにおいて、武器スキルはあくまでその武器の使用に補正をかけるものであり、武器使用の前提条件ではない。つまり、俺はこの剣を使ってブルートを攻撃することができる。

重たいので引きずりながら、俺はブルートの頭の方へと移動した。そして適度な間合いを取って大剣を持ち上げる。気分はスイカ割りだ。ヘルムで顔の見えないブルートから、明らかに恐怖の交じった声が漏れた。

「や、やめろぉおっ！　悪かった！　俺が悪かったっ！　だからこれ以上は勘弁してくれっ！」

「そりゃ無理だ。決闘の中断はシステム上不可能だ。何より、お前が選んだのはデスマッチだ。つまり、どっちかが死ななきゃ永久に終わらないんだから――なっ」

言い終えると同時に大剣を振り下ろした。バランスを崩して狙いが逸れ、大剣の刃はその重量でもってブルートの左肘を通り抜け、石畳で跳ねた。左腕が斬り離され、【部位欠損】のバッドステータスが発生する。システム上、血が流れることはない。切断された腕も、内部まで精巧にはなっていないので奇妙な光景だ。

同時に俺は大剣を取り落としてしまった。石畳にぶつかった反動を俺の筋力値じゃ押さえ込めなかったのだ。

痺れた手を何度かブラブラさせ、もう一度大剣を持ち上げる。今度は命中させないとな。

「たっ、頼むよぉ……ゆっ、許して……許してくださ

いぃ……」

右腕と両足の【骨折】に加え、【部位欠損】まで発生して完全なダルマ状態。抵抗などしようもない。涙声でブルートが訴えてくる。が、取り合うつもりはない。さっきも言ったが、どちらかが死なないとＰｖＰは終わらないのだから。当然、自殺する気は毛頭ない。

「お前から挑んできたのに勝手な話だな。せいぜい死んだ後で悔やめ。それから……もし今後、お前がＮＰＣに対して傲慢な態度を取ったり、不当な扱いをしてるところを見かけたら……分かってるだろうな？」

その言葉を最後に、二度目の斬撃を繰り出す。今度は狙いどおり、ブルートの頭部に命中。ヘルムがひしゃげ、頭を割られたことでＨＰは一気に０になり、ブルートの身体と斬り離された左腕、そして彼の大剣が砕けて消える。

『You Win!』の文字が流れ、ＰｖＰモードが終了した。普通なら相手はこの場に残るのだが、今回はデスマッチ。ブルートの姿はどこにもない。

今後、ブルートがどう動くかは分からないが、これだけやれば下手な考えは起こさないだろう。起こさない、といいなぁ……ああは言ったが、もしまた馬鹿をやってそれを俺の方から止めようということになれば、最悪ＰＫするしかなくなってしまうのだ。それにその時、今回のように有利に戦えるとも限らないし。

今日は、疲れた。何というか気分的に。人を殺すというのは滅入る。デスマッチというルールに則った戦闘の結果でもこうなのだから、ＰＫなんてした日にはどうなるのか。

今回みたいな喧嘩の延長じゃなく、理由あっての殺し合いならまた気持ちも違うのかもしれないが、今からそんなこと考えると深みにはまってしまいそうだ。

とっとと風呂に入って寝てしまおう。

一応表の通りまで出てからログアウトした。

ログイン一六回目。

『フィスト、ちょっといいか？』

ログインするなりルークからフレンドチャットが飛

んできた。

　フレンドチャットは、フレンド登録した人と、目の前にいなくても一対一で会話が可能になるシステムだ。要は携帯電話。いきなり来たからビックリしたが、それを出さないように答える。

『どうしたルーク、何かあったか？』

『いや、昨日の狩猟ギルドでの件、上手くやったなと思ってな』

『……見てたのか？』

『ああ。ついでに、酒場で狩人達と仲良くしてるところまでな』

『……お前はストーカーか？』

　見ていたなら助けてほしかった。知名度的な意味で、俺よりルークがやった方がマシだったはずなのに。

『まぁ、それはいいんだ。それよりも……フィスト、公式のトップを見てくれ』

『何かあったのか？』

『あった、か……既に始まっていた、の方が正しいな』

『は？』

　言っている意味が分からず、自分で確認することにした。メニューから公式サイトにアクセスする。

　そこにはこう記されていた。『賞金首システム稼働開始しました』

　は……？

　実装予定、じゃなくて、稼働開始しました？　つまり、もう実装されて動いてるってことか？　事前の予告は何もなかったはずだぞ？　普通はシステム実装の予告をして、メンテナンス後に開始とかじゃないのか？　それがないってことは、サービス開始時点で既に実装されていたのか？

　そしてシステム概要を把握する前に、目に入ったものがある。『賞金首リスト一覧』というアイコンだ。

何気にクリックしてみると、西部劇等に出てくる手配書に似たレイアウトが表示された。顔写真、名前、罪状、そして賞金額。基本的なところを押さえており、かなりの人数が掲載されている。

　だが、問題はそこではない。

一部の名前の下に、括弧書きで加えられた文字……。

『（異邦人）』

プレイヤーが、賞金首にされていた。

第九話 賞金首

賞金首システムは、プレイヤー、NPCを問わず、犯罪を犯した者に懸賞金がかかるシステムだ。そこには犯罪者制度も含まれている。

NPCはともかくとして、プレイヤーに関係ある部分を挙げていくと、こうなる。まずは【犯罪者】について。

・犯罪を犯したプレイヤーは、ステータスの犯罪歴欄に罪名が登録される。
・犯罪を犯したプレイヤーは、称号欄に【犯罪者】が登録されることがある。
・【犯罪者】の称号を持つプレイヤーは、衛兵等の官憲NPCに逮捕される場合がある。抵抗するとその場で討伐される場合もある。
・【犯罪者】の称号を持つプレイヤーは、その事実を知る真っ当なNPCの好感度にマイナス補正が掛かることがある。
・【犯罪者】の称号は、犯罪の対象となる相手がいる場合、逮捕または討伐前に相手に許されると消滅することがある。その場合、犯罪歴欄に表示された犯罪名に（和解）と追加される。
・【犯罪者】の称号は、以下の条件で【元犯罪者】に変わる。

一：逮捕され、刑の執行が完了する

二：討伐される

・【元犯罪者】の称号を持つプレイヤーは、その事実を知る真っ当なNPCの好感度にマイナス補正が掛かることがある。
・刑の執行が完了すると、犯罪歴欄に表示された犯罪名に（前科）と追加される。

これは犯罪を犯したことについての追加要素だ。そして、賞金首の方は以下のとおり。

・犯罪を犯したプレイヤーは、賞金首にされることがある。
・賞金首にされたプレイヤーは、称号欄に【賞金首】と表示される。
・【賞金首】の称号は、以下の条件で消滅する。
　一：逮捕され、刑の執行が完了する
　二：討伐される
・賞金首になったプレイヤーは、頭上に特殊マーカーが表示されるようになる。このマーカーは、賞金首でなくなったら元に戻る。
・賞金首になったプレイヤーは、その事実を知る真っ当なＮＰＣの好感度にマイナス補正が掛かることがある。
・賞金首になったプレイヤーは、犯した罪によりランク付けされる。
・賞金首になったプレイヤーは、犯した罪により賞金が懸けられる。
・賞金首になったプレイヤーは、衛兵等の官憲ＮＰＣ以外のＮＰＣに捕縛または攻撃されることがある。
・逮捕または討伐された賞金首プレイヤーは、犯した罪によりスキルレベル、ステータス、所持金品等が恒久的に一部減少する。
・賞金首を殺しても殺人罪は適用されない。

【犯罪者】及び【賞金首】の説明についてはこんなところだ。ちなみにこの犯罪歴については、《免罪符》というアイテムを使用すれば完全に消せるらしい。逮捕または討伐される前に使用できれば、罪名が消えると同時に【犯罪者】と【賞金首】の称号も消えて無罪放免になるとか。ただし、複数の犯罪を犯している場合は、その全てを消す必要がある。《免罪符》は罪一つしか消せないそうだ。

　そして何より《免罪符》の入手先は明かされていない。本当に実在するのかも怪しいところだ。さすがに公式サイトでの説明なので、存在しない物を出すことはないだろうが、きっと入手難度が馬鹿みたいに高かったりするのだろう。現時点での入手報告はない。

　それにしても運営の犯罪者に対する態度は厳しい。しかもこれ、初ログイン以降に犯した罪に適用されるという。つまりサービス開始の時点でこのシステムは実装されており、今までは単に手配されていなかっただけってことだ。刑法自体はサービス開始の時点でGAO内に存在してたのは間違いない。でなきゃ、先日の器物損壊プレイヤーが賞金首システムのことが発表される前に連行された根拠がないし、発表以前の犯罪に適用されることもないだろう。

今まで何気なく犯罪に手を出していたプレイヤーはさぞ慌ててるだろうな。いきなり称号欄に【犯罪者】や【賞金首】なんて称号が出るんだから。しかも賞金首は、プレイヤーやNPCに狙われることになるのだ。気の休まる暇もないだろう。自業自得だけど。

さて、公式で触れられている概要はこのくらいだが、賞金首システムについていくつか疑問がある。罪名については罪を犯した瞬間から表示されるようなのだが、【犯罪者】は即座に反映されるわけではないようだ。そして【犯罪者】となった場合、官憲NPCに逮捕されることがある、というのが引っ掛かる。素直に読めば、逮捕されないこともある、と解釈できる。この辺りがどう判断されているのか、だ。

それに【賞金首】もだ。こっちも、されることがある、だ。犯罪者が必ず賞金首になるとは限らない、と読み取れる。

こんな具合に一部曖昧な部分があるのだ。かといって、検証するわけにもいかない。そのために犯罪者になるなんて勘弁してほしい。

ただ、あくまで個人的な予想だが……犯罪者として官憲に追われるのは、その犯罪が発覚した場合じゃないだろうか？　犯罪を犯したことがばれなきゃ捜査の手も入らない、という理屈だ。

運営なら全てを把握してはいると思う。が、この世界の住人達が把握しているとは限らない。つまり、この世界の住人達や俺達が犯罪を認めた瞬間、犯罪者は追われることになるのではないだろうか。俺が初めて見た犯罪者であるところの器物損壊犯は、その場で衛兵に捕まったらしい。現行犯は当然として……もしその場から逃走していても、現場を目撃されているのなら手配される、そう考えるなら筋は通るだろう。

それから【賞金首】についても見当は付く。賞金首リストに登録されているプレイヤーの罪状は、ほとんどが殺人だった。つまり、特に重たい犯罪だ。これはPK行為によるものだろう。

NPCの賞金首は窃盗とか詐欺なんかも含まれているけど、これは逮捕されずに逃げ回ってるからかもしれない。俺達と違ってログアウトで逃げるなど不可能であるし。リアルでも、見つからないから指名手配とかをするし、有力な情報には賞金も出たりするのだから、それと同じ線ではないかという予想は多分外れていないと思う。

そういえばNPCからの好感度にマイナス補正が入るという一文だが、これはプレイヤーに対する好感度がNPCに存在することを公式が認めたことになる。俺やルーク達といった一部プレイヤーは薄々そうじゃないかと思っていたので今更な情報だが、大半のプレイヤーはここで初めて知ることになっただろう。さて、これで住人達への態度がどう変わるか……いい方向へ向くといいな。

あと気になるのは、逮捕または討伐された賞金首に与えられるペナルティだ。所持金品等が減少するというのは、他のゲームでもデスペナルティで発生することがあるようなので珍しいものではない。事実GAOでも、死亡前三〇分以内に入手したアイテムはその場に散らばる仕様だし、死に方によって一定時間ステータスにマイナス補正が掛かる。しかしスキルレベルとステータスが一時的ではなく減少するのは……そうそうないと思う。俺が知っているMMOがこのゲームだけなので、あるのかもしれないけど。どれだけステータスやレベルが下がるのかは明らかになっていないが、この運営のことだから厳しい処分になりそうだ。

狩りに出ようと思ってたが中止して、何とはなしに街の中を歩いている。見る限り、混乱があるわけではない。手配されてなければ問題なく出歩けるし、賞金首に興味がないなら今までどおりなのだから当然か。

ただ話題にはなってるようで、プレイヤーの戸惑いは感じられる。一方で賞金首を積極的に狩ろうという発言も聞こえていた。賞金額はそれなりで、実入りがいいのは確かだし、賞金首を逮捕あるいは討伐したら、【賞金稼ぎ】の称号も入手できるらしい。

称号は特定の条件を満たしたプレイヤーに与えられるもので、ステータスへのプラス補正等の特典が付くそうだ。今回の【賞金首】のようにステータス以外でマイナス補正が入るものもある。

賞金首に対して自分はどう向き合うべきか。悪さをするプレイヤーを討伐して治安の維持に貢献するというのはありだと思う。ただ積極的に捜して狩る、というのは抵抗があるのも事実だ。ＰｖＰはともかく、まず殺し合いになるだろうし、できうる限り避けたい。

まあ俺がしなくても、メリットが大きい話であるし誰かがやるだろう。一応リストはチェックしておいて、機会があれば、という方針でいいか。何せソロだし、ＰＫをやって賞金首になっているようなプレイヤーとタイマンで勝てるとは思えない。昨日のブルートのように短絡的で相手を侮るような性格で、こちらが地の利を活かせるような場所に誘い込むことができれば勝機も見えるのだが。

色々と考えすぎて疲れたな。今日は街のマップ埋めでもするか。まだまだ未踏の場所があるからな。

【遠視】と【気配察知】を鍛えつつ街の中を歩いていると、人混みの向こうから騒ぎが近づいてくるのに気付いた。器物損壊プレイヤーの時に似ているが、こっちは喧噪の中に悲鳴が交じって――悲鳴？

悲鳴の後ろから、時折怒号も交じる。待ちやがれ、とか、逃げるな、とか。何かの捕り物か？

やがてそれは姿を見せた。革鎧を着た軽戦士の男。手には抜き身の片手剣を――って、おい……。

「どけぇっ！」

切羽詰まった表情で、男は剣を振り回しながら通りをこちらへと走ってくる。その後ろから、同じく武器を抜いた男達が数名。最初の男はこいつらに追われているのか。

厄介事だな、と道の端に寄ろうとした時だった。逃げる男の剣が、通行人の女性の腕に当たった。悲鳴を上げた女性が斬られた腕を押さえて倒れる。慌てて駆け寄る周囲の人達。

予定変更。俺は逃げてくる男の前に立ち塞がる。

「邪魔だっ！」

男は剣をメチャクチャに振り回すのをやめた。邪魔者を散らすためではなく、俺を斬る体勢になってこちらへと駆けてくる。

身構えてタイミングを見極める。剣のあの体勢からなら、斬撃は多分斜め上段から。あの速度で走ってくるなら、あいつが剣を振り下ろすタイミングは――。

俺は前へと跳び出した。男の剣が描くであろう軌跡の内側を目指して。タイミングを狂わされて男が慌てて剣を振ったが、遅い。

左手で男の右手を摑んで引っ張ると同時、カウンターになるように右肘を男の顎へ。クリーンヒットし、のけぞったところで身を捻って背を男に向け、摑んだ手首を更に引きながら右腕で男の右腕を担ぐようにして、少し身を低くする。

そして、身体を前に出るように傾けて、曲げた膝を伸ばした。影が頭上を通り過ぎ、

「げふっ!?」

石畳に重量物が叩き付けられた音と同時に、男の声が上がった。一本背負い。柔道の技だ。これでも中学時代は部活動で三年の経験があり、茶帯一級である――初段は受けなかった。中学当時は身長が低くて身体も細く、茶帯が取れたのだって運が良かったからだし……微妙なのは自覚している。あと、高校時代は授業で選択していた。

それにしてもブランクがあるのにここまで綺麗に一本背負いが決まったのは初めてだ。リアルより身体能力が高いからだろう。相手の突っ込んでくる勢いがよかったのもある。

それはともかく、俺は男にまたがり、抜いたナイフを首に突き付ける。剣を持った右腕は押さえたまま、

「傷害の現行犯だ。何か言いたいことはあるか？」

呻いているだけで返事はない。一本背負いのダメージが大きかったのだろうか。少し心配になったところで、

ドッ！

「うわっ!?」

周囲から歓声が上がった。一連の捕り物を見ていた住人達からのものだ。あー、びっくりした……でもまあ、プレイヤーへの心証という意味ではいい仕事をしたということになるのか。結果オーライだ。

「ちくしょう、先を越されたかー」

そんな中で声が投げかけられた。この男を追いかけていた連中の一人だった。

「先を越された……？」

意味が分からず、問う。

「そいつだよ、そいつ。賞金首」

「え？」

そう言われ、男を見る。こいつが賞金首？

ナイフを鞘（さや）に収めてメニューを開き、マーカー設定をオンにすると、男の頭の上に緑と赤のマーカーが表示された。プレイヤーが緑、ＮＰＣが青だったはずだから、緑と赤が半分ずつのマーカーはプレイヤーの賞金首ということだろうか。

「なんだ、マーカー使ってなかったのか。不便だろ、それじゃ」

「よりリアルっぽくていいだろ？」

そう言うと、男は肩をすくめた。どうやら理解はされなかったらしい。利便性を言うならマーカーが出てる方が絶対に有利なのだから当然だろう。まあ個人的な拘りだからいいんだが。再びマーカー設定をオフにする。

「で、この場合、どうなるんだ？」

賞金首の処遇についてだ。先に目を付けていた方に優先順位がある、とかあるかもしれない。

男達は顔を見合わせ首を傾げる。初めてのケースのようだ。システム自体が今日明らかになったのだから無理もない。

と、そこへ衛兵が現れた。俺達を見て、取り出した紙束をめくって何かを確認して、状況はすぐに理解したらしい。

「賞金首はこちらが引き継ごう」

隊長らしい、他の衛兵より少しだけ見栄えの良い兜（かぶと）

を被った男が言った。

「お願いします。それで、こいつを取り押さえたのは俺なんですが、最初に追いかけていたのは彼らでして。この場合、賞金の扱いについて決まり事はあるのですか？」

衛兵が賞金首の武器を取り上げたのを確認して、俺は立ち上がり、問う。

「懸賞金は、賞金首を捕らえた者、討伐した者、その権利を譲られた者に支払われる。この場合はお前だな。受け取った懸賞金をその後どうするかはお前次第だ。懸賞金の受け取りは警備隊の本部だが、これから一緒に来るか？」

「そうですね、お願いします」

本部の場所を知らないので同行することにする。そこで俺は賞金首を追いかけていたプレイヤー達を見た。全員、手を振ったり首を横に振ったりで意を示す。分け前はいらない、ということだろう。自分達で仕留められなかったが故の矜持(きょうじ)なのかもしれない。

そのまま彼らは去って行った。また別の賞金首を捜すのだろう。

「あ、少し待ってもらえますか」

衛兵達に同行しようとして、ふと思い出した。散り散りになり始めた住人達の中、まだ人が固まっている場所がある。

人混みを掻き分けるようにしてそこへ近づく。いたのは、さっきの賞金首に腕を斬られた女性だ。応急処置をしているようだが痛みは引いていない。というより、出血している。流血表現はシステムで制限が掛かっていたはずなのだが、ＮＰＣは別なのだろうか。

「これをどうぞ」

俺は自作のポーションを一本取り出して、女性に渡した。少し失敗して市販品より質が落ちている物だが、このくらいの傷なら十分に癒せるはずだ。

返事を待たず、衛兵達のもとへ戻る。

「何故、あんなことを？」

「同郷の不始末による被害者ですから」

さっきの賞金首はプレイヤーだった。それがこの世界の住人を傷付けた。その償いだ。

当然、プレイヤーが起こした全ての不始末に対して補償なんてしないし、何より不可能だ。だから、俺の目に留まる範囲の、俺にできることをする。

もっと言えば、どうにかする手段を持っていたから、というのもあった。リアルで同じような怪我人が出たとして、俺にできることはほとんどない。いくら何とかしてやりたいと思っても、止血処置や救急車を呼ぶのがせいぜいだ。

だが、ここでは傷を癒すことが俺にもできる。申し訳なさと、何とかしたいという気持ちと、それを成す手段があったからこその行動だ。こういうことをすると偽善だ何だと騒ぐ奴もいるが、本心が含まれている行動にそんなレッテルを貼られたら生温かい視線を返すしかない。

「……お前だけが背負うものではないと思うが……お前をアレと同一視するような奴はおらんよ」

が、隊長さんはそう言ってくれた。

この日、俺は【賞金稼ぎ（初心者）】の称号と、結構な賞金を得た。

第一〇話　需要と供給

ログイン一七回目。

「ふふふ……」

いかん、ニヤニヤが止まらない。

賞金首を捕らえたことで手に入れた賞金は一五万ペディア。これで欲しかったアイテムに手が届いたのだ。

そう、収納空間付きのアレだ。これで獲物や採取した物を大量に持ち運びできるようになった。狩りも採取もはかどるというものだ。

そうそう、収納空間付きのアイテムは種類があって、リュックサックやウエストポーチ、果ては袋と様々だった。収納限界数はそれぞれ違う。あと、大きさに制限があったりもした。例えばストレージ袋など、その口に入らないものは収納不可能だ。ウエストポーチも同様。大きさに関係なく収納できるのはバッグとリュックサックだけだった。ああ、無茶苦茶高かったリングやネックレスもサイズ制限はなかったな。

そんなわけで俺はストレージリュックサックとストレージウエストポーチを購入した。ウエストポーチを買ったのは、戦闘中にも使うことになるポーションとかを入れるためだ。容量は二〇個と、バッグ等に比べるとかなり少なめだ。

リュックサックはバッグと同じで容量は一〇〇個。バッグとどちらにしようか迷ったものの、肩から提げるタイプのバッグと背中に背負うリュックサックでは、戦闘等で損傷しにくいのはどちらだろうと考えた結果、リュックサックにした。

最初に買ったリュックサックはそのままストレージの方へ片付けてある。処分してもいいかと思ったのだが、これはこれで使い道があるのだ。

ストレージの収納数は数で決まる。逆にノーマルは数ではなく、容量で決まる。つまり、薬草一〇〇個を入れたらストレージはそれ以上何も入らないが、ノーマルは容量が許す限り、一〇〇を超えて詰め込むことも可能なのだ。要は、採取用に残しておこうというだけなのだが。

ともあれ、最初の目標を達成できて満足だ。なにせ、調理セットと調薬セットがかなりかさばってたからな……実際、セットをばらして別の袋に詰めて運んだりしてたのだ……しかし今は、セットでアイテム枠一つとして収納できるようになり、苦労はなくなった。これで、目の前に生えている薬草類を、持ちきれないからと見逃すこともない。

さて、それじゃさっそく買い物に行くか。採取用の袋を別に数枚準備しておこう。あと、料理を温かいまま保管できるようになったから、作り置きをしておくのもいいな。それに金はまだ余裕があるから、ガントレットの新調なんかも――。

「ん？」

そんなことを考えながら歩いていると、前方が騒がしい。かなりの人だかりができているけど一体何だ？

「売れねぇってのはどういうことだ！　あぁん!?」

そんな声が聞こえた。よく見ると、人だかりができているのは店の前だ。

「売ろうにも商品がないんだ！　どうしろって言うんだ!?」

そして、そんな声も。つまり、あれか。何かを買いに来た人達と店との揉め事か。しかし、ないならそこで終わる話だろうに、どこに揉める要因があるんだ？

「商品がねぇってのがおかしいだろうが！」

「在庫が尽きて入荷もない！　これの何がおかしいって言うんだっ!?」

「在庫切れがありえねぇって言ってんだよ！　ポーションが品切れなんて、どんなクソゲーだっ!?」

……あぁ、納得した。俺はフレンドリストを立ち上げる。そこにある名前は一つだけ。そして彼がログインしていることを確認して、フレンドチャットを繋いだ。

『ルーク、ちょっといいか？　今どこにいる？』

『今ログインしたところだ。アインファストにいるよ』

『実は今、目の前で騒ぎが起こっていてな。プレイヤー絡みの揉め事だ。詳細はまだ確認してないが、商品の購入に関するものみたいだ。ポーションが品切れらしい』

騒動の中の一人がクソゲーという言葉を使ったので、そいつをプレイヤーだと判断した。こっちの住人が使う言葉とは思えなかったからだ。

『大ごとになりそうか？』

『判断に迷うな。品切れに納得してないプレイヤーが店に嚙み付いてる感じだ。店は……コアントロー薬剤店。うまそうな名前だな』

『うまそうってのがよく分からんが、店の位置は分かる。これからすぐに向かうが、それまでに何とかできるか？　そこ、住人の店だ』

『……了解、やれるだけはやってみる。でも急いでくれ。暴動にでもなったら、俺じゃ鎮圧できん』

暴動にならなくても、高レベルプレイヤー相手だとどうしようもないしな。ともかく、プレイヤーと住人のトラブルはなるべく解決したい。主に自分のために。

人混みに割って入りながら、何とか店の前に辿り着く。そこには赤髪の戦士風の男とそいつに胸ぐらを摑まれている恰幅のいい店主っぽい男。店の中からこちらを不安げに見ている店員らしい女性と……泣き出しそうな子供……？

俺は何も言わずに近づくと、手刀を赤毛の手に叩き付けた。当然、赤毛の手が店主らしき男から離れる。

「何しやがるっ!?」

「何しやがるじゃねぇっ！　あれ見て何も思わねぇのかっ!?」

手を離した赤毛が嚙み付いてくるが、それより大きな声で叫んで、俺は店の中にいる泣く寸前の子供を指差した。

とりあえず赤毛と店主の間に割り込んで、店主を庇(かば)うようにしておく。

「冷静になって自分達を見てみろ。子供をあそこまで怯(おび)えさせてるお前らは、クレーマーを通り越して暴徒寸前なんだぞ？　言いたいことがあるならそれはそれでいい。でもな、怒鳴り散らしたり高圧的な態度を取るのはなしだ。チンピラや暴力団じゃあるまいし」

そこまで言って、俺は周囲を見渡す。いきなり出てきて何だこいつ、って視線が大半だ。うん、仲裁の入り方としては失敗だな。自分の方がつい感情的になってしまったし、しかも理由が『子供が怯えてるから』じゃなぁ……。

気を取り直してまずは話を詳しく聞こう。状況把握は大事だ。

「聞こえた限りじゃ、お前らはこの店にポーションを買いに来た。それでいいな？　そして、店はそれを売れないという。理由は在庫がないから」

「あぁ、そうだ。言い訳にしたってもっとマシなもんがあんだろが」

赤毛は全く信じていない様子だ。他のプレイヤーも同様らしい。

次に店主に向き直って話を聞くことにする。

「在庫がないっていうのは本当ですか？」

「本当だ」

怪訝な表情を浮かべながらも店主はそう答えてくれた。嘘を言っているようには思えない。が、品切れが起こるという状況も正直信じられない部分はある。消耗品等の回復アイテムなんて、欲しければいくらでも

——そこまで考えて、得心がいった。つまりはそういうことなのだろう。が、それをどう皆に納得させるか……。

「いくつか教えてほしいんですが。今日、この店で売ったポーションはどれくらいです？」

「残っていた在庫、一五一本全てだ」

「ちなみに、普段の在庫は？」

「最近、ポーションの需要が跳ね上がってな。普段は来ない客も増えたから、五〇〇は確保するように手配していたんだが……注文したポーションが届いていない」

店主の言葉を聞いて、人混みにざわめきが起こった。扱う数に上限があるということを本気で信じていなかったらしい。

「ポーションの仕入れの方法は？」

「調薬師への依頼だ。後、自分でも少しは作る」

つまり需要に供給が追い付いていない。それなら品切れも起こりうるだろう。

「聞いたか？　品切れの理由は店主が言ったとおり、

商品が入荷できてないからだ。売りたくても売れない状況ってことだ。これで納得――」

「できるわけねーだろがっ！」

赤毛が吠えた。口こそ出さないが、プレイヤー達に納得してそうな奴が見当たらない……え……何故この説明で理解できないの……？

「リアルじゃあるまいし！　品切れなんて起こるわけねーんだ！」

そこから説明しなきゃならんのか……。

「お前ら、ＧＡＯを普通のコンピュータＲＰＧと同じだと思い込むのをやめろ」

赤毛の男だけでなく、周囲の連中も一瞥してから、言ってやる。

「ただのゲームなら、金が許す限り、アイテム枠がカンストするまで購入できるんだろうさ。だがな、この世界じゃそれが通用しないってことだ。嘘だと思うなら、適当な露店で買い占めでもしてみろ。例えばリンゴを売ってる露店で、一〇万ペディア分売ってくれって言ってみるといい。一個五ペディアくらいだから二万個は買える計算だが、店の人はそこにある商品以上の数はすぐに準備できないから」

実際のところは買い占めなどしたことないし、どうなるかは分からない。だが薬剤店店主の言葉を聞くに、この世界では『流通』が存在する。ならばどの店も同じ理屈が通じるはずだ。

ついでだ、これも言っておこう。

「それにな、お前ら知ってるか？　この世界の住人の狩人は、俺達と同じように森に出かけて、同じように獣を狩り、同じように狩猟ギルドへ持ち込んで金を稼いでる。しかもその後で酒場に繰り出して酒を飲んで騒ぐんだ」

は？　と間抜けな顔になるプレイヤー一同。

「ちゃんと会話も成立する。コミュニケーション能力はリアルの人間と同じだ。怒り、笑い、泣く。俺達と何ら変わらない反応をするんだ。ゲームのモブ相手だなんて思って偉そうにしたり高圧的態度を取ったりするのはやめろ。もし今までそういう態度を取ってきたのなら、この場で肝に銘じろ。そいつらは、お前らの態度を忘れていない。心当たりがある奴もいるだろう？」

住人達の嫌な顔や態度というのに触れたことがあるプレイヤーは何人もいるはずだ。そのプレイヤーの態度が悪いなら尚更に。

「賞金首システム実装の時に、ＮＰＣに好感度の設定があるって公開されたのを知ってるだろ？　このゲームを楽しみたいなら、住人達の声には素直に耳を傾けろ。仲良くするフリじゃなく、ちゃんとした信頼関係を築け。俺達と彼らは存在として対等だ。彼らは、この世界に『ある』んじゃない。『生きている』んだ。俺達も、ログインした瞬間から、この世界で『生きている』。だったらどう接すればいいのか、もうこれ以上は言わなくても分かるだろう？」

プレイヤー達の反応はない。理解したというよりは、戸惑っているようだ。やっぱりゲームのモブという意識はそう簡単には払拭できないんだろうな。いや、それとも単に、俺の話の展開がおかしかったか……。

そんな不安が芽生えたとほぼ同時、拍手が聞こえた。

拍手といっても聞こえるのはせいぜい二人分くらいだが。誰だ？　と音の方を見ると、人垣が割れてこちらへ近づいてくる人がいた。

「悪い、フィスト。遅くなった」

拍手をしながら歩いてきたのはルーク。そしてもう一人。黒いローブを着て、拍手するためか杖を脇に抱えた細面の男だ。魔術師か？

「ルークだ……」

「【シルバーブレード】のギルドマスター……」

「スウェインもいるぞ……」

「じゃあ、あいつもメンバーなのか？」

さすがβ以来のトッププレイヤー、知名度が高い。あちこちで彼らを知っているという反応が浮かんでくる。一部、勘違いしてる呟きも聞こえるな。

「……また、どっかで様子を見てたんじゃないだろうな？」

「お前ら、ＧＡＯを普通のコンピュータＲＰＧと、の辺りから聞いてた」

出てくるタイミングが俺の言葉が終わった後だった

ので聞いてみると、あっさりと認めた。こいつめ……。

「お前なぁ……」

「すまなかったな、私が止めたんだ」

ルークを睨み付けていると、魔術師風の男――スウェインがこちらを宥めるように話しかけてきた。

「君の話は最初の方から聞かせてもらっていた。噂に聞いていた君が何を言うのか、興味があったのでね。ああ、勘違いしないでくれ。噂というのは私達の中で、という意味だ」

ぬ、ルークの奴、ギルドメンバーに俺のことをどう説明してるんだ……？

「まあ、ここからは私に任せてほしい」

そんなことを考えている間に、スウェインがそう言ってプレイヤー達に向き直る。

「【シルバーブレード】のスウェインという。今回のポーション在庫切れの件についてだが、まずは攻略スレの『薬屋が薬屋じゃなくなった件』というスレッドを見てほしい」

戸惑いつつも、全てのプレイヤー達がその場でスレッドを立ち上げていく。俺も同様に公式サイトを開き、件のスレを検索して読んでみる。

内容は、アインファストの薬屋でポーションが買えなくなった、というレスから始まり、同様の発言が続いていた。この店にはまだある、という在庫情報の共有もあるようだ。しかし他の薬屋も品切れ起こしてたのか。俺は自作だからその辺りのことに全く気付いていなかった。さっき店主が新規客も増えたと言ってたのは、これらの店を使っていたプレイヤーが流れ込んできたからだろうな。

「さて、ざっとだが内容は読んでもらえたと思うが、このスレが立ったのは四日前。つまり、その頃からアインファストの薬屋ではポーションの在庫切れが始まっている。こちらで確認した限りでは、在庫切れの理由については商品の入荷ができないから、というものだ。中には自分の所で生産している者もいたが、こちらは材料切れによる供給不能だった」

プレイヤー達は大人しく話を聞いている。

「先ほど、こちらにいる彼が店主から聞き出したこと、そして言っていたことから容易に想像できるように、この世界では流通が成立している」

っておい、ここで俺に意識を向けさせるな。それにその言い方は辛辣だ。それが想像できなかったから誰も納得してなかったってのに……でも、流通が存在する、ってのを最初に言っておけば良かったんだよな。そうすりゃもう少し反応も違っただろうと今なら思う。

「だから品切れも起こる。それがこの世界のルールだ。ルールである以上、私達がいくら騒いでも、これは覆ることはない。だから、ここでいくら店主に横暴を働いても、ポーションは買えない。事実、存在しない物を提供するのは不可能なのだから」

目を細めて、スウェインが赤毛を見た。びくり、と身体を震わせて、一歩退く赤毛。ううむ、これが高レベルプレイヤーの貫禄というものか。

「だから、ここでたむろしていても何の解決もしない。もしポーションが欲しいなら、すべきことがあるのではないか？　時間は有限だぞ？」

そう言った瞬間、人混みが散っていった。さっきまでいた赤毛までもがその場を離脱し、どこかへと向かう。まだ在庫のある薬屋へと向かったんだろうか……って、

「あっ！　店主さんへの謝罪をさせるのを忘れてた！」

胸ぐら掴んで暴言を吐いたことに対する謝罪をさせられなかった……しまったなぁ……。

「いえ、助かりましたよ。ありがとうございました」

しかし店主さんはそう言って頭を下げてくれた。口調が柔らかくなったところを見ると、こちらへの警戒は解いてくれたようだ。

「いえ、こちらこそ、同郷がご迷惑を……」

俺、ルーク、スウェインも頭を下げる。頭を上げると、ホッとした顔の店員さんが見えた。子供は……どうやら決壊は免れたらしい。

「しかし、ポーションがない、というのは深刻な問題です。よろしければ、詳しい話を聞かせてもらえませんか？」

「ええ、分かりました。どうぞこちらへ」

スウェインの言葉に、店主は店へと入っていく。俺もルーク達と一緒に話を聞くことにした。

『コアントロー薬剤店』は結構大きな店だった。店内には様々な薬が並んでいる。ヒーリングポーション——HP回復用の棚はすっからかんだが、気絶から回復させるアウェイクンポーションやスタミナを回復させるスタミナポーション、毒消し、麻痺(まひ)消しのポーションはあり、薬草なども並んでいる。秤(はかり)があるので、ここで欲しい分量を買うこともできるようだ。あ、傷癒草を粉にしたものもあるな。これ、どう使うんだろう？

店主——コーネルさんは俺が興味深そうに色々見てるのに気付いたのか、

「薬草に興味がおありですか？」

と聞いてきた。

「ええ、つたないですが、ポーションを自作してまして。たくさんある薬草類は興味深いです」

「なんだ、フィスト【調薬】持ってたのか？」

「生産専門じゃない【調薬】持ちのプレイヤーは珍しいな」

ルークとスウェインがそんなことを言う。そうか、珍しいのか……。

「まだ三つ星より上のポーションは作れたことないけどな」

今までに作れたヒーリングポーションは、市販品並の三つ星ポーションと、少し失敗した二つ星ポーションだけだ。昨日、女性に渡したのは二つ星ポーションである。いや、在庫処分とか言うなよ？　今の俺なら二つ星ポーションでも十分な回復量なんだ。

「それよりコーネルさんに話を聞こう」

薬は後でじっくり見させてもらうことにしよう。

「供給が追い付かない、と言っても、先刻の話だとそれを見越して仕入れ量を増やしていたようですが？」

用意された椅子に腰掛け、スウェインが本題を切り出す。

「ええ、余裕がある時点で、さっきも言いましたが五〇〇本を確保できるように注文をしました」

「では、どうして今回のようなことに？」

「……注文した商品が、届いていないのですよ。本来なら、昨日のうちに届くはずだったのですが」

とコーネルさんが溜息をつく。そこへ店員さんがお茶を持ってきてくれた。紅茶——いや、この香りはハーブティーだろうか。と思ったらスキル発動。薬草茶のようだ。これ、【調理】と【調薬】【植物知識】のどれが発動したんだ？　複合か？　薬草の種類はともかく配合率の項目まで出てる。数字は未表示だけど……。

「先ほどは主人を助けていただき、ありがとうございました。私、妻のローラと申します」

お茶を配り終えて頭を下げる店員さん、否、ローラさん。どうやらこのお店、家族で営業しているようだ。ということは、さっきの子供はここの子供か。どこにいるのか……あぁ、いた。店の奥からこっちを覗き込んでいる男の子がいる。手を振ってやると、はにかんで手を振り返してきた。うんうん、子供は可愛いな。

「先方に連絡は取れたのですか？」

「いえ、今日にでもそうしようと思っていたのですが、あの有様で……まだ手配はしておりません」

リアルなら電話一本で片付くことだが、こっちの世界じゃそれも無理なんだろうな。魔法の通信手段とかないんだろうか。

「その仕入れ先というのは、アインファストにあるのですか？」

「いえ、ポーションの仕入れ先は外です。西の森の奥にムロスという村がありまして。そこが薬草の採取と栽培、薬の生産を生業にしている村なのですよ。ポーションもそこで生産されています」

生産拠点は別にあるのか。だが、それが届かないということは、何らかのトラブルがあったということだろう。考えられる一番の可能性は、輸送途中のトラブルだろうな。それに、この店以外も品切れになっているってことは、その村で仕入れをしている店もそれなりにあるんだろう。

「西の森か……あそこ、村があったんだな」

今までの狩りや採取では見つけられなかった。かなり奥なんだろうか。

薬草茶を一口すする。少しの苦みの後に、口の中に爽快感が広がっていった。あ、これ油もの食べた時の口直しによさそうだな。あと眠気覚まし。

「ルーク、スウェイン、その村の場所、知ってるか？」

「いや、行ったことがないな。βの頃にも聞いたことはない」

「同じく、だ。ご主人、その村の場所を教えていただけないだろうか？　ポーションの供給が途絶えるというのは我々にも重要な問題なのです。輸送ルートをご存じならば、それを逆に辿ってみようと思うのですが」

スウェインの提案にコーネルさんは一度店の奥に入り、一枚の地図を持って戻ってきた。そして、村の位置とルートを教えてくれる。ルークとスウェインは自分のマップに村の位置を落とし込む。俺も今後の参考に、村の場所を地図にポイントし、名前を追加しておいた。

システムにより、プレイヤーには【世界地図】のスキルが与えられている。これはレベル上昇が存在しない固定スキルで、地図はウィンドウに表示される。基本的に灰色一色に覆われていて、踏破した場所、目視確認した場所に色が付いていく仕様だ。森なら緑に、荒野なら茶色、砂漠なら砂色に、といった具合である。そして地図には手を加えることが可能で、目印やメモを残すことが可能なのだ。

ちなみにこの機能は屋外限定である。街については街限定のマップが展開されるが、ダンジョン等のマップは、スキルで作成しようと思ったら【オートマッピング】という別スキルを修得しなくてはならない。

「よし、それじゃあ早速行ってみよう。スウェイン、皆は？」

「召集完了だ。いつでも行ける」

ルークとスウェインが立ち上がる。スウェインは今の間にギルドメンバーへ連絡を取っていたようだ。手際がいいのはさすが熟練プレイヤーといったところか。

「それではコーネルさん、我々はムロスへ行ってみます」

「どうぞ、よろしくお願いします」

コーネルさんとローラさんがルーク達に深々と頭を下げた。まあ、彼らほどのプレイヤーなら何の危険もなく村まで辿り着くだろう。後は彼らに任せておけば――

「おい、フィスト。早く行くぞ」

と思ったら、俺もメンバーに加えられていた。

「待て待て、俺はお前のとこのギルドメンバーじゃないぞ？　それにレベル差がありすぎて、俺が行ったところで何の手助けもできんと思うんだが」

「おや、フィストさんはルークさん達と同じパーティーではないのですか？」

ルークに異を唱えると、コーネルさんが、それならばと切り出してくる。

「実はフィストさんにお願いしたいことがあるのですが」

「はぁ……何でしょうか？」

「薬草の調達を、頼みたいのですよ。ルークさん達が動いてくださっている間、少しでもポーションの供給をしたいのです」

「なるほど。現時点で持っている傷癒草をお譲りすればいいですか？」

俺はリュックサックから傷癒草を詰めた麻袋を取り出した。ストレージに交換する前には自分で持ち運べる数しかポーションを作っていなかったので、採取した薬草は十分残っているのだ。

「ふむ、結構な数がありますな。できればもう少し欲しいところですが」

「だったら、私達がムロスの調査に向かう間、フィストは薬草の調達で動けばどうだ？　【調薬】スキルも持っているわけだし」

スウェインがそう提案してくる。

「ポーションを必要とするプレイヤーは多い。それに住人にも必要とする人はいるだろう。焼け石に水かもしれないが、何もしないよりはいいと思う」

そうだな。荒事には向かないが、薬草を集めるだけなら何とでもなる。

ポーションの供給不足。事件とも言えるこの件に、俺は間接的に関わることになった。

第一一話　パーティー

　俺は今、馬車の中にいる。馬車といっても乗合馬車のような箱形ではなく、幌馬車だ。

　これは【シルバーブレード】所有の馬車だ。馬車も馬も普通に店で売っており、金があれば誰にでも購入可能なものだ。操るには【騎乗】のスキル修得が推奨される。

「さて、俺とスウェインはもういいとして、自己紹介しといてよ」

　急いだ方がいいという判断で、俺達はろくに挨拶もしないまま馬車に乗り込んでいた。話は移動中でもできるので、その点に異論はなかった。俺だけ薬草の群生地近くで降ろしてもらい、ルーク達は村へと向かうことになっている。

「じゃあ、僕からいこうか。運転中だからそちらを向けないけど、勘弁してね」

　そう言ったのは御者をやっている全身鎧を着た男だ。

「僕はジェリド。パーティーではタンク担当。よろしく」

　身長は一八〇を超えていて、かつ全身鎧というごつい男だが、口調は丁寧で性格も温厚そうだ。が、彼の席の下には、その外見によく似合う、スパイクの付いたタワーシールドと、大ぶりのメイスがある。

「じゃあ次はボクね」

　向かいに座った短い赤毛をした細身の少女が手を挙げる。上半身の革胸甲はいいとして下はホットパンツ。何の革でできているのか分からないから、動物素材じゃないんだろうな。しかし俺に言えたことじゃないが、腿とかの防御に不安はないんだろうか。腹も剝き出しで臍が丸見えだし。ＧＡＯは普通のゲームと違い、防具の効果は装備している部分にしか及ばないのに。

「ボクはウェナ。パーティーでは斥候担当。戦闘は小剣の二刀流。よろしくねっ」

　外見どおりの元気よさでそう言って、ウェナは腰の後ろに装備している小剣の柄を叩いた。

「それでは次はわたくしが。ミリアムと申します」

ウェナの右隣、こちらは革鎧を着た女性。膝下まであるだろう長い金髪は先の方で紐（ひも）によって束ねられている。おっとり系の美人だ。そばにあるのは複合弓か。この人の革鎧も素材は分からない。

「精霊魔法をメインに、弓も使います。よろしくお願いいたします」

丁寧な口調の後で、ミリアムは頭を下げた。精霊使いか……時間が許せば色々と話を聞かせてもらおう。

「最後は私ね。シリアよ。呪符魔術師をしているわ。もっぱら回復と支援がメイン。よろしく」

ウェナの左隣に座った黒髪ポニーテールの美人の恰好。上着は着物のように前合わせになっていて、その上から先の二人と同じ素材っぽい革鎧を着ている。下は膝上のスカート。腰の左右には革製のタセットみたいなのを提げていて、そこにはそれぞれスローイングダガーが何本も準備されている。

呪符魔術師は、呪符と呼ばれるアイテムを用いて魔法に似た力を使う。呪符は【呪符魔術】のスキルでしか作れず、一度使うと消えてしまう。自分で作った呪符しか使えない等々、それなりに制約がある。しかし反面、発動に使うＭＰが他の魔法よりも小さく、呪符をしっかりと準備しておけば連続使用も可能と、他の魔法にないメリットもそれなりにあり、何より回復系の手札が結構多いスキルでもある。

【呪符魔術】メインのプレイヤーは初めて見たな……実は結構興味があったのだ。こちらも話を聞かせてもらおう。

しかしその前に、やらなくてはならないことがある。【シルバーブレード】の自己紹介が済んだのだから、今度はこちらの番だ。

「フィストだ。戦闘系スキルは徒手空拳メイン。魔法は【精霊魔法】を少し。それ以外は【調理】や【調薬】なんかの生産系。あちこちの味を楽しみたいって理由でこのゲームを始めた、製品版からのプレイヤーだ。ゲーム内での将来の夢は、土地畑付き一戸建てで自給自足生活。よろしく」

さて、それじゃ話を――って、何だ？　女性陣の視線が……どうして俺に固定されたままなんだ？

「な、何か……？」

「いやー、ルークが【シルバーブレード】に加入させたかったって言ってた人とようやく対面できたからさー。どんな人なんだろう、ってずっと興味があったんだー」

「うちのパーティーでは、話題の人だったんですよ、フィストさんは」

ウェナが言うと、ジェリドからも声が飛んでくる。

あ、そうだ、思い出した。確かスウェインも似たようなこと言ってたんだ。

「ルーク、お前、俺のことを皆にどう説明してたんだ？」

「え？　そうだな……大袈裟な言い方になるけど……同じ志を持っている奴、って感じかな」

志、ときたか。随分と大仰だな。ルークと話したこと自体、そう多くはないのに、その中でルークは俺から何を感じ取ったんだろう？

「ちょっとした昔話なんだけど、聞いてくれるか？」

ルークの問いに、俺は頷く。周囲の空気が少し固くなった気がした。さっきまで快活だったウェナまでが、神妙な顔付きになっている。これ、本当に俺が聞いていい話なんだろうか。

「βの頃の話でさ。とある村の近くに、魔物が出るって情報が入ったんだ」

が、話は始まってしまった。

「俺達はその魔物を退治することにした。目的の村までは普通に歩いて二日。のんびり行こうって空気でさ、途中で狩りとかしながら向かって、結局三日目に到着したんだけど、その時、魔物は村を襲っている最中だった」

そこで一度、言葉が止まる。ルークの表情は何とも言えない苦いものに変わっていた。

「すぐに俺達は魔物相手に戦闘を開始した。それほど強くなかったから、その場はすぐに討伐できた。で、当時は倫理関係のシステムに全くの制約がなくてさ。地面を覆う無数の血溜まりと、その中に転がっている人間だったもの。身体のパーツが散らばってるのも珍しくなかった。むせ返るような血の臭いが満ちていて、死んでこそいなかったけど、重傷を負った人も多かった」

　今のシステムでは考えられない惨状だ。そういえば先日、賞金首に傷付けられた女性は出血があったが、やはり住人に関してはその辺りの制約がないんだろうか。

「魔物を倒した俺達に、村人達はお礼を言ってくれた。軽い気持ちで魔物退治にやって来た俺達に、文句の一つもなく、やらなきゃいけないことはたくさんあるはずなのに、全員が揃って、だよ」

　はぁ、と重い息をルークが吐き出した。皆の表情も一様に暗い。見えはしないがジェリドも同じなんだろう。前を向いていた頭が僅かに下がっていた。

「俺達が普通に進んでいれば、魔物の襲撃より早く村に着いていた。それだったら、魔物が村を襲うより早く、退治もできたかもしれない。そうでなくても……被害は絶対に少なくできたはずだ……」

「先のことなど予想できるわけがない。それでも当時の私達は、自分達が酷く悪いことをしてしまったと思ったんだ」

　絞り出すようなルークの声の後にスウェインが続く。

「そんな心情のままで礼を言われて、納得できるはずもない。私達は村の片付けを買って出た。怪我人の治療、死者の埋葬、壊された民家の修理、他の魔物がいないかの捜索など、できることは全てやった。間に合わなかったことへの罪滅ぼしとして、な。依頼を受けたわけではなかった。それでも、何かしなくてはならないと、その時の私達は思ったのだよ」

　そう、ルーク達には何の責任もない。魔物退治だって正式な依頼を受けたわけではないのだから。いつまでに村へ行かなくてはならなかったわけでもない。彼らに非はないのだ。第一、彼らが魔物討伐を決定しなければ、その村は魔物によって滅びていた。そういう意味では、彼らは間違いなく、村を救ったのだ。

「死んだ村人は葬儀の後で埋葬されたが、遺族は死者を悼んで泣いていた。全てが終わった後であらためて催された、ささやかな感謝の宴でも、死者を思い出して悲しみに顔を染める人達は多かった。私達には、そ

れが単なるプログラムだとは思えなかった。なんと言っていいのか……上手く説明できないが、そうだな、それが『本物』であり『現実』だと、そう思えた。そう、感じ取ってしまった。私達の意識が変わったのはそれからだ。今まで、どうということなく接してきたNPC——いや、住人達は、この世界で生きているのだ、と」

「だから俺達は、それ以降、NPCをNPCだと思うことをやめた。彼らはこの世界で生きていて、俺達はこの世界にいる限り、システム上の優遇措置はあっても、対等の立場なんだ、そう認識して接するようになったんだ」

なるほど、そういう過去があったからこその、今のルーク達か。それがなくても彼らがNPCを蔑ろにしていたとは思わないが、その件がより一層、彼らの認識に強く働きかけたんだろう。そして、だからこそ、犯罪に走ってNPCに不利益を与えかねないプレイヤーを少しでも減らすために、スレまで立てて活動したのだ。プレイヤーのためでもあるが、恐らくこの世界の住人達のためにという気持ちの方が大きいんだろうと感じる。

しかし、仮想現実を現実だと認識してしまえるほどのリアリティか……ある意味恐ろしいことだよな……。

「装備だけ見たらGAOを始めたばかりに見えたお前が、考えなしのプレイヤーの行動を問題視してるのを見て、俺、思ったんだ。こいつは俺達と同じ気持ちを持っているんじゃないか、って。そしてそれは正しかった。狩猟ギルドのこともそうだけど、さっき薬屋でお前がプレイヤーに言ったことも含めて、お前はこの世界の住人のことも考えた行動をしてる。単なるゲームのキャラとして見ていない、って。自分の不利益にならないようにっていう気持ちもあるんだろうけど、決してそれだけじゃない、そう思ったんだ」

真剣な眼差しを、ルークはこちらへ向けてくる。

確かに俺はNPCを単なるゲームキャラだと思って接していない。プレイ上の都合を考えて、プレイヤーと住人達の間のトラブルを何とかしたいとも思っている。そして、この世界の住人達と仲良くしていきたいとも思っている。だから住人達に無理や無茶を強いるつもりはないし、関わり合った住人達には幸せでいてほしい。その気持ちは決して間違っていない。自分のため、住人達のため、そしてついでに他のプレイヤーのため。どれも自分の本心だ。

しかし何ともまぁ……くすぐったい話だ。俺のことを持ち上げすぎだろう、ルーク達。

「別に俺は、そんな大層な人間じゃないぞ」

だから、そう言ったのだが、

「またまたー。トラブルに強引に割って入った理由が、泣きそうな子供って時点で、いい人確定だよねー」

などとウェナが茶化すように言った。こいつ、あの場にいたのかっ？

「って、違う違う、別に子供のために割って入ったわけじゃ……いや、全く関係ないわけじゃないが……っ」

「そういえば、店の中で子供に手を振っていたな」

「フィストさん、子供、お好きなんですね」

「なるほど……子供好きに悪い奴はいないよ。故にフィストはいい人だ」

スウェイン、ミリアム、シリアが追撃を掛けてくる。

あーもー、何て言っていいのやら……いや、これ以上はからかいのタネにしかなりそうにない……。

「言ってろ……」

そう言って顔を背けることしか俺にはできなかった。途端、吹き出すように笑うルーク達。ちくしょう、いつか逆襲してやる。

しかしパーティーか……苦楽を共にしてきた仲間達との関係っていうのは羨ましいなとも思う。様々な経験によって構築されてきた信頼感や共通認識。俺のプレイスタイルだと望み薄だが、いつかそんな気が合う連中と一緒に冒険できれば楽しいだろうなぁ……。

まぁ、それはそれとして、だ。

「ありがとうな、話してくれて」

俺はルークに頭を下げた。彼らにとっては苦い記憶で、ある意味トラウマでもあるだろうに。別にそのことを話さなくても俺の問いへは答えられたはずなのに、打ち明けてくれた。

ルーク達は一瞬、きょとんとした顔をしたが、お互い視線を交わした後、破顔した。

あ、そうだ。いつか、と言ったが、一つネタがあったな。

「それにしてもルーク。お前、何か口調がいつもと違うな?」

「うぇっ!?」

微妙な変化だが、少し柔らかい口調になっている。会った時は、俺とそう変わらない口調だったのに。指摘すると目を見開いて狼狽(うろた)える。

「素の口調に戻ってたぞ?」

「有名になってしまったものですから、リーダーが口調で舐められないようにって、意識して変えてたんですよね」

「ちょっ!? べ、別にそういうわけじゃっ!?」

「そっちの方が君らしいよ、ルーク。身内の前でまで肩肘を張る必要はないんだから」

クスクス笑うスウェインとミリアムに、慌ててそれを否定しようとするルークが面白い。ジェリドも今のままのルークを好ましく思っているのか、更にルークを弄り倒す。

「これでフィストが本当に身内になってくれたら、もっといいんだけどね」

「その件はもう終わったんだ。無理強いする気はないぞ。でも、いつでも歓迎するから、気が変わったら言ってく……言ってよ」

残念そうにこちらを見るシリアに、ルークが釘を刺す。言葉尻を言い直すところが微笑ましいな。

「まあ、固い口調でもいいんじゃないか? それもロールプレイの一環だ」

うんうん、と頷いてみせると、ルークの顔が赤くなっていく。トッププレイヤーの意外な一面を見たな
……リアルは多分、未成年なのではないかと推測する。

「ほう、ロールプレイときたか……」

そこでスウェインが俺の言葉に反応した。はて、何かおかしなことを言っただろうか。

「フィスト、君は私達のギルドが何故【シルバーブレード】という名前なのか知っているか?」

俺は首を横に振る。β以来のパーティーについて、俺が詳しく知っているわけがないのだ。

「候補はいくつかあった。私達全員でそれぞれ名前を出し合ってな。それが何故今の形に落ち着いたかというと……それがダイス神の意志だったからだ」

え……つまり、ダイスを転がして決めたのか!? なんて決め方を……しかし、

「ダイス神の意志なら仕方ないな」

運命の神には逆らえない。全てはあるがままに、だ。

え？ とルーク、ジェリド、ミリアム、シリアが驚いた。スウェインとウェナはニヤリと笑う。この温度差は……つまりはそういうことなのか。

「同志よ！」

スウェインとウェナが差し出してきた手を、俺は握り返した。

「フィストはスウェイン達と同類だったのか……」

「同好の士、という意味では多分間違っていない。で、当時、どんな候補が他に挙がったんだ？」

溜息をつくルークに、気になったことを尋ねる。

「あー……【アミティリシア探検隊】【暴走開拓者】【ルークと愉快な仲間達】【幻想旅団】【花鳥風月】」

「……ルークと以下略を考えたのはウェナだろう？」

「お、鋭いね！」

うんうん、楽しそうなのは結構なことだ。そしてダイス神、貴方はいい仕事をしました。

それから薬草群生地近くに着くまで、彼ら自身のことやゲーム内の様々な話を聞くことができた。

第一二話 解決

『コアントロー薬剤店』。

「フィストさん、そちらはどうですか？」

「ええ、さっきのは終わりました。これを持っていって、次をお願いします」

俺は磨り潰した傷癒草をローラさんに渡して、新たな傷癒草を受け取った。

薬草を採取してきた俺は、そのまま店でポーション作りを手伝っている。入荷が止まっている以上、自力で生産する以外に供給する方法がないのだ。

現在、アインファストのポーション事情は最悪だ。どの店も品薄あるいは品切れで、ポーションが高騰している。一部では転売も起きている。

そして、ポーションに限らず、その原料である傷癒草も同様に品薄になりつつある。傷癒草の買い取り価格が上がり、調薬師達が入手するための卸価格も上がり、結果ポーションそのものも値段が上がるというか、上げないと次の仕入れもままならない悪循環が始まりつつある。

この店は俺が直接傷癒草を持ち込んで、コーネルさんが生産しているのでまだマシだが、販売専門の店は休業状態。調薬師がいる店も材料集めに苦労するだろうな。

プレイヤーの調薬師も材料集めと販売に奔走しているが、生産者の数自体が少ないために状況は芳しくないようだ。

ＧＡＯでは基本的に、そこにある物がプレイヤーにとって有益な物であるのかが分からない。スキルで認識したり、誰かに教えてもらったりして、初めてそれが何であるのかを知ることができる。

例えば傷癒草が生えていたとして、普通のプレイヤーにはそれが傷癒草であるということが分からない。知識のないプレイヤーの認識ではただの草にすぎないので、当然スルーしてしまうことになる。

これが【調薬】【植物知識】【採取】のスキルを持っていれば、それが傷癒草であると分かる。分かればそれをどうするかはプレイヤー次第だ。欲しければ採取し、要らなければ放置でいい。

スキルがなくても傷癒草の実物を見ており、それが薬草なのだと教えてもらえれば探すことは可能だ。ただ、効率は極めて悪いものになる。

一面の草原のあちこちに傷癒草が生えていると考えてもらいたい。スキル持ちなら草原を見ただけで、傷癒草がどこに生えているのかが視覚情報として与えられる。しかしスキルがなければ、一つ一つの草を目視し、確認しなければならないのだ。このゲームには採取ポイント表示などという仕様は存在しない。素で探すかスキルで探すかの二択だ。

採取効率にどれだけの差が出るか、分かってもらえると思う。いくら今現在、傷癒草の買い取り価格が上がってるといっても、そんな面倒なことをしたがるプレイヤーは少ない。

スキル持ち以外が薬草を採取してくることが非常に困難で、その結果、材料が集まらない。【調薬】持ちが自分で採取を行えば、それだけ余計な時間が掛かって供給が遅れることになる。先行きは真っ暗だ。

しかしこの状況。さっきはただのトラブルかと思ったが、どうにも不自然に思えてきた。

今まで、ポーションの流通は問題なく行われていた。サービス開始と同時にこの世界の需要が跳ね上がっていたはずなのに、だ。それがここ最近、急に崩れた。プレイヤー数が爆発的に増加したという話は聞かない。ソフトの第二版はまだ発売されていないから、第二陣が押し寄せたという線はない。

それなのにここ数日で、供給が途絶えた。供給が追いつかないんじゃなく、一部が完全に止まっていた。となると、ポーションの流通そのものに異常が起きた可能性の方が高くなる。

「コーネルさん、最近、薬品業界で変わったことが起きたとか、変な噂とか聞いてませんか？　薬草畑が荒らされたとか、採取してる人が襲われたとか」

傷癒草を煎じているコーネルさんに聞いてみる。

「特に耳に入る話はないですね。私どもの店に関して言えば、急に客が増えたことだけです。他の店の客が流れてきたのでしょうが……」

「そうですか……」

　ポーションの高騰を狙って誰かが流通に歯止めを掛けているんじゃないかと疑ってみたが、そういう兆候があったわけでもなさそうだ。いや、そう思えないだけで、実際はそういう陰謀が動いている可能性もある。

　傷癒草を処理する手を休めることなく考えてみても答えは見つからない。判断材料が乏しい状況では何を言ってもただの想像の域を出ないのだ。

　いずれにせよ、今の俺にできることはポーション供給の手伝いだけだ。ルーク達が村に着いたら少しは進展もあるだろうし、連絡も——。

『フィスト、聞こえるか？』

　見計らったようなタイミングでチャットが来たので手を止めた。この声はスウェインか。【シルバーブレード】のメンバーとは全員、フレンド登録をしてもらっていたのだ。

　コーネルさんが怪訝な表情を向けてくる。フレンドチャットは当事者同士の通信で、他者には聞こえない。言葉を発する必要もなく、思ったことがそのまま相手に伝わるようになっている。こう言うと考えが筒抜けになるように聞こえるが、実際は相手に伝えたいと思ったことだけが伝わる。どういう理屈かは分からないが、すごい技術だなと思う。

「ルーク達から連絡が来ました」

　それだけ言うとコーネルさんは納得したのか作業を再開した。さて、こちらはこちらで情報を聞くことにしよう。

『ああ、今着いたのか？』

『着いたのは少し前だ。到着の連絡だけでは意味がないのでね。少し状況を確認したところだ。で、今回の件だが……事故の線は消えたと思っていい』

　事故じゃない……つまり、何者かの仕業、ってことか。

『根拠は？』

『村の薬草畑が荒らされて、傷癒草が根こそぎやられている。それからポーションの納品に出掛けた村人が二組四人、行方不明になっているそうだ』

『最悪だな……村人の被害は？』

『今のところは、さっきの四人だけだ。ただ、村に何かしらの危害を加えられる恐れが出てきたから、下手に動けなくなった』

　何者かが薬草畑を荒らし、ポーション輸送中の村人四名を襲ったというなら、それが村そのものに矛先を向けることは十分に考えられる。その何者かがどれだけの数の集団なのかは全くの不明っていうのが不安要素だな。

『だから私達は、村を拠点にして周囲を探ってみることにした。しばらくはこちらに滞在することになる』

『分かった。進展があったらまた連絡をくれ。それまで俺はコーネルさんの所で、できるだけ手伝う』

　そこでチャットを打ち切って、コーネルさんに事情を話した。今回の原因が人為的なものであることを知って暗い顔になる。

「誰の仕業かは知りませんが、迷惑な話です。人の命を救うための薬を何だと思っているのか……」

　そして怒りを露わにした。ポーションが市場に流れなくなれば、それで助かるはずだった命が失われるかもしれないのだから当然の反応と言えた。商売とは言え、薬を売って人を救うための手助けをするという今の仕事に誇りを持っているんだろう。

「ポーションを必要とする人は、荒事専門の人が多いですしね。それがなくなるっていうのは死活問題です」

「そうですね。では、そんな人達に少しでも提供できるように、私達も頑張りましょうか」

　コーネルさんの言葉に頷いて、俺は調薬の作業を再開した。


　ログイン一九回目。

　ポーション供給は厳しいままというか、悪化した。ムロス以外が仕入れ先だった店舗の方も仕入れが途絶えてしまったらしい。これで、悪意ある何者かの介入が確定したな。アインファスト全体のポーション供給を止めるとか、かなり大きな組織なんだろう。

この件に関して、コーネルさんは他の店というか調薬師ギルドで連携を取ることにしたようだ。調薬設備を持っている店が作ったポーションを、ギルド加盟店に分散して提供するようにした。

意味があるんだろうかと思ったら、販売専門の店舗への救済措置と、店舗間での価格高騰の格差をなくすためらしい。それでも普段の数倍の値段になってるけど、現状では良心的な値段だ。材料の供給が途絶えると更に上がるだろうけど、これればかりは仕方ない。彼らにだって生活があるのだ。

一方、ギルドに加盟していない個人営業の調薬師は独自の価格設定で売っている。そして、プレイヤーの調薬師もだ。こちらは結構ぼったくり価格だが、中には店頭価格より少しだけ高め、という人もいるようだ。

それでも、店頭価格より高くても、ポーションは売れる。ポーション以外の回復手段が他にもあるとはいえ、やはり誰にでも使えるという利点は大きいのである。

そんな中、俺が何をしているかというと、基本はポーション作りの手伝いで、合間にコーネルさんから調薬関係の話を色々と聞かせてもらっている。

調薬師は読んで字の如く、薬を作るのが仕事だが、何もそれは回復薬だけの話ではない。例えば虫除け、例えば睡眠薬、例えば麻酔薬。そして、殺虫剤等の毒まで。調薬師の作る物は幅広いのだ。

そういった薬の知識をコーネルさんから色々と聞き、冒険に活用できそうな薬剤の調合を試したりもした。ポーション作りの影響で【調薬】がガンガン上がっていたこともあって、それなりの薬を作れるようになったのは今回の収穫だろう。ヒーリングポーションも四つ星に手が届いた。

それ以外は休憩時間でローラさんに料理を教わったり、息子のジャン君の相手をしてあげたりと、駆け回っているルーク達には悪いが何とも有意義な時間を過ごせた。

そして今、俺は何度目かの薬草採取に来ている。西の森の外周付近は既にあらかた採り尽くしているので、森の深い所へ入っていかないといけない。まあこの辺りは狩りに来たこともあるので、そうそう危険はない。今の俺ならウルフの群れ相手でも、苦戦はしても負けることはないだろう――いや、数にもよるけどね。とりあえず七匹までなら何とかできることは経験済みだ。

深い部分ということは、人の立ち入りが少ないということで、手付かずの薬草などが結構ある。ストレージを入手したお陰で持ち運びの量は気にしなくてもいいので、傷癒草に限らず他の薬草類も積極的に採取していく。

それなりの時間を掛けて、かなりの量の傷癒草を採取できた。これでまたいくらかのポーションを供給できるようになるだろう。

そういえば他の採取者とは会うことがないなと、帰路の途中で気付いた。【調薬】持ちが少ないというのは聞いていたが、一度くらいは出会っても良さそうなのに、出会うことがあるのは狩りに来ているプレイヤーや住人の狩人くらいだ。まあ、採取場所が違うからだろうけど。


「ん？」

それに気付いたのはアインファストまであと半分くらいまで歩いた時だった。後方から近づいてくる音がある。

振り向いて【遠視】を使うと、こちらへ駆けてくる幌馬車が三台。二台の後に少し離れて一台が続いている。かなりの速度を出してるな。

『フィスト！　ちょうどいいところにっ！』

次の瞬間、ルークからのチャットが飛び込んできた。あ、よく見たら最後尾の馬車はルーク達のだ。

『馬車二台、何とか止めてくれ！　そいつらが今回の犯人だ！』

『って、ヘマったのか？』

『ヘマったというか、目星を付けてた連中を制圧した直後にやって来たんだよ！　イレギュラーだ！』

ああ、他の場所で活動してた奴らが合流してきたのか……そりゃ運が悪かったな……。

『しかし分かれて逃げればいいのにな。お前らは一台だし、二台は追えないのに』

『お前どっちの味方だっ!?』

悪党共の頭の悪さを指摘すると、ルークが何故か吠えた。いや、別にあいつらにアドバイスするつもりはないぞ……。

『とにかく止めてもらいたいんだけど、できれば無傷で頼む！　どっちもよそで強奪したポーションを積み込んでるみたいなんだ！　それらになるべく被害を出したくない！』

ルークは平然と無茶を言った。いくら何でも爆走中の馬車を生身で止めるのは不可能だぞ。

『確約はできない。多少の被害が出るかもしれんが文句は言うなよ。最優先は犯人の身柄を押さえることだろ？』

『……分かった、なるべく、でいい』

悔しそうであったがルークも優先順位は弁えているようだ。犯人さえ押さえれば、しばらく混乱は続くとしてもポーションの供給は元に戻るのだ。商品の損害を気にして逃してしまう方が問題だ。

言質は取った。なら俺にできるだけのことをしよう。

俺はミリアム、手を貸してくれ』

『今から、二台の馬車の前に壁を作る。全速力じゃ避けられないタイミングで、だ。回避方向を誘導するように偏った配置にするから、速度が落ちたら包囲するように壁を作ってくれないか』

『……承知しました、準備しておきます』

続けてスウェインへもチャットを送る。

『スウェイン、俺とミリアムで馬を止める、あるいは速度をできるだけ落とさせる。その瞬間を狙って馬の動きを封じるのは可能か？』

『任せろ』

『頼んだ』

チャットを終わらせ、俺は腰のポーチからポーションを取り出す。MPを回復させるためのマジックポーションだ。

馬車は真っ直ぐこちらへ向かってくる。俺がいるのには気付いているようだが速度も進路もそのままだ。まさか俺がルーク達と知り合いで、連携を取っているなどとは夢にも思っていないだろう。

「さて、始めるか」

完全に馬車へ向き直るようなことはせず、あくまで立ち止まって様子を見ている風を装ったまま、精霊語で地の精霊に訴える。

『大地に宿る精霊達よ、俺に力を貸してくれ』

俺の声と意思に応えて地面が盛り上がっていく。馬車の進路を阻むように、次々と壁というか土盛りが出来上がっていった。高さはせいぜい四〇センチほど、幅も一つが五〇センチ程度。たがこの程度の障害物でも、馬車が乗り上げたら大惨事になる。それを次々と馬車の予想進路上へ生み出していった。

配置は馬車が通り抜けられないくらいに開けてある。そして回避がしやすいようにやや偏らせておいた。逃げやすい方に逃げるようにするためだ。

馬車の御者は障害に気付いたようだ。慌てて馬を制御して速度を落とし、それらを避けるように馬を操る。

そこで初めて俺は移動した。全力で駆け、馬車の行く手を阻むように、更に土壁を生み出していった。MPが尽きると準備したマジックポーションを飲み干して回復し、途切れることなく土盛りを作る。やがて、馬車が身動きを取れなくなって止まった。行く手を遮り、旋回もできないように配置した土盛りが、馬車の機動力を封じたのだ。車ならサイドターンでもして方向転換できるが、馬車だとそうはいかないだろう。

「……あー、疲れた……」

持っていたマジックポーションは尽きて、MPも限界だった。ギリギリ足りて助かった……。

そうしているうちにルーク達の馬車が追いついて包囲を固めた。馬車を取り囲むように、土壁が次々と生まれていく。一度に出せる数が俺より多いし背も高く、配置も絶妙だ。さすがはミリアム、βからの精霊使いの練度は半端ない。MPも俺とは桁が違うんだろうなぁ。

『馬の動きは封じる必要がなさそうだな』

『ああ、ミリアムがうまいことやってくれたよ』

『助かったよ。後は私達に任せてくれ』

ルーク達が賊の制圧にかかったようだ。こうなったらあいつらに逃れる術はないだろう。走って逃げたところで、馬車で追われれば逃げ切れるものじゃない。俺はスウェインの言葉に甘えてのんびりさせてもらうことにした。

が、往生際が悪い奴はどこにでもいる。人相の悪い、いかにも悪党面の男が一人、俺の方へと逃げてきた。いや、違う。逃げてきたんじゃない。男の目には憎悪の色が浮かび、俺を捉えて離さない。こいつ、俺を狙ってきやがった！

【魔力撃】を発動――って、ＭＰが足りない……まずいっ！

「てめぇのせいでっ！」

怒りの言葉を吐き出しながら、男が手にしたバスタードソードを振るった。後ろへ跳んで何とか避ける。しかしそこでは終わらない。男は執拗に俺へと斬り掛かってきた。

まずい、本当にまずい！　こいつは強い！　いつぞやのブルートのようにこちらを舐めてかかっていないから隙がない！

太刀筋は鋭く速い。一撃は重い。【魔力撃】なしで何とか受け流していくが、ガントレットがあっという間に傷だらけになっていった。

「死ねえっ！」

閃光のような刺突が俺に向けられた。避けられない、受け流せないと判断し、咄嗟に俺は右腕を盾にする。

しかし男の刃はガントレットを裂き、腕を抜け、革鎧すら突破して俺の右胸に突き刺さった。

「――っ！」

腕と胸に走った激痛に、俺は声を上げることもできなかった。致命傷を避けることができただけでも幸運だ。

「ぐ、っぞぉっ！」

痛みをこらえながら俺は右腕に力を込め、同時に右足で蹴り上げた。狙いは――。

「ぐおっ!?」

刃を突き立てて愉悦に歪んでいた男の顔が、今度は苦痛と驚愕(きょうがく)に歪んだ。男が剣を手放して離れる。

「てっ、ててめ……っ!?」

男は自身の股間を押さえ、内股になって、生まれたての子鹿のように震えている——可愛げは天と地の差だが。男の顔は蒼白(そうはく)で、しかしこちらを睨み付ける目の鋭さは一層増した。怒りや殺意は先にも増して膨れ上がっているが、身動きが取れないようだ。

ここで畳み掛けるのが最善手なのは分かっている。しかし身体が動かない。胸からは抜いたが、バスタードソードは利き腕である右腕に刺さったまま。さっきの蹴りだって、本当なら蹴り潰せるくらいの威力が出せたはずなのに、痛みで腰が引けてしまったために中途半端な威力で終わってしまっていた。

男から間合いを取りながら、何とかポーションを取り出そうとする。少しでも回復して男を仕留めなくては。

なのに身体は動かない。痛み、そして殺されかけたという事実が恐怖になって、俺の意思を阻む。手が震えてポーチの口を開くのも容易ではない。畜生、とっとと動け俺の腕っ！

が、男の身体が前へと倒れた。その向こうには、既に見慣れたと言ってもいい顔がある。

「大丈夫かフィスト!?」

息を切らせたルークが、剣を片手に立っていた。助けに来てくれたのだ。シリアも一緒にいる。

助かった、そう思ったと同時、足から力が抜けてその場に膝を着いた。あぁ、何とも情けない……。

「シリア、こいつを封じたらフィストの手当を！」

「了解」

ルークの指示に従って、シリアは呪符を一枚取り出すと、

「其は束縛の符。理(ことわり)に従い、この者を封じよ」

言葉と共に男の後頭部に貼り付けた。呪符が淡い光を放つ。効果が出たのかどうかは分からないが、シリアはそれを確信したのか、男から早々に離れて俺に近づいてきた。

「大丈夫かい？」

「正直、ギリギリ……」

見栄を張る余裕もないので問いに正直に答えた。大丈夫だよ、とシリアがこちらを安心させるように囁き、今度は二枚の呪符を取り出した。さっきの物とは文字が違う。

「其は癒しの符。理に従い、この者の傷を癒せ」

右腕と右胸の傷に呪符を貼り付け、呪を紡ぐ。刹那、傷が温かい何かに包まれた。痛みが次第に和らいでいく。これが【呪符魔術】か……。

「ありがとう、助かった」

礼を言うと、ん、とシリアが頷く。ホッと一息をついたルークが頭を下げてきた。

「ごめんフィスト。そっちに気を配れなかった俺の責任だ」

「いや、そっちが気付いてくれたから、俺は今、ここにいられるんだ。気にするな」

もしも援軍が来なければ、立ち直った男に俺は殺されていただろう。男は予備の小剣も持っていたし、さっきの体たらくでは俺の回復が間に合ったとは思えない。それにルーク達は大勢の敵を相手にしてたのだ。馬車が死角になってたこともあるし、全てに目が向かなかったとしてもやむを得ない状況だった。死んだところでアインファストの大広場へ死に戻りするだけだが、死の体験などしたくないのが正直なところだ。この世界で生きているという認識でプレイしている以上、死を前提とした行動は取りたくないしな。

ルークが気付いてくれたお陰で俺は助かった。だったら、それでいい。

さて、この場のことはいいとして、だ。今後どう事態が動くかな……進展があればいいが。

それから……もっと強くならなきゃな……。

第一三話　打ち上げ

ログイン二二回目。

アインファストの酒場『居眠り羊亭』にて。

「それじゃあ、事件解決を祝して……乾杯！」

「「「「乾杯！」」」」

ルークの音頭で俺達は手にした飲み物を掲げた。

ポーション供給不足事件は解決した。今はまだ不足状態のままだが、供給経路が回復したのでもう少ししたら安定してくるはずだ。

ルーク達が捕まえた犯人だが、そいつらは単なる実行犯でしかなかった。黒幕はアインファストから南西へ行った所にあるツヴァンドという街の薬商人だった。アインファストへの進出を考えていたらしい。普通に支店を出せばよさそうなものなのに、そいつは脳に異常でもあったのか、アインファストの薬屋を潰すことを選んだようだ。

アインファストへのポーション供給を遮断し、既存の薬屋を干上がらせて弱体化させた後で、大量のポーションを持ち込んで実績を上げ、そのままシェアを奪ってしまおうというのがそいつの計画だったとか。ムロスの村を壊滅させなかったのは、アインファスト進出後のポーション供給源にしたかったからだろう。

しかし実行犯はルーク達が捕縛。そこから芋づる式に商人まで御用になった。商人は白を切ったらしいが、強奪したポーション類を自分の所の倉庫に隠していたのが見つかり、言い逃れできなくなったとか。後でそれらも売り捌こうと考えたのだろうが、何とも間抜けというかお粗末な結果だ……それ以前に、そんな杜撰な計画がうまくいくと思っていた時点で脳が足りてない。まったく、そんな馬鹿のために俺達が苦労させられたのかと思うと……。

まあ、商人の末路はどうでもいいとして、事件の顛末については公式掲示板でスウェインが報告したので、これ以上の混乱は起きないだろう。そしてこの件を解決したことで【シルバーブレード】の名は更に広まったはずだ。

あと、事件解決の報奨として謝礼金も出たそうだ。ルーク達は俺にも分け前を渡そうとしてくれたのだが、それは断った。実際、俺はパーティーとして一緒に活動したわけではないし、最後の戦闘に関わったのは偶然だ。事件解決のための直接の行動をしたのはルーク達なのだから、俺がそれをもらうのは違うと思ったのだ。次に正式に協力した時は遠慮なく受け取る、そう言ったら納得してくれた。

それに俺自身、コーネルさんへの傷癒草の供給とポーション製作のアシストを正式な依頼で受けていたので報酬をもらっていたし、調薬師ギルドからも今回の件での協力の謝礼金をもらってるしな。

「ルーク達はこれからどうするんだ？」

木製のジョッキをテーブルに置いて皆に問う。

「今回の件がなかったら、やろうと思ってたことがあるんじゃないか？」

「ああ、そろそろ別の街に移ろうかとは思ってた」

同じくジョッキをテーブルに置いて、ルークが答えた。

ちなみに中身は全員エールだ。俺がリアルで飲むビールとは違って、心持ち甘めというかフルーティだが飲みやすい。冷えたのをキュッとやりたいところではあるが、この世界には冷蔵庫もなく、冷やして飲む習慣はないらしい。他の酒も常温だ。

プレイヤーに関しては飲酒の年齢制限はない。ＧＡＯ世界的に飲酒の年齢制限がないことと、ログアウトしたら酔いも一気に消えるからだ。どういう原理なのか分からないが、最近のプレイヤー達はこういった理解不能なシステムやら何やらを『ＧＡＯだし』で片付けている。実際、説明されても理解できないだろうし、ゲームを楽しむのにおいて必要な情報でもないしな。

「βの頃は、ここことツヴァンドしか街がなかったんだ。一応、アインファスト周辺は俺達にとってめぼしいものがないから、そろそろツヴァンドから更に先の領域に踏み込みたい」

「この辺のダンジョンとか、もう制覇したのか？」

「いや、そもそもダンジョンと呼べるような大層なものがないんだ」

「ないのか？」

この手のゲームにはお約束なもののはずなんだがなぁ……。

「あるにはあるんだが、ＧＡＯではそういったものは早い者勝ちでね……誰かが踏破したら、それ以降そこには何の旨味もないのだよ」

スウェインの言葉で納得した。つまり、誰かがそこの物を持ち去れば、復活はないということだ。見逃した物でもない限り、行くメリットがないとは、何ともすごい競争率だな。逆に言えば、よく調べればおこぼれがあるかもしれないということでもあるか。特に簡単に見つけられない物ということにでもなれば、高価だったり貴重だったりする物が隠されている可能性もある。

しかしダンジョンがないなら、ＭＭＯＲＰＧでのお約束らしいレアなボスドロップアイテムとかもないいんだろうな。というか、ボスとかいるんだろうか。

「当然、未探索の場所はあるかもしれない。βの頃になかったものが出現している可能性もある。それでもこの辺りの動物や魔物は私達にとって実入りのいいものではなくなっているのでね。ならば新しい可能性を求めて、だ。実際、β以来の攻略組のいくらかは、既にツヴァンドを拠点にして次の街を目指している」

実入りが良くないといえば、動物なんかの湧きも少なくなってるとか掲示板で見たな。ひょっとして、動物なんかも限りがあるんだろうか。そんな馬鹿なと思ったが、次の瞬間にはＧＡＯだしな、で納得しようとする自分もいる。事実、採取した傷癒草の群生地は復活していないし、森の木も切り株は増えたが木が増えた様子がない。

「そういうフィストさんはどうするんです？」

聞いてきたのはジェリドだ。今はフルフェイスヘルムを脱いでいるので素顔が見える。短い茶髪に温和な顔の好青年といった容貌だ。

「俺は明日――あぁ、メシの最中に何だが、食肉解体場へな」

「……家畜を解体する、あの？」

「ああ。これで見当が付くか？」

尋ねてもジェリド達は首を傾げている。あれ、知らないのか。どうするかな……まぁ、ルーク達になら教えてもいいか。少し声を抑えて切り出す。

「実は先日、狩猟ギルドで狩人さん達に拉致られた時のことなんだけどな」

酒の席で色々と教えてもらった時、獲物の解体の話が出た。今まで動物を狩った瞬間にドロップしてたので、そういう仕様だと不思議にも思わなかったんだが、狩人さん達はそれらをきっちり解体しているということが判明したのだ。

当然、収穫量に大きな差が出ることになる。不確定で少量の物しか入手できない俺に比べ、狩人さん達が同じ獲物を狩れば、技量の許す限り確実に複数の物が手に入るのだ。

例えばイノシシだ。一〇〇キロを超える個体を俺が倒しても、手に入る肉はせいぜい二キロ程度。それが狩人さん達が上手く解体すれば、体重の半分くらいの肉が手に入るそうだ。二キロと五〇キロじゃ価値が全く違う。それに部位によっても値段が違うらしい。当然、解体に失敗すればそれだけの損失は出てしまうわけだが、それでもよほど下手を打たない限り、通常ドロップよりは確実に実入りがいい。

しかしシステム上、プレイヤーが倒したら自動で肉や毛皮になってしまう。そんなことを説明するわけにもいかないので、どうすれば上手く解体できるようになるだろうかと聞いたところ、食肉解体場で教えてもらえばいいんじゃないかとのアドバイスをもらえたのだ。つまり、食肉解体場に行って勉強すれば、ドロップではなく自分で解体が可能になるかもしれないということだ。

「そ、それって……お肉だけじゃないよね？　他の素材……例えば皮とか牙とかもだよね？」

「あくまで可能性だけどな。仕様的にプレイヤーには無理かもしれないし」

驚きを隠せないウェナに答えて、エールを一口。あ、もうなくなった。ウェイトレスに追加を頼んでルーク達を一瞥すると、皆一様に考え込んでいる。そして直後に落ち込んだ。

「どうした？」

「フィストさん……わたくしが装備していた鎧やズボン、ブーツ。これらは一つ目熊といわれる魔獣の革でできているのですけど、これを作るためにどれだけの数の毛皮が必要だったか分かりますか？」

ミリアムの問いに考える。彼女の革鎧とブーツ、そして馬車の追撃の時にはいていた革ズボン。装備の面積と今までのドロップ品の毛皮の面積を考えて、一つ目熊とやらの大きさを想像し、加工の段階で少し目減りするかもしれないのでそれも考慮に入れて……。

「ミリアムの装備なら、四〜五枚ってところか？」

「ええ、そうです。でも、ですね。一つ目熊って体長が五メートルくらいあるんです」

体長五メートルの熊……そんなにでかかったのか。ん、そうなると、今までの話から察するに……。

「もし、うまいこと全部毛皮を剝ぐことができてたら、一頭か二頭で足りたのか。ミリアムだけじゃなく、全員分」

使えない部分や戦闘で傷付いて使えなくなった部分も出てくるのは当然として、それでもかなりの量が獲れそうだな。

「一つ目熊って、力は強いし毒持ってるし、結構厄介な魔獣なんだよねー……しかも倒してもドロップしないこともあったし……」

「その情報、もっと早く知ることができていたら……」

ウェナとシリアがテーブルに突っ伏した。あぁ……そりゃあ、ご愁傷様だな……でも戦闘経験が無駄になったわけじゃないんだからいいんじゃないかなぁ。

「でもさ、解体できるようになるとして、時間がかかるのはデメリットかもな。素材集めや金策が目的なら問題ないけど。あ、すみません、エールのおかわりを！」

ルークの言うとおりだ。解体にかかる時間が現時点では不明。しかも解体中が安全とも限らないわけで、何かしらのデメリットはあるのだ。それ以前に、解体できるようになるのが確定ってわけじゃないしな。

しかし俺は何としても解体をしたい。できるようになりたい。恐らくそういうスキルがあるんじゃないかと推察できるが、うまい物を食べ歩くという俺の目的のために、これはぜひとも欲しい。

「で、どうする。ツヴァンド行きが急ぎじゃないならルーク達も一緒に行くか？」

「いいのか？」

「まあ、食肉解体場次第だけど、特に紹介がいるとかそういうのじゃなかったから、問題ないんじゃないか？　ただ……結構なグロが予想されるぞ」

動物を肉にする場所だ。そりゃあ酷い光景が展開されるだろうことは想像に難くない。普通ならないだろうが、この時は倫理コードが解除される可能性もある。ナイフをひと刺ししたら解体が自動で終了なんていう、プレイヤーの精神的に優しい仕様ではないだろう。なにせGAOだし。

「そうだな……今後のことを考えると有利に働く情報だ。フィスト、もし可能になったとして、この情報は公開するつもりがある？」

「ない。というか、普通のプレイヤーには教えたくない」

偶然とはいえ、これは狩人さん達との交流で入手できた情報だ。自分勝手な話だが、住人達とまともに交流できる人にしか教えたくない。下手に公開してプレイヤーが食肉解体場に大挙して押し寄せて、トラブルとか起きても嫌だしな。

とにかく、いずれはばれるかもしれないけど、なるべく引き延ばしたくはある。

「お前なら、そう言うと思ったよ」

ある意味我が儘な話なのにルークは笑ってそう納得してくれた。恐らくルークもプレイヤーによる騒ぎの可能性を考えたんだろう。

「徒労に終わる可能性もあるんだし、どっちにしろ行ってみて、できるようになってからの話だしな」

まぁ、せっかくの打ち上げだ。攻略関係の話はこれくらいにして、普通に飲んで食べて楽しもう。

「あ、お嬢ちゃん。豚の炙り肉とソーセージの盛り合わせ、それぞれ二皿追加で」

「はーい」

「ところでフィストはツヴァンドには行かないのかね？」

しばらく他愛もない雑談をした後で、蜂蜜酒の入ったゴブレットを口にしながらスウェインが聞いてくる。

「行くも何も、ようやくメインの【手技】がレベル10を超えた程度なのに……まだ早いと思わんか？」

「フィールドに関しては、アインファストもツヴァンドも、街周辺のレベルは大差がない。奥まった所へ行くと危険が増えるのも同じだよ」

「そういうものか。でもまあ、あちこち見てみたいからな」

皿に載った豚の炙り肉をつまみ、口に運ぶ。ちょっと塩と香辛料がきつめだが、酒には合うな。

「解体を覚えることができるなら一通りの動物は捌いてみたいし、今まで森でしか狩りをしてないから草原や湿地の動物も狩ってみたいしな。山の方は鉱山があるんだっけ？　そっちは特に興味がない……うまい獣がいるなら行く価値もあるけど」

色々と楽しみたいという気持ちはあるが、あくまで俺の第一目標は食すことだ。先へ先へと進むことじゃない。とはいえ、先にうまい物があるならぜひとも行かなくてはならないが。

「あぁ、食べ歩きが最優先目的だったな。そういうことなら、森以外の動物をいくらか紹介できる」

「ほう？」

「アインファスト周辺なら、北の山岳地帯にロックリザードという体長二メートルほどのトカゲがいる。こいつは皮膚の一部がその名の如く岩のように硬質化していて、序盤だと結構頑丈な生物だ。他にも鹿らしいのを見かけたことがあるな。次に東の湿地帯にいるポイズントード。こいつも体長二メートルくらいで、口内に毒を分泌する器官があり、そこで生産された毒を吹き掛けて獲物を麻痺させたところを捕食するという特性を持っている。草原なら野生の馬や牛がいるな。人間が近づくとよく逃げるが」

トカゲにカエルか……トカゲもカエルも鶏みたいな

味がすると聞いたことがあるけど……ポイズントードは肉の方は大丈夫なんだろうか。まあ一度視認できれば【動物知識】でその辺も判別できるか。毒は毒で入手できれば、アンチドートポーションが作れるかもしれないし。馬は馬刺……生食ってこっちは大丈夫なんだろうか……鍋かなぁ。牛はまあ牛だよな、色々使えそうだ。鹿も食ってみたいなぁ。

「あと、おいしい物っていったらツヴァンド近くの森に出るジャイアントワスプかなぁ。七〇センチくらいのでっかいスズメバチなんだけど、蜂の子がおいしいらしいよ。ボクは食べたことないけど」

と教えてくれたのは漢らしくエールを呷ったウェナだ。うん、可愛らしい女の子がぷっはぁ～、とか言って口を拭うのはどうかと思うんだ。

蜂の子……佃煮とか炒めて食べたりとかするんだよな……リアルでは食べたことないし、いい機会か。しかし全長七〇センチだとどう調理したらいいんだろうな……？

「ただ、スズメバチなだけあって凶暴だし、蜂の子を獲るなら巣を叩かなきゃならないから危険はおっきいよ～。成虫の方の味は聞いたことないから期待しない方がいいかも」

「蜂……」

ぼそり、とシリアが呟くように言った。こっちはスウェインと同じく蜂蜜酒を飲んでいる。

「ん、どうした？」

じー、とシリアがこっちを見つめる。蜂はいいとして、そこからどうして俺に視線が移るんだ？

「フィストは、蜂蜜街を知ってる？」

「いきなり何を言うんだお前は」

蜂蜜街……アインファストの色街だ。まさか女性のシリアの方からそんな話題を振ってくるとは思わなかった。

「あそこ、蜂蜜を扱うお店があるから、行ってみるといいよ」

なんだ、普通の蜂蜜も売ってるのか、あそこ。あー、びっくりした。俺は何を勘違いして――。

「何を想像したんだい、このスケベ」

そんな俺の誤解を見抜いたように、ケラケラとシリアが笑い始める……えぇい、この酔っ払いめ。

「まぁ、男の人ですし、仕方ないですよね」

「いや、そこで納得しないでくれ……ってミリアム、それ結構度数の高いウイスキーだろ。水みたいにパカパカ飲むな、もっと味わえ」

ゴブレットを一気に空けて、いつの間に頼んだのか、瓶から自分でおかわりを注ぐミリアム。注意を飛ばすと、大丈夫ですよー、と言いながらこちらにゴブレットを勧めてきた。

「はい、どーぞー」

酒が入って少し性格が変わったかミリアム？　まぁいいんだけども……それを受け取って一口する。うん、うまい。個人的にはロックが好きなんだが、氷がないんだよな。食料の保存とかにも転用できるはずだし、魔術で氷を作ればひと商売できそうな気もするんだが……ストレージがあるから、その辺は廃れたのかもしれないけど。

ん、そういえばルークとジェリドはさっきから反応がないな……って、二人とも船を漕いでる。ゲーム内で寝ることってできたのか。

「二人ともリアルでは未成年だからな。アルコール耐性がないのは仕方ない」

言いつつスウェインがソーセージを嚙った。

「ここで酒の飲み方を覚えれば、いずれ来るリアルでの酒の席でも失敗はないだろうし、いいんじゃないか」

いい予行演習になるのではないかと思う。頑張れ若者達……っておっさん臭いな。まだ二〇代半ばを折り返したばかりだというのに……。

「ところでスウェイン達は料理とかしないのか？　今までも動物や魔物のドロップ肉があったろ？」

「うむ……その点は、追及しないでいてくれると助かる」

チラリと女性陣を見てスウェインがこっそり溜息をついた。

「ほ、ほら……自分達で作るより、料理人の所へ持ち込んで作ってもらった方が確実だしっ」

「し、素人が下手に手を出すものでは……ありませんよね？」

「料理は駄目ね……誰もスキル持ってないし……リアルスキル含めて、ね」

　視線を逸らしながら、料理ができないことを肯定する女性陣。あー……まぁスキル取ってまで、とは考えないか。勿体ない……。

「そういうフィストは【調理】を持っていたのだったな。いずれ味わってみたいものだ」

「ははは、自分以外に食べてもらうには、レベル20超えたくらいじゃないと個人的に安心できないなぁ」

　なにせ独身者の男料理だ。自分が食えればそれでいい、的なものだし。技量がもっと上がったら食べてもらうのもいいか。せめて普通という評価がもらえるように頑張ろう。

　いずれな、とスウェインに断って、俺は周囲をに視線を向けた。

「こういう雰囲気、いいよな」

　賑やかな店内。木製の調度品とランタンの明かり。それっぽい酒や食事。ファンタジー風の衣装や装備のままで飲食するプレイヤーや住人達。

　そう、いかにもな『ファンタジー世界の酒場』がここにはある。狩人さん達と飲んだ時にも思ったが、やはり楽しい。

「うんうん、想像するしかできなかった空間が、仮想現実とはいえリアル目の前にあるんだもんね」

　楽しそうに同意してくるウェナ。そうだな、としみじみ頷くスウェイン。シリアはよく分かっていないようだ。ミリアムは……理解できてるのかよく分からん。

「これから何度でも、浸る機会はあるんだろうな」

　そのたびに楽しく飲んで食べて語らって。そうできればいいな。

　そんな期待を胸に抱きつつ、俺はゴブレットの中身を口に含んだ。

【美名】有名人について語るスレ３人目【悪名】

１：**名無しさん**
ＧＡＯにおける有名人について語るスレです
プレイヤー、ＮＰＣを問いません
個人でもパーティーでもギルドでも可
いい人悪い人も問いません
さぁ、みんなで語りましょう
～～～～～～～～～～～

251：**名無しさん**
ところで、アインファストのポーション不足の件が解決したな

252：**名無しさん**
ああ、シルバーブレードがやってくれた

253：**名無しさん**
銀剣の連中って、割とそういう「誰かが困ってる」系の解決するのって多いよな
βの時もそうだったけど

254：**名無しさん**
そりゃー、そういうのを見過ごせないんじゃない？
どうしてなのかは知らんが

255：**名無しさん**
ポーション不足スレ見てきた。犯人はＮＰＣだったみたいね

256：**名無しさん**
まあこれでプレイヤーも一安心だ。
シルバーブレード、ありがとう

257：**名無しさん**
しかし銀剣ってＮＰＣにも知られてるのな。この間、ＮＰＣの口から名前が出てびっくりした

258：**名無しさん**
まぁ、あれだけ活躍してればなぁ

259：**名無しさん**
というか最近は有望な新人がおらんな、このスレ的に

260：**名無しさん**
有名人達が駆け抜けていくから、そっちの方がメインになるわな。
最近名前が売れてるプレイヤーもいないし

261：**名無しさん**
そもそも名前を売る機会がないし

262：**名無しさん**
そういうイベントも起きてないしな。闘技大会とかやれば上位者が話題になることはあるかもだが。
せっかくアインファストには闘技場あるんだし、そういうのやればいいと思うんだ

263：**名無しさん**
たまに神視点新聞でプレイヤーが取り上げられることあるよね

264：**名無しさん**
あとはせいぜい賞金首くらいか

265：**名無しさん**
まぁ有名人っちゃそうだけどさ、賞金首も

266：**名無しさん**
大抵狩られて終わり、だもんなぁ

267：**名無しさん**
ええい、いい意味でも悪い意味でも有名になりそうな新人はおらんのか

268：**名無しさん**
あ、神視点新聞っていったら、銀剣と一緒に名前が挙がってたやついたじゃん

【美名】

273：名無しさん
どこの馬の骨だ

75：名無しさん
ん、銀剣のギルメンなの？

269：**名無しさん**
いたっけ、そんなの？

270：**名無しさん**
ああ、ポーション事件解決の記事
にいたな、何て名前だっけ

271：**名無しさん**
そうそれ、そこに一緒に名前が出
てた奴
確かフィストとか言った

272：**名無しさん**
知らん

273：**名無しさん**
どこの馬の骨だ

274：**名無しさん**
あ、その名前、薬屋スレでスウェ
インが解決報告した時にも挙がっ
てたぞ

275：**名無しさん**
ん、銀剣のギルメンなの？

276：**名無しさん**
いや、銀剣と交流があるプレイヤ
ーってだけだろ、銀剣はβの頃か
らメンバー全然変わってないはず、
メンバーなら、わざわざ個別に名
前出す必要ないし

277：**名無しさん**
で、そいつ何者？

278：**名無しさん**
たまたま偶然、捕り物の時に遭遇
したプレイヤーだろ？　スウェイ
ンの説明でもそんな感じだったぞ。
ここで話題に出すようなプレイヤ
ーでもなかろ

279：**名無しさん**
いや、そうでもない、有望かもし
れん

280：**名無しさん**
どゆこと？

281：**279**
ポーション事件の時、薬屋の前で
暴動が起きかけたの知ってる奴い
るか？
あの時、揉めてるプレイヤーとＮ
ＰＣの間に割って入った奴がいた
んだが、そいつがフィストだ
ちなみにルークとは顔見知りっぽ
いやり取りしてた

282：**名無しさん**
ん、それだけか？　別段、有望っ
て分けでもなさそうだけど

283：**名無しさん**
あー、それは知らんけど、どっか
で聞いた名前だと思ったら、そい
つ、狩猟ギルドでもやらかしてた
な

284：**名無しさん**
やらかしたって、何ぞ問題あるプ
レイヤーなの？

285：**283**
いんや、買い取り列に割り込んだ
アホプレイヤーに注意してた

286：**名無しさん**
いい人じゃねぇか

282：名無しさん
ん、それだけか？　別段、有
て分けでもなさそうだけど

287：**283**
で、その時聞いたんだが、ＮＰＣのプレイヤーに対する好感度が最悪だったみたいでな
プレイヤーの割り込みとか横柄な態度に我慢の限界がきてて、プレイヤーからの買い取り禁止も検討されてたらしい
そんな中で同じプレイヤーがそういう奴に注意したからってＮＰＣが上機嫌になってた
買い取りもその時は色付けてもらえてたみたい

288：**名無しさん**
え、何それ
俺、次からＮＰＣに心折にするよ

289：**名無しさん**
親切だろうがｗ　心を折るだと逆だろｗ

290：**名無しさん**
いや、そういう下心持ってたら駄目だろう

291：**名無しさん**
まぁＮＰＣに好感度があることは賞金首の時に公式が認めたからなぁ
態度悪いといい顔されんよ

292：**名無しさん**
ギルドの買い取りなくなったって、他の所へ売ればいいじゃん

293：**名無しさん**
買ってくれる場所を探すだけで一苦労だぞ。コンピューターゲームみたいに、どこでも何でもアイテム売却できるわけじゃないんだし。ＮＰＣだと基本的に自分とこで扱ってる物しか買い取りしてくれんしな

：名無しさん
ギルドの買い取りなくなったって、
他の所へ売ればいいじゃん

294：**名無しさん**
特に肉は、買い取ってくれる生産系プレイヤー少ないだろうな。つか、積極的に買い取りしてくれる生産系も少ないぞ。懐具合的な意味で。
ギルドより高値で買い取ってはくれるけど、プレイヤー全員からなんて到底無理だしな。

295：**名無しさん**
ギルドの買い取りは便利がいいからな……それにあそこが適正価格出しているようなもんだし

296：**名無しさん**
さて、そろそろ話題を戻そうか

297：**名無しさん**
ん、とりあえずそいつのお陰で、狩猟ギルドは買い取り継続してくれたってことでいいのか？
それならプレイヤーへの貢献度もそれなりだな

298：**名無しさん**
ギルドの件は今知ったけど、そいつってＮＰＣへの配慮というか気配りがよくできる奴なんだな。薬屋の時も、ＮＰＣとは対等に接するべきだみたいなこと言ってたし

299：**名無しさん**
ただの自治厨じゃね？

300：**名無しさん**
ＮＰＣに媚を売ってどうすんだか

301：**名無しさん**
所詮は偽善者

302：**名無しさん**
そういや銀剣の方針も、ＮＰＣとは仲良く、だったな
そうか、銀剣も偽善者か……勇気があるな、３０１

299：名無しさん
ただの自治厨じゃね？

303：**名無しさん**
銀剣に寄生してるだけじゃねーの？

304：**名無しさん**
ウン、フィストモギンケンモイイヒトダヨ

304：名無しさん
ウン、フィストモギンケンモイイ
ヒトダヨ

305：**名無しさん**
まあ現時点では、そんなやつもいる、程度かなぁ

306：**名無しさん**
そりゃあトッププレイヤー連中と比べるのは酷だぜ

307：**名無しさん**
今後、もっとでっかいことやれば別だけどなー

308：**279**
有望ってのはそこだ。そういう性格というか方針の奴なら、また名前が挙がる機会はありそうだからな。
多分、似たようなトラブルには首を突っ込むと思う

309：**名無しさん**
そしてプレイヤーとも揉め事になる、と

310：**名無しさん**
セイギノミカタがやりたいお年頃なんだろう

311：**名無しさん**
よくやるなとは思うわ。正直アレなプレイヤーには関わりたくないのが本音だわ

312：**名無しさん**
リアルじゃない分、アレのアレ具合が拍車掛かってるしなぁ
リアルチンピラより短絡的になってる奴のなんと多いことよ、どこのヒャッハーだっつの

313：**名無しさん**
知名度高い奴がやればどうってことないけど、個人でそういうことやるのは勇気が要るな
後で因縁つけられたり粘着されたりしそうだし

314：**名無しさん**
いいかっこしたいだけだろ

315：**名無しさん**
ただの自己陶酔野郎さ

316：**名無しさん**
銀剣の威を借ってるだけだろ、単独だったらすぐ化けの皮がはがれるさ

317：**名無しさん**
個人的に興味深いから、しばらく注目してみるかな

318：**名無しさん**
ウホッ

319：**名無しさん**
お巡りさん、ここです

320：**317**
ちゃうわｗ　いや、注目はするけどストーキングはせんよｗ
つか、私が男前提で語らないでｗ

321：**名無しさん**
女……だと……
おまわりさん、ここです

321：名無しさん
女……だと……
おまわりさん、ここです

322：**名無しさん**
フィストもげろ

323：**317**
だからそういう意味と違うーっ！

第一四話 【解体】スキル

ログイン一二三回目。

アインファストにある食肉解体場にて。

俺と【シルバーブレード】メンバー全員の目の前で、食肉解体場の職員さん達が動物を捌いている。今、使われているのは、家畜である豚ではなく、イノシシだ。

手順と注意事項を丁寧に説明してくれながら、職員さん達は様々な刃物を駆使してイノシシを捌いていく。血抜き済みのイノシシだったので血こそ出ないが、内臓はしっかりとあり、解体作業ではそれを抜くところから始められた。

予想どおり解体時の倫理コードは解除された。つまり内臓祭りである。システムからは事前に何の警告もなかった。俺達は覚悟していたからいいものの、知らずにここ来た奴がいたら酷い目に遭いそうだな、リバース的な意味で。

GAOには倫理コードが設定されている。一つはエロ関係。蜂蜜街スレでエロい店に入れなかったプレイヤーの証言があったが、一八歳未満プレイヤーに対する性的な行動の制限。それからグロ関係。今のような内臓でろーんや鮮血ぶしゃー等、残酷な描写の制限だ。以前PvPでブルートの腕を切断した時に出血がなかったりしたのもその制限のためだ。こちらは全年齢で適用されている。

ルーク達を見ると、結構冷静に解体を観察している。多少血の気が引いたように見えるが大丈夫そうだな。

ちなみに俺自身はこの光景に嫌悪は全くない。田舎暮らしをしている俺の祖父が猟をやるので、子供の頃に何度も解体シーンを見たことがあるのだ。独りではしたことがないが、解体作業そのものも経験済みである。

職員さんの終了宣言。作業台には完全に解体されたイノシシが並べられていた。続けて部位の説明やら、大まかな値段やら、食べ方のアドバイスやらを始める。

「――よし、これで一通り終了だ」

しかしこうして見ると、本当に余す所なく使うって感じだな。内臓は一部使えないが、小腸なんかはソーセージの材料に使うようだし。心臓とか脳も食えるのか……どんな味がするんだろうか……あぁ、ソーセージといえば血を使ったのもあるんだよな確か。機会があればそれも試したい。せっかく【食品加工】を持ってるんだし。

「どうもありがとうございました」

俺は職員さん達に頭を下げた。いいってことよ、と職員さんは笑う。

「より良い食材、より良い素材を、より多くの人に提供できるようになってほしい、っていうだけの話だからな。まぁ、礼儀正しい奴限定ではあるがな！」

そう言ってニヤリと笑う職員のおっちゃん。

「でも、やはりそう簡単にはいきそうにありませんね」

残念そうにミリアムが呟いた。実際に作業を見て、自分の手に余ると思ったのだろう。

「それに、現場で解体するにしても、周囲の安全に気を配らなくてはなりませんし」

「もし手に余るようなら、仕留めるだけ仕留めてここに持ち込んでもいいぞ？ ここは家畜の解体が優先だから、そっちが忙しいと当然後回しになるがな。それに、解体の手数料は取るし、解体なしの直接買い取りだと割安になる。それでもよければ持ってこい」

と言ってくれる職員さん。へぇ、持ち込みもオッケーなのか。割安になると言っても、狩猟ギルドへの持ち込みよりは確実に高くなるだろうけどな。何せ、入手できる量が違うのだから。しかしそう考えると、自分で捌いて狩猟ギルドに持ち込むのが一番高値になるんだよな。やっぱり今後のためにも自分でやるのが一番か。

「……うむ、【解体】が生産系スキル一覧に追加されている」

メニューを開いてスウェインが頷いている。スキル修得画面では修得可能なスキルだけが一覧に表示されるのだ。それが表示されているということは、これで条件を満たしたということだろう。

これでスキルポイントを使えば【解体】を修得でき

る。しかし新規スキルが選べるようになったこと自体、何のアナウンスもないんだな。気付かなかったらずっとそのままになる可能性もある。特に戦闘系のプレイヤーは生産系スキルのリスト確認なんてしないだろうしな。この辺、どうも運営の意地が悪い気がする。

「それじゃあ俺達はそろそろ行くよ」

スキル修得条件を満たしたことで、ルーク達がここにいる理由はなくなった。実際、すぐにスキルを修得するつもりはないみたいだ。攻略優先の彼らにしてみれば、スキルの選択は重要だろうし、俺みたいに楽しみ優先でのスキル構成にしたら先に進むのが困難になるしな。

「ああ、お疲れさん。気を付けてな」

「フィストもな。何かあったら遠慮なく声を掛けてよ」

「ああ。多分ないとは思うが、俺にできることがあれば言ってくれ」

ルークが差し出してきた手を固く握り、言葉を返す。メンバー全員と挨拶を交わすと、【シルバーブレード】は食肉解体場を後にした。

「で、お前はどうすんだ？」

「できればもう少し見学をしていきたいんですが、いいですか？」

過去の記憶は多少残っているとはいえ、もう少し工程を確認しておきたい。今しばらくの見学を希望すると、おっちゃんは意外な提案をしてきた。

「そりゃ構わねぇが……だったら実践してみるか？」

「実践というと……実際に今ここで、俺に捌かせてもらえるんですか？」

「おう。いきなり独りで本番に臨むよりは、俺らが見てる所で手順を確認しながらやる方が理解も早いだろ。駄目出しならいくらでもしてやれるしな」

一〇回見学するより一回やってみる方が身につくような気がするのは確かだ。それに狩猟の現場で解体するとなると、さっきミリアムが言っていたように危険がないわけではない。安全な所で経験を積んで作業に慣れ、現場では周囲の警戒をしつつも滞りなく速やかに解体をできるようになれるなら、その方がいい。

おっちゃんの有り難い申し出に、俺はぜひ、と頭を下げた。

かなりの時間をかけて、俺は豚を一頭解体した。

「初めてにしちゃ上出来だ」

「しかし最初の方はぎこちなかったが、途中から割とスイスイ捌いてやがったな。何があった？」

ん、大体の感覚は摑めたけど、独りでやるとなるとまだ厳しいな。経験を積んで慣れていくしかないけど。

「ええ、捌いてる途中で、次にどこをどうすればいいかが自然と頭に浮かんできたので、それに従ったような感じですね」

そう。最初は自分の記憶と先ほどまでの作業を思い出しながら捌いていたのだが、途中でそのビジョンが明確になったのだ。頭の中に解体の手順書が入っているかのように。そうなった原因に心当たりはある。

「そうか、お前には解体の才能があるのかもなぁ。冒険者を引退したらここで働くか？」

「色々とやりたいことがあって、引退なんていつできるか、ですねぇ」

一応この世界、冒険者と呼ばれる存在はいるのだ。要は俺達、外での活動をメインにするプレイヤー、そしてこの世界でそういう稼業に精を出す住人達がそれに当たる。ただ、単に外で活動している連中が全て冒険者と呼ばれるかというとそうではない。

例えば狩猟で生計を立てている狩人。彼らは狩人であるが冒険者ではない。例えば隊商の護衛をしている傭兵。彼らは傭兵であって冒険者ではない。この世界の認識では、冒険者というのは何でも屋だ。狩りもするし傭兵もするし未開地の探索もするし遺跡にも潜る。そういった『仕事を選ばない』連中を総称して冒険者と呼ぶらしい。

そういう意味では、俺は冒険者なのだろう。狩りもするし採取もするし、場合によっては護衛だって引き受けるし魔物退治だって身の丈に合ったものなら挑戦する。

あと、この世界には冒険者ギルドはない。そんなものがなくても彼らの生活は回るからだ。獲物を狩れば狩猟ギルドに持ち込めばいい。採取した薬草は調薬師ギルドに、鉱石は鍛冶師ギルド、戦力が欲しいなら傭兵ギルドと、各職種の組合が存在するのだ。

逆に冒険者の店、といわれるものは存在する。単に宿屋兼酒場が冒険者の拠点になっているというだけの話だが。それでも冒険に必要な道具類は取り扱っているそうだし、店が単独で仕事の斡旋をすることもあるようなので、テーブルトーカーが想像するそれとほぼ同じ役割を果たすのだろう。店お抱えの冒険者とかもいるかもしれない。

「もう二、三頭、やってみるか?」

「いえ、これで大丈夫だと思います。もし厄介な獲物を見つけたら、その時に相談させてもらおうかと」

更に解体を勧めてくれるが、とりあえずは問題ないと判断する。ここまでできれば十分なはずだ。

「おう。それが動物であるなら力になれるだろうよ。ただ魔獣は専門外だから、そっちは勘弁してくれ。それからな、この後で狩猟ギルドに行くといい。買い取りカウンターじゃなくて建物内だ。どの部分がどれくらいの相場で取引されるか教えてもらえるはずだ。バラした部分のどこを持ち帰ればいいのかの参考になるだろう」

「分かりました。それではどうも、ありがとうございました」

「おう! 良い狩りを!」

礼を言って俺は食肉解体場を後にした。そして少し離れてからメニューを開くとスキルを確認する。そこには予想どおりのものがあった。【解体】が修得済になっていたのだ。

「やっぱりか」

SPは使用していない。にも関わらず、俺は【解体】を修得していた。実はこの現象、決して珍しいものではない。SPを消費しなくてもスキルが修得できる場合があるのだ。

このゲームではスキルがなくても行動そのものは制限を受けない。武器系のスキルを持っていなくても武器は持てるし振るうことができ、それで敵を倒すことは可能だ。【調理】を持っていなくても料理はできるし、【手技】がなくても人を殴れる。それ故、その行動を続けていれば自然とスキルを修得することがあるのだ。例外は魔法系スキルくらいなもので、自然修得の例は現在確認されていない。

ただし、修得の法則性は明らかになっていない。いくら行動しても覚えないままということも珍しくはなく、同じ行動を同じ時間実行しても個人差があるとか。プレイヤースキルが関係するという噂もあるが推測の域を出ていない。

しかもこの方法でスキルを修得した場合、どれだけスキルを鍛え上げてもレベル上限が一律20までとなり、それ以上の上昇を求めるならば結局SPを消費しなければならなくなるそうだ。覚えるかどうか不確かなことに時間を費やすなら、SPを消費して覚えた方が早いし確実、というのが現状である。覚えればラッキー、程度のものでしかない。

ちなみに現時点で自然修得が確認されているのは武器系、生産系、運動系の一部スキル、それから毒や麻痺等の身体異常、恐怖や混乱等の精神異常への一部耐性スキルだ。

でもまあ【解体】をSPなしで修得できたのはラッキーだったな。現時点でSPの余裕はなかったし……って、一点残ってる？　そういえば【調薬】が10レベル超えてたんだった。とりあえず【解体】はこのままで行って、レベル20になったらSPを使うか。

でもこの方法で【解体】を修得しようと思ったら、かなり条件が厳しいだろう。何しろ、獲物を解体する機会をフィールドで得ることがまず不可能だ。【解体】を持っていないと獲物を倒しても自動ドロップするだけだしな。それに事前情報がない限り、食肉解体場に行って解体させてくれなんて頼む奴もいないだろうから、スキルを修得する前に実際に解体作業を体験できる機会もそうはないだろう。俺が修得したのだって本当に偶然だし。

他に可能性があるとするなら、狩人さん達の狩りに同行し、その場で解体するのを手伝ったりした場合だろうか。ああ、その場合だったら、見学だけでも修得条件そのものは満たせるかもしれないな。ただ、そんなことをするプレイヤーはまずいないと思う。

　まずはスキルの内容を確認してみるか。あと、ＳＰなしで修得できる可能性があるなら一応ルーク達にはメールででも伝えておくか。実践はアインファストの食肉解体場に限定したことでもないだろうし。

○解体
　倒した獲物を解体できるようになるスキル。

　このスキルを持った者が倒した獲物は、消滅せずにその場に残る。
※注意
　このスキルを修得した者は、アイテムドロップが無効になる。

　このスキルを修得した者は、残酷描写に関する倫理コードが解除される。

　このスキルを修得した者が行う解体作業等に伴う残酷描写は、周囲のプレイヤーにも及ぶ。


　とどめを刺すのが【解体】持ちじゃなきゃ駄目なんだな。だったらこのスキルって高ダメージを与えられる奴が修得するのがいいのか。

　アイテムドロップ無効、か……実入りの面では明らかにメリットだが、時間や手間を考えるとデメリットになることもあるだろうな。制限時間のあるイベントとかが起きた場合は特に。あれ、これが無機物系の敵の場合、どうなるんだ……？

　残酷描写の倫理コードが解除されるのもやむなしだな。残酷描写が周囲のプレイヤーにも及ぶっていうのも【解体】の修得条件を満たすためのものと考えられるし。ただ、何も知らないプレイヤーに目撃されたらちょっとした事件になりそうだなこれ。

　でも倫理コード解除って、修得前に確認メッセージとか出るんだろうか。残酷描写が嫌で修得をやめたい人もいるかもしれないし……多分出ないだろうな。自然修得の時には出なかったし。

　それじゃスウェイン宛にメールを出そう。【解体】を自動修得できたこと。そして倫理コードが解除されたことを。詳細は自分達で確認するだろうし。

端的な内容でメールを作成し、送信。後の判断はあちらに任せよう。さて、それじゃ狩猟ギルドに行くとするか。


狩猟ギルドは相も変わらず盛況だ。プレイヤーと住人達の列も今では別々になっていない。交ざっても問題ないくらいには状況が改善したみたいだな。

列に並び、顔馴染みになった狩人さん達と軽く挨拶と情報交換などしつつ順番を待つ。

「おう、フィストじゃねぇか。今日は何を持ち込んでくれるんだ？」

俺の番になると職員のおっさん、ボットスさんが笑みを浮かべて迎えてくれた。いかついおっさんの笑みだが、どことなく愛嬌がある。

「いや、今は獲物は持ってないんですよ。これから出る予定ではありますが」

「ん？　買い取り以外の用件か？　だったら並ばなくても一声かけてくれりゃよかったのによ」

「査定の邪魔をするわけにもいかないじゃないですか。それで用件なんですが、中に入れてもらいたいんです」

そう言うと、ボットスさんは首を傾げてから、

「ギルド内にか？　何の用だ？」

「色々と確認しておきたいことがありまして」

「ほう……」

ニヤリと笑った。

「今日の成果は、いつも以上に期待してよさそうだな」

「あんまり初心者にプレッシャーかけないでくださいよ」

向こうは俺の意図を察したみたいだ。期待してくれるのはいいけど、やっぱりプレッシャーだよな。うまく解体できるかどうかは分からないんだから。でも持ち込む肉の量だけは保証できると思う。

「そっちの路地を抜けて右に曲がれば入口がある。頑張れよ」

「ありがとうございます」

さて、それじゃあ情報を集めるとするか。

第一五話　採掘護衛

『レイアス工房』。アインファストの武具通りにある武具屋だ。俺はそこで店主のレイアスさんに、自分が使っているガントレットを見せていた。

「ふむ、これは見事に貫かれたものだな……」

先日のポーション事件でバスタードソードに貫かれたガントレットを見ながらレイアスさんが難しい顔で呟く。元々このガントレットは、練習用としてレイアスさんが作った物で、格闘系武器を探していた時に勧めてもらった物だ。品質的にはたいしたことがない物であったとはいえ、自分の作品がこうなったことに思うところがあるのだろう。

「で、修理はできますか？」

ゲームで言うところの耐久値的にはまだ全損に至っていない。現状でも使えないわけじゃないんだが、やはり損傷がある状態というのは見栄えが悪いし要らぬ視線も集める。

「修理はできるが……この質では、いつまたこうなるか分からんな……」

「結構馴染んできたので、できることならまだ使いたいんですけどね」

素手で戦う俺にとって、このガントレットは使い勝手がいいものだ。【魔力撃】と併用することを前提としても、かなり役に立っている。先日だってこれのお陰で死なずに済んだのだから。

「ふむ……フィスト、よければ依頼を一つ引き受けてくれないだろうか？」

「依頼ですか？　俺で役に立てることがあるんでしょうか？」

後で調べたことだが、レイアスさんは生産系プレイヤーの中ではそこそこ名が売れた存在だった。トップクラスとまではいかないが、鍛冶職としては割と上位に名を連ねているようだ。そんな人が俺に依頼？

「内容は鉱石採取の護衛だ」

「護衛、ですか……俺、そんなに強くないですけど？」

戦闘系メインスキルがレベル20にも届かない初心者だ。実力という意味ではたいしたことはない。というか、現時点で一端のプレイヤーだと言えるほど自惚れてもいないのだ。

「あぁ、心配は要らない。それほど凶悪な敵が出る場所へ行くわけではないからな。私が採掘している間、不意打ち等を受けないように警戒してくれる役目を頼みたいのだ」

ああ、護衛というよりは見張り役か。それなら何とかなるかな。

「そろそろ素材も心許ないのでな。そこで手に入れられた鉱石を使って、君用の新しいガントレットを作ろうと思うのだ。このような損傷を与えられる相手に出会う機会があるなら、装備のランクアップはしておいた方がいいだろう」

あの手の高レベルな使い手と敵対する機会がそうそうあるとは思えないが、良い武具が欲しいのは正直なところだ。

「分かりました、引き受けます。それで、ガントレットのお値段はどれくらいになりますか？」

「材料と出来にもよるが、三万もあれば十分だろう。ああ、下地に使える革素材など持っていれば、その分を割り引かせてもらう。あと、護衛の報酬は一万でどうだろうか？」

護衛だけで一万ならそこそこの収入だろう。日給一〇万円は破格だと思う。三〇万円のガントレットがどれほどの物になるかは分からないが、今から楽しみだ。

出発は明後日ということで契約は成立した。ん、これってプレイヤーから正規に受ける初めての依頼になるのか。ポーション事件の時は実質、ＮＰＣであるコーネルさんからの依頼だったもんな。よし、気合い入れていこう。

でもその前に、今日のひと狩り行ってくるか。解体解体、っと。

ログイン二五回目。

俺はレイアスさんとパーティーを組んでアインファ

ストの北にある山岳へと向かっていた。考えてみたら北に行くのは初めてだな。というか、今まで西の森にしか行ってない気がする。

アインファストから北は、ちょっとした荒野になっている。まばらに低木やサボテンみたいなのが生えてはいるが、他には目立つものがない殺風景な場所だ。

「そういえば鉱石の採掘ってどんな感じでやるんです？」

ちなみにレイアスさんの装備は、ブレストプレートにウォーハンマーだ。恐らく自作と思われる。さすがに採掘にウォーハンマーを使うとは思わないが、鍛冶屋らしいといえばらしいのか。

「鉱石のある場所を掘るだけだな。ある場所が分かっていれば難しいことでもない」

「鉱山みたいな場所ってことですかね」

「いや、ＧＡＯで言うところの鉱山というのは、国の管理下にあるのだ」

国？　ああ、そういえば今俺達がいるアインファストの街って、ファルーラ王国の都市って設定だったな。

「アインファストにはないが、ツヴァンドにある。そこでの採掘は可能なのだが、入山料を取られる上に、採掘した鉱石の半分を納めなくてはならないという決まりがあってな。質は良いのだが……」

そんな事情があったのか……。入山料とやらがいくらかは知らないが、有料の上に実入りが半分になるというのはいただけないな。

「だから私達プレイヤーはそれ以外の場所で鉱石を得ることがほとんどだ。国の管理している鉱山に対して、私達は野良鉱山などと呼んでいるがね。これから私達が行くのも、そんな場所の一つだ」

そういう場所の鉱石の質ってどうなんだろうか。鉱山になってないことを考えると、質はあまり良くないのかもしれない。

遠くの方に見える岩山のどこにどんな鉱石が眠っているのかは分からない。しかし鍛冶職人さん達は結構な苦労をしてるんだろうなぁ。薬草なんかと同じで対応スキルがないと鉱石を認識できないはずだから、誰かに取ってきてもらうのもうまくいかないのだろう。

一応、鍛冶師ギルドでインゴットを買うことはできるみたいだけど、買うよりは鉱石掘った方が安上がりだし、インゴット化する作業でレベル上げもできるしな。

風景的にあまり面白くない荒野を更に進む。山の麓辺りは緑があるのが確認できる。ひょっとしたら動物もいるかもしれない。あ、確か山の方ってロックリザードがいるんだったか。出てきたら狩ってみたいけど……優先すべきは護衛だしな。いや、でもその途中で出てきたら仕方ないよな、うん。

ロックリザード出てこいと心の中で念じつつ歩を進めたが、結局出現しないまま麓まで辿り着いた。レイアスさんはそのまま森へと足を踏み入れる。この辺りの森は、西にある森と比べてそれほど深くない。踏み入ってしばらくするとあっさりと抜けた。

足元が土から岩へと変化する。少し広い岩場が広がっていて、目の前には絶壁がそびえ立っていた。まるで大きな刃物で切り取ったように滑らかな岩壁だ。その下の方、つまり俺達の手に届く部分のいくつかに、穴が空いている。

「あれが、野良鉱山の入口ですか?」

「ああ、私が採掘した跡だ。この辺りは少し掘ったら鉄鉱石の層があってな」

レイアスさんはウォーハンマーをストレージバッグに収納すると、そこからツルハシを取り出した。

「それでは私は採掘を始める。何か来たら声を掛けてくれ」

「分かりました」

今のところ周囲に気配はない。一〇秒間隔くらいで【気配察知】を使っていれば、まずは問題ないだろう。森から崖までも余裕があるし、何か来たら視認も容易そうだ。

レイアスさんがツルハシを岩壁に振り下ろした。小気味いい音を立ててツルハシが岩を穿(うが)つ。結構なハイペースで振るわれるツルハシは、あっという間に岩壁に人が立って歩けるほどの高さの穴を作り上げた。しかしすごい勢いだな。これもスキルの恩恵か何かだろうか。それともツルハシの性能がいいのか……。

岩を掘り進めながらレイアスさんの姿が次第に奥へと消えていく。時折外に放り出される岩を邪魔にならないように横へどかしながら、俺は周囲の警戒を続けた。

そうしているうちに、ツルハシの音が変わってきた。さっきみたいに硬質な音じゃないものが混じり始める。

「フィスト、これから外に出す石を、一所に纏めておいてくれるか？」

声と共に穴の奥から転がってくるものがあった。それは赤っぽい岩の固まりだった。

「これ、何ですか？」

「鉄鉱石だ」

「へぇ、これが……でも鉄っぽい色じゃないんですね」

「私もリアルで鍛冶をしているわけじゃないから詳しくはないんだが、鉄鉱石にも色々と種類があるようでな。ステータス表示では鉄鉱石としか記されていないが、恐らくこれは、リアルで言うところのヘマタイトではないかと思う」

拾い上げたそれをじっくりと見てみる。何というか、錆の塊のように見える。それに、石というよりは土の塊っぽいな。これが鉄になるんだろうか。しかし金属そのものが出てくるのだとばかり思っていたが、文字通りの鉱石として産出されるんだな。つまりここから精錬とかしなきゃ金属にならないわけだ。何か大変そうだな鍛冶職さんって……。

ともかく言われたことをやろう。俺は鉄鉱石を拾って一箇所に纏める作業に従事する。当然、周囲の警戒は怠らずにだ。

しかし平和だな。本当にこんな場所に、人を襲う系の獣とか出るんだろうか――っと、何か来るな。しかも速い。足音も聞こえ始めた。

レイアスさんに警告を送ろうとした時には既にそれは森から飛び出してきた。

でかい！　馬ぐらいあるぞあの鹿!?　昔ネットで見たヘラジカ並みだが、容姿は日本の鹿っぽい。

豪快な足音を響かせて、鹿は俺の前を駆け抜けていった。こちらには見向きもしなかったが、向かってこられたら面倒だったろうな。今まで俺が仕留めたイノシシよりもでかいなんて冗談じゃない。

あ、しまった。写真を撮っておけばよかった……。

でも、あれだけでかいなら、鹿肉祭りだっただろうなぁ。首も剥製にすれば売れるらしいし、毛皮もかなりの量に……いかんいかん、取らぬ狸だ。

しかし気になるな。随分と急いでるというか、まるで逃げてるようにも見えたし。もう一度【気配察知】を……って、何か来る。それもさっきの鹿を追いかけるような動きで。

「レイアスさん、何か来る！　警戒を！」

雇い主に声を掛けて、気配の方へと身構える。レイアスさんもウォーハンマーを手に坑道から出てきた。

「数は？」

「一つだけです。ただ、そいつが来る直前、馬並みの大きさの鹿が逃げるように駆け抜けていきました」

「馬並みの鹿？　そんな奴がこの辺りにいたのだな。しかしそれが逃げ出すほどの何か、ということか？」

「同じ方から来るので関連付けただけなんですが、全く無関係の可能性もありますけどね」

やがて、それは姿を見せた。

「スウェインの嘘つきがーっ！」

思わず俺は叫んでしまった。目の前に出てきたのは大きなトカゲだった。【動物知識】でそれがロックリザードだっていうのも確認できた。それはいい。

だが体長が異常だった。スウェイン曰く、二メートルくらいとの話だったのに、どう見ても目の前のそれは五メートル以上あった。ここまで来たら大型のワニだ。

体色は岩色といえばいいのか。ロックの名に相応しい、岩のような外皮。チョロチョロと時折舌を覗かせる口は閉じられたままだが、きっと鋭い牙が生えていることだろう。足に生えた爪も黒々と長く鋭利なものだ。

ロックリザード出てこいと願っていたのは事実だが、こんなロックリザードは要らない……。

「な、何だあれは……？」

「ロックリザードです」

「い、いや、ロックリザードとは何度か戦ったこともあるが、あんな巨大な個体は見たことがない……」

　目の前の生物の存在が信じられないのか、震えた声で呟くレイアスさん。いや、しかしですね、確かに俺の【動物知識】はあれはロックリザードだと告げてるんです。しかも、何ら特別な注釈がついていない……。ユニークだとかフィールドボス的な何かなら、それくらいの追加項目くらいあっていいんじゃないか運営!?

　いや、でも種族は同じなんだからスキル的には間違ってないわけで……ええぃっ！

　さて、どう対処したものか。森から出てきた時の動きを見るに、かなり素早かった。リアルのトカゲですら結構な速さで走るのだから、それが大型化したらどれほどなのか……ひき逃げアタックでも大ダメージを受けそうな気がする。だったら相手の速度に合わせて戦うなんて自殺行為だ。

「レイアスさんは待機を！」

　周囲に他の危険がないのを確認した上で言って、俺は駆けた。【魔力撃】で拳を強化して間合いを詰める。

　ロックリザードは俺を標的と認識したらしく、その大きな口を開けた。そこから覗くのはノコギリのような歯だ。アレに噛まれたら簡単に身体を食いちぎられそうだな……。

　真正面からは行かず、回り込むように移動する。ロックリザードの頭はこちらを捕捉したままだ。俺は森へと入り、外周ギリギリの木の陰を縫うようにしてロックリザードに近づいた。ロックリザードの突進を避けるためだ。

　頭こそこちらへ向いたままだが、ロックリザードはまだ動かない。できれば森の中に入ってほしいんだがな……。もう少し派手におびき寄せるか！

　まだ少し間合いが遠いが俺は森から飛び出した。同時にロックリザードがこちらへ向かってくる。やっぱり待っていやがったこの野郎。

　一旦停止し、ロックリザードの突進に合わせるように俺は後方へと跳んだ。当然ロックリザードの方が俺よりも速い。あっという間にロックリザードは俺のほぼ直近まで迫った。

口を大きく開いて噛み付いてくるタイミングに合わせてその鼻先を思い切り踏み付ける。確かな手応えと同時に、後ろへ下がる速度が増した。ロックリザードの突進に撥ね飛ばされたのだ。

「……っ、とぉっ！」

体勢を立て直して足を地に着ける。バランスを取りながらその勢いのままで地面を滑り、速度が落ちたところで後方へ更に跳んだ。一度は立ち止まったロックリザードが、再度こちらへと突っ込んでくる。よし、完全にこいつの注意は俺に向いた！

【気配察知】で他の気配の確認――いない。レイアスさんに危険はない。

「ちょっとこいつを片付けてきます！」

レイアスさんに一声掛けて、俺は森の中へと飛び込んだ。この辺りの木々は背が低い。レイアスさんのウォーハンマーを取り回すには不利だ。それに雇い主に戦闘に参加してくれと言うのも何だし……やばくなった時には頼むかもしれないが、一応ソロプレイをしていく身としては、こういう場面には何度も遭遇すると思うし、だったらしっかり独りで対処できないとな。

ロックリザードが追ってくるのを確認し、俺はポーチの中に手を突っ込んだ。

第一六話　ロックリザード

　ロックリザードが追ってくる。木を盾にするように動く俺を執拗に追ってくる。ただし、岩場でのような突進力や機動性は思惑どおり失われている。

　地の利を活かすのは当たり前だ。こんな化け物と真っ向勝負なんてできるわけがない。いや、できるのだとしても無理をする状況じゃない。彼我の戦力差を正確に把握できない以上、慎重に事を運ぶに越したことはない。

　GAOがレベル制だったらある程度の目安にはなったのかもしれないが、スキル制ではどうしようもなかった。その辺りの感覚は自分で摑んでいくしかない。

「らあっ！」

　木の陰から顔を出したところを狙って【魔力撃】込みの蹴撃を叩き込む。下顎を蹴り上げる形で見事に決まったが、それがどうしたとばかりに牙を剝いてきた。

「ちっくしょう硬いなっ⁉」

　愚痴をこぼしながらロックリザードの嚙み付きを避ける。爪も厄介だがまずは牙を封じるのが上策か。

　ストレージポーチから取り出しておいたロープを結いながらタイミングを見計らう。口を縛ってしまえばあの牙の脅威はなくなるはずだ。ワニは嚙む力は強くても口を開く力は弱いと聞いたことがある。トカゲもワニも似たようなものだろう……だったらいいなぁ……。

　ともかく試せることは全て試す！　突っ込んできたところで横に避け、ロープで輪を作って俺は跳んだ。ロックリザードの背中に乗り、すぐさま輪を口に通してロープを引く。輪は瞬時に絞まり、ロックリザードの口を封じた。暴れ回る背の上で振り落とされないようにしながら、作戦の成功を確信する。ロープをどうすることもできないロックリザードの口は閉じられたままだ。

「がっ⁉」

　衝撃が全身を突き抜けたのはその直後だった。背中への強打を受け、トカゲの背から叩き落とされる。地面を転げながら身体の向きを変え、敵を注視する。牙ではない。爪でもない。今の一撃は尻尾によるものだった。

「あの位置で届くのかよ……つぅ……」

立ち上がりながら敵の尻尾を見やる。下手な木ほどの太さがあるそれは立派な凶器だった。背中の上が死角になると思ったのは甘かったたな……。

それなら、もう少しやりやすくなるように手を打とう。

『ホールド！』

精霊語で、そう叫ぶ。次の瞬間、ロックリザードの周囲の土が動いた。盛り上がった土が生きているかのように流れてロックリザードの四肢を、そして尻尾を封じる。

【ホールド】という名で登録した土の精霊魔法だ。効果は土による相手の拘束なのだが……。

「まだ力が足りないなぁ……」

四肢はともかく尻尾は土を弾いて暴れ回った。攻撃範囲に入らなければ問題ないが、あっさり拘束を散らされたのは少しショックだ。レベルが低いせいもあるので今後の課題かな。

ともあれロックリザードの動きはほぼ封じたと見ていいだろう。尻尾は頭まで届かないし、爪も【ホールド】で使えない状態。牙もロープを解かない限り使えない。後はとどめを刺すだけだ。

拳に【魔力撃】を込め、ロックリザードの頭に振り下ろす。岩でも殴ったような衝撃が拳に伝わった。さすがに少しは効いたのか、ロックリザードが身をよじる。首と尻尾を慌ただしく振り、四肢にも拘束から逃れんと力が込められているのが分かる。しばらくは大丈夫だろうが、拘束がいつまで持つか不安でもあった。何より、今の一撃を何度叩き込めばとどめに至るのか先が見えない。

それに、あまり時間をかけるわけにもいかない。俺の仕事はレイアスさんの護衛だ。今はまだ他の気配がないからいいとして、こいつを仕留めるまでに新たな敵が来ないとも限らない。スキル上げにはいい的なんだが、優先すべきが何であるのかは分かってる。

「仕方ない、か」

俺は腰のポーチに手を入れて、目当ての物を引っ張り出した。それは杭。先端を尖らせ、反対側に平らな面を持つ鉄製品。見た目はでっかい釘だ。

そいつをロックリザードの目に突っ込む。【解体】を手に入れたため、残酷描写にリミッターは掛からない。目が抉れ、血が噴き出し、ロックリザードが暴れる。それを無理矢理押さえ込みながら拳を杭に叩き付けた。鉄杭が深く打ち込まれると、ロックリザードが大きく震えると大人しくなる。しばらくは尻尾がピクピクと動いていたが、やがてそれも止まった。

ふぅ、と俺は大きく息を吐き出す。反省点はあるが、独りで何とかなったな。自分のフィールドに引き込めば、時間さえかければこのくらいの大物でも倒せることが分かったのは収穫だ。

「レイアスさーん！　こっちは片付きました！　そっちへ戻りまーす！」

【気配察知】で追加が来ないのを確認して、戦果報告を雇い主へと叫ぶ。さて、と。それじゃあレイアスさんの所へ戻るか。

「……これは、また……」

俺が戻ると、レイアスさんは呆れた声を漏らしながら獲物であるロックリザードに視線を固定した。仕留めた獲物がそのまま残っているのだから驚きもするだろう。

しかしこのロックリザード、大物だけあって重すぎる……。精霊魔法で地面ごと運んできたが、森を抜けると岩場になるため、運搬はここまでだ。

「仕留めた獲物がどうしてそのまま残っているんだ……？」

「ちょっとしたスキルの効果です。これから解体しますけど、倫理コードが解除されてるのでグロい光景になります。見たくなければ採掘に戻った方がいいですよ。あ、大丈夫です。周囲の警戒は怠ってませんから」

「……見学させてもらっても？」

解体に興味があるのか、ウォーハンマーを片付けながらレイアスさんが言った。

「構いません。ただ、なるべく他言しないでもらえると有り難いです」

恐らく【解体】持ちの作業を見れば、スキルとして選択できるようになるはずだ。プレイヤーでもそれが成り立つかどうかの検証にもなるだろうし、ここはじっくりと見てもらうことにしよう。

おっと、その前に写真を撮っておこう。こんな大物、そうそうお目に掛かれないだろうしな……よし、撮れた。

「それじゃ、始めますか」

ストレージリュックサックを下ろして、俺は必要な道具を取り出していく。まずは爪から処理するか。

取り出した弓鋸（ゆみのこ）で爪を切り落とす。これはアクセサリーの素材になるらしい。大きいので高値になりそうだ。かなり硬いが時間をかけて、一本ずつ切り落としていく。当然その間、周囲の警戒も続けている。解体の途中で襲われてはたまらないし、何より周囲の警戒こそが優先すべき今回の仕事だ。

爪を切り落としたら次は皮だ。が、こいつどこから皮を剝げばいいんだろうか。背中側は外皮が硬いから、腹の方が裂きやすいかな。

メチャクチャ重たいロックリザードを何とかひっくり返す。こいつ一体何キロあるんだろうか。

うん、背中側よりはやっぱり柔らかいっぽいな。硬い部分との境界辺りで剝いでいくか。

あまり深くならないようにナイフを入れ、まずは腹の皮だけを剝いだ。それから外皮へと移っていく。皮と肉の間に少し切れ込みを入れて引っ張ると、割と簡単に皮が剝げた。これが脂肪が多いと脂肪ごと削ぐように剝がなきゃならないので結構な手間なんだが、こいつには脂肪らしい脂肪が見当たらないので結構大胆に作業できそうだ。

本格的に剝ぐ前に血抜きをしとくか。腹の肉を裂いて内臓を剝き出しにする。何か学生時代の生物資料を思い出すな、蛙（かえる）のホルマリン漬けとか。えーと、心臓、心臓、と……あった、これだな。緑色をしてるけど、これが心臓だ。

リュックから取り出しておいた樽の蓋を開ける。中身はただの水だ。それを精霊魔法で操り、待機させておく。続けて心臓を持ち上げて、身体の外に出してから刃を入れる。裂け目から血が流れ出るが、そこに操った水を流し込んだ。

　水を使って血管内の血を流し出す作業だ。普通の獲物なら木か何かに吊し、大きな血管を切れば血抜きができるんだが、あまりに大型になると現在の俺の筋力ステータスじゃ厳しい。だったら絞り出せないものかと先日試してみたらうまくいったので、時間がない時や大型の血抜きの時にはこれを使うことにしたのだ。単にそこにある水を操る程度なら低レベルの精霊魔法でも可能だったのが幸いした。血液そのものを操作できれば楽なんだが、あくまで水じゃなければ精霊は働いてくれなかったのは残念だ。

　よし、血抜き終了、と。使った水は再利用できないのでそのまま地面に捨てる。

　皮の前に内臓を処理しよう。こいつの場合、売り物になるのは胆嚢だけだ。肝臓は食えないらしい。他の内臓も需要がないとかで売り物にならない。

　さっと胆嚢を摘出し、革袋に入れてリュックサックへ収納。その他の内臓は全て抜き取って一箇所へ纏めておく。

　それでは皮を剥ぐ作業を再開しよう。手で剥げる部分は手で、それだけでは無理になるとナイフで切れ込みを増やして剥いでいく。重たい身体を持ち上げての作業はかなりきついので、精霊魔法で土を持ってきて、それを土台にして傾けたりしながら作業を進めた。

　後は背中の一部だけで皮を完全に剥ぎ取れる状態にして、肉の解体に移る。脚をばらし、骨を抜く。骨は内臓と一緒に纏めておいて、肉は麻袋へと詰める。尻尾と胴体はノコギリでぶつ切りにして麻袋行き。頭は……記念に取っておくかな。最後に皮は水で洗って、しばらく干しておくことにした。

「よし、これで終わり、っと」

　大物だったので結構時間がかかってしまったが、無事に解体は終了した。内臓等を土の精霊魔法で掘った穴に落として埋め直して後始末完了。偶然現れたプレイヤーが臓物見てパニック、とか嫌だしな。それに血の臭いで獲物が寄ってくることもあるんだ。一〇匹以上のウルフの群れを呼び寄せてしまった時は全力で逃げたなぁ……あれ以来、解体後の処理はきちんとしているのだ。

「手際がいいな。随分と慣れているように見えたが」

「今まで大小合わせて七匹解体してますから。今回ので八匹目なんで、それなりに慣れましたよ」

あ、そうだ忘れるところだった。

「レイアスさん、スキル修得メニューの生産系スキルリストに【解体】スキル、表示されてますか？」

俺の問いにレイアスさんがメニューを立ち上げて操作する。

「……出ているな。これがタネか」

予想どおり、プレイヤーによる実演でもスキルのロックは解除されるようだ。これなら公開しても、スキルを得たプレイヤーが広めていけるから、住人達への負担も減るか。でもまぁ、もう少し様子を見るかな。

「ええ。倫理コードが解除されるっていうデメリットを苦にしないなら、生産系には有用なスキルだと思いますよ」

「そうだな、皮革系装備や装飾細工を作る生産系プレイヤーには結構な恩恵になりそうだ。ただ、本人自ら狩りに行くのでないなら、前線で狩りをするプレイヤーにこそ持っていてもらいたいスキルだろう」

そうなんだよな。実際、どのくらいの生産系が現場に出てるんだろ。

「まぁ、こっちの作業は終わりましたんで。レイアスさんは採掘を続けてください」

「ああ、そうさせてもらおう」

再びツルハシを手に、レイアスさんは坑道へ戻っていった。

さて、俺の方は周囲の警戒だが……せっかく狩ったばかりのトカゲ肉があるんだ。ちょっとくらい、いいよな？

「お疲れ様でした、もういいんですか？」

坑道から出てきたレイアスさんに声を掛ける。

「ああ、これだけあれば当分は大丈夫だ」

言いつつレイアスさんがストレージバッグを叩く。

やっぱり持ってるんだな。そりゃそうだ、大量の鉱石なんて重くて持ち運べるものじゃないし。

「外に出した鉱石はそちらに纏めてありますので」

「ありがとう。で、何やらいい匂いがするんだが？」

俺が鉱石を指差すと、しかしレイアスさんの興味はこちらに向いた。

俺の前には岩で組んだ簡易のかまどがあり、そこでは串に刺したロックリザードの肉を焼いていた。薪は現地調達。

「さっき捌いたロックリザードの試食です。いかがです？」

「いただこう。ちょうど腹が減っていたところだ」

とりあえず作ったのは四本。うち二本をレイアスさんに渡す。

「味付けはしてません。お好みでこっちを使ってください」

この世界の調味料は、市販されているものはそう多くない。俺が常備しているのも塩、胡椒、唐辛子くらいだ。この辺は【食品加工】で色々作れそうだけど、いかんせん知識がないので保留だ。醤油や味噌、ソースはぜひとも作りたいところだが。あとポン酢。ネットで検索してみよう。

それはともかく実食だ。まずはそのまま、何も付けずに食べてみることにしよう。

生の時点での見た目は鶏肉に近かった。焼いていて漂う匂いも鶏のそれだったが……。では、いただきます。

串に刺さった一つを口に入れ、ゆっくりと嚙む。うん、鶏肉だ。食感は笹身のような。ただ、笹身よりも淡泊ではない。むしろ味が濃い。

「そのままでもいけるな」

「ですね」

俺と同じで何も付けずに食べたらしいレイアスさんの呟きに同意する。

「フライとか、笹身と同じ食べ方でよさそうです」

「鍋物とかもよさそうだな。む……塩や胡椒で食うと、ヤキトリだと言われても信じそうだ」

　今度は調味料を付けて食べたレイアスさんに倣い、俺も塩を付けて食べてみる。

「どれどれ……ん、そうですね、これもうまい。あ、ヤキトリ風にするなら、山葵とか梅ペーストとかも合いそうですね」

「それはいいな。しかし……こうなると、何かが足りないと思わんか？」

　言いつつレイアスさんがストレージバッグから取り出したのは瓶とゴブレット。瞬時に何を言いたいのかを理解した。

　俺はストレージリュックサックに仕舞っておいたロックリザードの肉を追加で取り出す。それにフライパン等の調理道具もだ。

「レイアスさん、他の食べ方、どうですか？」

「いただこう。君はこっちはいける口か？」

「当然です」

　ロックリザードの試食という名目の飲み会は夕方まで続き。

　結果俺達は、夜間のフィールド強行軍&アインファスト門前での野宿という無謀をしなくてはならなくなるのだった。

第一七話　次に向けて

アインファストの北門で、俺はレイアスと別れた。

いいや、参った参った……結局門限までに街へ戻れなかったせいで、門の外で野宿するハメになってしまったのだ。

基本的にプレイヤーが安全にログアウトできるのは、セーフティエリアに設定されている街の中などだ。フィールドでもできるのだが、外でログアウトすると、その場にアバターが残ってしまうらしい。そこを襲われたらアウト、というわけだ。逆に言えば安全さえ確保できるなら、どこででもログアウト可能ということでもある。何が起こるか分からないのだから、そんなリスクを負いたくはないが。

そういうわけで俺とレイアスは門が開くまで外にいたのだ。幸い、酒もあったし食い物もあったので、第二次飲み会へとなだれ込んだことで退屈だけはせずに済んだ。同じように締め出されていたプレイヤーや住人達と一緒にだ。食って飲んで語らってと楽しい一時だった。

その結果といっていいのか、俺はレイアスへの敬語をやめた。実際アバターの外見はともかくとして、リアルのレイアスは俺より年下らしい。元々、こういうネットゲーでは年齢とか気にせず対等にいくのが主流らしいと聞いたので、レイアスとはタメ口でいくことにしたのだ。

しかし今日が休日で助かった。ろくに睡眠がとれないままで仕事へ行くことになるところだった。もう少しリアル時間も考えてプレイしないとな……。

てなわけで、このまま落ちてもいいんだが、その前に狩猟ギルドへ行ってこよう。ロックリザードを買い取ってもらわないとな。

狩猟ギルドの買い取り窓口は開いていたが、朝一ということもあってまだ誰も持ち込みする人はいなかった。

「よぉ、フィスト」

「おはようございます、ボットスさん」

もはや顔馴染みのボットスさんと挨拶を交わすと、からかうような笑みを浮かべる。む、何だ？

「野宿は楽しかったか？」

「あはは……いやぁ、お恥ずかしい」

どうやら門の外で野宿したのを知っているようだ。ちくしょう、誰だばらしたのは？

「ま、門の真下での野宿なら、そう危険はねぇけどな」

ボットスさんの言うとおり。実は門の周辺での野宿に関していえば危険度は低い。何故なら、門の上には衛兵が常駐していて、危険なものが近づいてくれば警告してくれるし、場合によっては上から撃退もしてくれるのだ。とはいえ任せっきりにできるほど俺の肝は太くない。できることなら今後はこんなことがないように心掛けなきゃな。

「で、どうだったんだ、今回の狩りは？」

「いや、今回は鉱石採掘の護衛で出てたんですよ。でも、まぁ……大きな収穫はありましたけどね」

「ほぅ……それじゃさっそく見せてもらおうか。おら出せ、すぐ出せ」

「いや、ちょっとここじゃ狭すぎると思います」

楽しそうに急かしてくるボットスさんに待ったを掛ける。ここのカウンターを全部使っても溢れそうなんだよな。

「狭い、だぁ？　ちなみに何を狩ってきたんだ？」

「五メートル超のロックリザードです」

しばしの沈黙。

「今、何つった……？」

「五メートル超のロックリザードを狩ってきました」

「……大丈夫か？」

「ええ、正常ですよ」

うーむ、実物を見た俺ですら最初は目を疑ったが、まさか狩猟ギルドの職員がこの反応。あいつ、よっぽどのレアだったんだろうか。仕方ない、百聞より一見だ。

証拠とばかりに俺はストレージリュックサックから

ロックリザードの首を取り出してカウンターに置いた。

「のおぉぉぉっ!?」

　驚愕の声を上げてボットスさんが後ずさる。ふふふ、どうだ驚いたか。

「こ、こいつぁ……フィスト、こいつ、首だけってことはねぇよな?」

「頭から尻尾までありますよ。脚もありますけどこれは売りません。自分で料理するので」

「よ、よし、ここじゃまずいな。おい、奥の作業場を急いで空けろ！　フィスト、お前はこっちへ来てくれ」

　ボットスさんの指示で職員達が慌ただしく動き出す。俺はロックリザードの首を掴んでボットスさんの後に続いた。

　買い取りカウンターの奥は大きな部屋になっている。壁には解体用の道具がズラリと並んでいて、ここでの獲物の解体も可能にしていた。

「フィスト、ここに獲物を出してくれ」

「了解、っと」

　布を敷かれた床の上にまずは頭を置き、その後ろへ解体したロックリザードを順番に出していく。ブロック状にして片付けていたが、こうして出してみると結構な量だな。解体の時はそっちに夢中で気付かなかったが。

「よし、これで最後。あと、爪は切り離してるからこっちへ置いときます。それから胆嚢はこっちに」

　今回狩ったロックリザードの全てを出し終えて、俺はギルド職員達を見る。ボットスさん以下、全員が固まっていた。

「こいつはすげぇな……過去に八メートルを狩った奴の話があったが眉唾だと思ってたぜ。五メートル超って言ってたのを見たのは初めてだ。実物でここまで六メートル半はあるぞ。フィスト、こいつはどうやって倒したんだ?　パーティーか?」

「いえ、俺独りです。森に誘い込んで動きを鈍らせて、口を塞いで、更に動きを封じて、鉄杭で目玉から脳を抉ってとどめです」

「……えぐいことやりやがったな……」

　信じられないモノを見る目が俺に向けられる。いや、そんな目で見なくても……しかし過去にもそんな大物がいたんだな。てことは、ロックリザードが二メートルくらいってのはあくまで一般的なやつで、大きく成長した個体も皆無というわけじゃないのか。やっぱり長年生きているとかそういう理由（せってい）か？　もしそうなら、こいつは何年生きたことになってる個体なんだろうな。

「で、こいつの皮はどうした？」

「ありますけど売る気はないですよ？」

　一転して期待するような目で俺を見るボットスさんに、断りを入れた。あの皮はこちらで持っておくことにしたのだ。現時点で入手できる素材としてはかなりのものだろうから。

「せめて一目、見せてもらうわけにはいかねぇか？」

　ん、どうにも食い下がるな……まぁ、狩猟ギルド職員としては気になるのだろう。隠すことでもないと判断して、俺は皮も取り出した。おぉ、と周囲がどよめく。

　手渡した皮をボットスさんは床へと広げた。うん、こうしてみるとやっぱりでかいな。

「なぁ、フィストよぉ……本当に売る気はねぇのか？　このでかさでこの質なら、かなりの値を保証できるんだが」

「申し出は有り難いんですが、そろそろ俺の装備も充実させたいんですよ」

　俺の装備は現時点でレイアスのガントレットと店売りのハードレザーアーマー、鉢金だけだ。鎧の方も胸部にはバスタードソードで貫かれた痕が残っている。今後のことを考えると装備の強化をしておきたいのだ。

「職員としては残念だが、個人としてなら納得だ。もうお前は一人前のハンターだと胸を張っていいくらいだしな。もっと上も狙えるだろうし、装備の充実は不可欠だろう」

　俺の言葉を聞いてボットスさんは得心したようだった。ありがとよ、と皮を手渡してくる。それをリュックサックに収納しながら、ふと思いついて尋ねる。

「ところでこの頭も売れますか？」

　記念にと持って帰ったロックリザードの頭部だ。しかしボットスさんは難しい顔。

「使える部分がねぇからなぁ……頭部の皮を剝げば、それは売れるだろうけどな。剝製にするってのもアリかもしれんが、欲しがる奴がいないと始まらんぞ」

やっぱり無理か……剝製は魅力だが、飾る場所がないと意味ないしな。それに飾るなら頭蓋骨だけでもいいし。いずれ家を買ったら、今までの獲物を飾るのもいいかもしれない。って、そうだ。

「そういえば、骨って需要ないんですよね？」

「ああ。幻獣や魔獣の物ならともかく、動物の場合はほとんどねぇな」

買い取りリストになかったが念のために問うと、あっさりとそう言われた。詳しく聞いてみると、簡単に言ってしまえば、骨そのものに希少価値や特殊な効果がないからだそうだ。ゲーム的視点で見れば、武具や薬の素材に使えそうにも思えるんだが……動物の場合はそういう方面で使い物になるものがほとんどない、ということらしい。武器を例にとっても、軽さはあるが強度も耐久度も鉄の方が上。折れたりしたら特殊な工程を経ないと修復不能で、しかもその費用が馬鹿高く、新しく作り直した方が早くて安いんだとか。まあ人類の歴史を見ても、武器は石や骨から金属に移行していくわけだから、変な話でもない、のかな？

一方で、これが魔獣や幻獣の骨なら話は変わるようで。骨一つとっても利用価値があり、需要があるそうだ。後でレイアスに詳しいことを聞いてみるか。

「骨といったら、異邦人が肥料にしたいってんで持っていったことがあったが、骨が肥料になるのか？　どうせ捨てるもんだからいいんだがよ」

「えー、と。どうなんでしょう？」

堆肥とか鶏糞（けいふん）とかそういうのなら分かるが、骨か……。自分が知らないだけで利用価値があるのかもしれない。某ゲームでは骨を骨粉にしたら農作物の成長促進に使えたし、そういうことなんだろう。しかしその異邦人というかプレイヤー、肥料に使うってことは農夫プレイだろうか。

それはともかく、取引に戻るか。

「頭部の皮、必要なら剝いでいいですよ」

記念に残すのは骨だけにしよう。頭部の肉も、少ないけど食えるだろうし。

「そうか、ここだけでも結構な大きさだからな。ありがたく剥ぎ取らせてもらうぞ」

喜々としてボットスさんは剥ぎ取り用のナイフを取りに行った。


狩猟ギルドで換金を済ませた後、『レイアス工房』へと足を運んだ。閉店中の札が下がっているが、気にせず扉を開ける。カランカランという音と共に店内に入ると誰もいない。

店内には様々な武具が並んでいるが、レイアスはどうやら武器メインらしい。防具に比べてそっちの方が比率が高い。

「レイアス、いるか?」

「フィストか。こっちへ来てくれ」

声を掛けると、店の奥から返事が来た。そちらへと向かうと空気が変わった。何というか、暑い。フィールドでは昼夜問わず気温なんて気にならなかったが、これは異常だな。

更に進むと工房に出た。そこには火を入れた溶鉱炉が鎮座し、その前でレイアスがまさに製鉄をしている最中だった。暑さの原因はこれか。

「戦果はどうだった?」

「文句なしだ。皮はやっぱり欲しがられたよ」

「だろうな。ああ、そうだ。その皮のことなんだがな」

炉の加減を見ながらレイアスが言った。

「ガントレットに使わせてもらう以外の部分は、どうするつもりだ?」

「一応、これでレザーアーマーを作ってもらおうかと思ってる。職人探しはこれからだけどな」

あいにく、現時点では皮革職人の知り合いはいない。掲示板でも見て腕の良さそうな職人を探してみようかとは思っている。

「そうか……もしよければ、ツテがあるぞ」

生産者として中堅以上の位置にいるレイアスの知り

合いである生産者か。これは期待できるかもしれない。

室温が上がった。炉から真っ赤に溶けた鉄が流れ出してきたのだ。暑い……いや、熱い。こんな中で作業できる鍛冶職人には脱帽するしかないな。

溶けた鉄を型に流し込みながらレイアスが続ける。

「俺の知り合いの皮革職人だ。正確には皮革に限らないんだが」

「というと？」

「鍛冶もやるし皮革もやるし、縫製もやる。着る物なら何でも、だ」

そりゃすごいな。金属鎧も革鎧も服も作れるってことか。あんまりあれこれ手を出すと器用貧乏な印象も受けるが、レイアスが勧めてくる以上、一定水準以上だろう。

「ガントレット用の革もそいつに依頼して加工してもらう予定でな。そっちの予算と都合が許すなら、考えてみてくれ」

「そうだな……一度、作品を見てみたいな」

百聞は一見にしかず、と言うしな。

「一応、これもそいつの作品だ」

するとレイアスがこちらを向き、着ているエプロンを指した。鍛冶仕事用の革製エプロンらしい。ふむ、目が利くわけじゃないけど、造りもしっかりしていていい出来に見える。これは頼んでも問題なさそうだ。

「ただ、な……少し独特というか趣味に走る癖があってな」

ん、何だ？

「腕は保証するんだが……まぁ、やはり実際に見てもらった方がいいだろうな。注文には忠実だから、問題はないと思うが……」

えー、と……つまり、普段作っている物に問題があるんだろうか？　でも腕は立つ、と。

「それと、そいつの拠点がツヴァンドなんだ。フィストはもう、ツヴァンドには行ったか？」

「いや、まだだ。先にアインファスト周辺の食える動物は一通り狩ってみようと思ってたから。でも、装備の充実ができるなら、そっち優先でも構わない。狩りはいつでもできるしな」

「そうか。まぁ、一度行っておけば、都市間は転移門で移動できるようになる。先にそっちを済ませておくのもいいだろう」

転移門というのは、ゲームでよく出てくるゲート、ぶっちゃけると瞬間移動装置だ。大きな都市には大抵あるらしく、一度行ったことのある都市へ一瞬で移動できるのだとか。ただ、実際に現地へ足を運んでいないと使用できないらしく、今の俺には使えない。しかもこれは個人認証らしく、誰か一人が行ったことのある都市へ、行ったことのない人を引き連れて転移するのは無理だそうだ。

まぁ、旅を楽しむなら歩くなり駅馬車なりを使うのがよさそうだけどな。もちろん相応の危険があるにしても、だ。それに転移門の使用は有料だ。アインファスト~ツヴァンド間だと一万ペディア……今回の護衛の報酬が一発で飛ぶ。駅馬車だと何事もなければ一日で行ける。車賃は三〇〇ペディア。ちなみに徒歩だと順調に行ければ平均三日かかるそうだ。

さて、どうするかな。時間の節約をするなら駅馬車がいいが……何事も経験か。帰りは転移門を試してみてもいい。金さえあれば便利なのは事実だ。

「それじゃあガントレット用の加工の分も込みで、俺がツヴァンドに行ってこようか。いい機会だ」

「そうか。先方はまだログインしてないようだから、紹介状を書いておこう。こちらからも連絡は入れておく。いつ出る?」

「これから。行きは駅馬車を使うよ。店を訪ねるタイミングはリアル次第だが、その時はレイアス経由で連絡を頼んでいいか?」

「ああ、分かった。しかし駅馬車の旅でも危険はあるから気をつけろよ。動物の類はこの辺りとたいして変わらんからそう脅威ではないが、たまに盗賊が出ることもあるそうだ」

盗賊、か……対人戦は遠慮したいなぁ……まぁ、馬車の速度なら振り切ることもできるだろうし、そうそう戦闘になることもないだろうけど。

……あれ、これ、フラグ……?

第一八話　コスプレ屋

フラグなんてなかった。

駅馬車は何のトラブルもなくツヴァンドに着いてしまった。いや、しまったなんて言っちゃ駄目か。何事もなく無事に着いたのならそれが一番なのだから。

駅馬車の旅は割と快適だった。街道がある程度整備されていたからだろう、乗り心地は悪くなかった。以前乗ったことがあるルーク達の馬車よりも上だった。あれは輸送用の幌馬車ベースなので、比べるのも酷なんだが。

ツヴァンドの街並みはアインファストとあまり変わらない。同じ国の街だからだろうか。ただ、規模としてはアインファストより小さいようだ。入る前の外観だけで判断すれば、三分の二くらいの印象だ。

さて、時刻は夕方。レイアスに紹介してもらった店に行くにはまだ問題ない時間だろう。渡されていた地図を頼りに通りを歩く。住人達もプレイヤーもそこそこいて、アインファストほどじゃないが賑やかだ。

店にはそう時間をかけずに到着した。結構規模が大きいな。レイアスの工房の何倍もある。色々とやっているという話だから、規模もそれに合わせてるんだろう。

扉を開けて中に入った。

「いらっしゃいませー！」

女性の声が元気よく迎えてくれた。が、それよりも俺の目はある一点に釘付けになっていた。

それは店の中央に鎮座していた。それは剣だった。俺はそれを知っている。

それは、剣というにはあまりにも以下略——そう、某黒の剣士が振るう大剣だった。

そしてその隣にある物にも同様に目を奪われた。その大剣とセットといっても過言ではない漆黒の全身金属鎧。頭部は狼（おおかみ）のような形状をしている。

な、何でこんな物がこんな所に……。

「あはは、やっぱりビックリしますかー」

出迎えてくれた声が今度は近くで聞こえた。いつの間にやら店員さんがそばに来ていたようだ。

　ウェーブのかかった長い金髪に紅い瞳。えーと、箒(ほうき)は持ってないけど、服装は某弾幕シューティングの魔法使い……？

「あの、何ですかここ……？」

　用事があって訪ねてきたというのに、思わず聞いてしまう。店員は可愛らしく小首を傾げた後、はっきりと言った。

「ここは武具販売店『コスプレ屋』です」


「話は聞いているよフィスト氏」

　紹介状を店員に手渡した後、奥から一人の男がやって来た。中肉中背で髪は黒。長髪を首の後ろで束ねている優男だ。

「初めまして。吾輩(わがはい)はこの店、『コスプレ屋』の店長をやっているシザーという。そしてこちらが吾輩の公私にわたるパートナーである――」

「スティッチです。よろしくね、フィスト君」

　よく見ると二人の左手薬指には同じデザインの指輪が嵌(は)まっていた。公私にわたる、ってことはリアルでも夫婦か恋人なんだろうか……いや、羨ましくないぞリア充なんて……っ。

「初めまして、フィストだ」

　お互いに挨拶を済ませたところで、俺は再度問うた。

「で、この店は何なんだ？」

「見ての通りの武具店だ。ただ、多分にリアルを持ち込んでいるがね」

　あっさりとシザーは答えた。しかし……店の名前といい、品揃えといい、どう見てもコスプレ衣装専門店にしか見えないんだが。しかもリアルを持ち込んでるってどういうことだ？　ゲーム世界に二次元を持ち込んだの間違いじゃないのか？

「実は吾輩達、リアルではコスプレ用具専門店を営んでおってな」

　って、そういう意味のリアルかよ!?

「夫婦揃ってβテスト権を得てこのゲームを始めたのだが、目に映る武器や防具、衣装に感銘を受けたのだ。

コスプレ衣装といってもリアルでは色々と限界がある。しかしこの世界では質に拘ることができる！　本物すら作ることができる！」

「実際にものが斬れる刀剣類！　金属を使った本物のプレートメイル！　リアルに存在しない未知の素材！」

「アニメや漫画、ゲームに出てきたあんな武器やこんな衣装！」

「それをイベント会場内限定ではなく、堂々と着て表を歩ける素晴らしい環境！」

「それらを目にして、ただ冒険だけに時間を費やせようか!?」

「無理！　そんなこと絶対無理！」

「ならば作ろうではないか！　我らの心が赴くままに！」

「神様も言ってます！　汝の成したいように成すがよいって！」

　うわぁ、一気にテンション上がったよこの夫婦。しかも何だこのテンポ。打ち合わせでもしてたかのような淀みない掛け合いで最後にポーズまで決めてドヤ顔か……それからスティッチ、それは確かに神様だけど邪神様だ……。

　あぁ、レイアスが口籠もった理由がしっかりと理解できた。

　改めて、俺は店内を見渡してみる。さっきの剣と鎧以外にもあるわあるわ。

　金の鳥のような模様と紅い宝玉が塡め込まれた青色の盾。某魔法少女が振るっていた戦斧。某召喚勇者が持ってた神剣であるはずの棍。星座をモチーフにした戦士達が纏っていた鎧……他にも見たことあるような衣装や武具が目白押しだ。節操がないな！

　まぁ、いいか……趣味は趣味だ。俺が口を出すことじゃないし。腕が立ってちゃんとした防具を作ってくれるなら文句があろうはずもない。

「ごめんください」

　気を取り直して本題を切り出そうとしたところで店に入ってくる人がいた。

　厳密には人ではなかった。長く美しい金髪に、整った顔立ち。そして長く尖った耳の女性……エルフだとっ!?

そうだった。この世界、エルフやドワーフといった亜人が存在するんだった。アインファストでは全く見かけなかったからすっかり忘れてた。

プレイヤーのキャラクターとしては人間以外を選択することができないので、このエルフ女性はNPCということになる。へぇ、住人もプレイヤーの店に顔を出すんだな。

「いらっしゃい、お待ちしてましたー。注文の品、できてますよー」

スティッチがカウンターへと移動する。そして足元から出した物はレザーアーマーだ。金の縁取りが入った蒼い——って待て！　女性エルフにそのデザインの鎧だとっ!?

「若干アレンジを入れているが、気付いたかね？」

「気付かないわけがないだろう」

革鎧は腹も覆うタイプだったので差違がある。これが胸甲で、服が丈の短い緑のワンピースでレイピア提げてたら完璧だったのに。残念ながら彼女の服は白色で、しかも下はズボンだ。提げている武器も小剣だし。

まぁ顔立ちが違うので瓜二つにはなり得ないわけだが、やっぱり狙ってあのデザインにしたのか。

「どうだね、楽しいだろう？」

「楽しんでるのはあんた達だろう？」

「当然だとも。だが、客に満足してもらうというのが前提条件にして絶対条件だ。彼女は納得してあれを注文し、我々は作り上げた。何も問題はない」

いや、確かにそうなのかもしれないけども……。

「ところでフィスト氏にお薦めな装備があるのだが」

「普通のでいい……」

いや、実のところ、このゲーム内での装備ってコスプレと大差ないんだけどさ……。


「さて、本題に移ろうか」

店の奥の作業場に案内され、ようやく今回の来訪目的の話になった。

「まず、その皮を見せてもらおう」

俺は取り出したロックリザードの皮を作業台に乗せて広げた。おぉ、とシザーの口から驚嘆の声が漏れる。

「これは見事な……君が仕留めたと聞いたが？」

「ああ、俺が仕留めて、俺が剝ぎ取った」

「ほう……ドロップではないのか？」

「俺が修得してるスキルの効果だ」

そう言うと、ふむ、とシザーが考え込む。

「ということは、最近の騒ぎはそのスキルが関係しているのかもしれんな」

「騒ぎ？」

何だ、【解体】について何かあったのか？

「いや、なに。以前からもあったのだが、フィールドで妙なものが見つかるようでな。大量の血の痕、動物の内臓、バラバラになったパーツ等々だ。一部ではイベントの前触れではないかと掲示板で騒がれているのだが、心当たりがあるかね？」

イベントの可能性自体は否定できない。ただ、イベントではないと仮定するならば……。

「俺と同じスキルを持ったプレイヤーによる痕跡の可能性があるな」

ちゃんと後始末をしてないのだろう……だとしたら、住人の線は消える。それがどういうことを引き起こすのか、狩りで生計を立てている彼らが分からないはずはないし。肉食系の獣を引き寄せてしまうんだよな、あれ。

「そのスキルに関する情報公開は？」

「俺は何もしてないな。ちょっと待て」

公式サイトにアクセスし、掲示板内検索でキーワードを『解体』に設定……スレッド名該当なし、スレッド内検索だといくつか掛かるけど、スキルへの言及はないな。

「いまだに未公開みたいだな」

「公開しないのかね？」

「教えるのはいいんだが、住人達に迷惑が掛かる可能性があって、踏み出せないんだよ」

利益の独占をしたいわけじゃない。メリットもデメリットもあるわけだし、修得するかどうかはプレイヤーの自由だ。でも修得の条件がネックなんだよなぁ。

「住人?」

「あぁ、NPCのこと。俺達はこの世界じゃ異邦人だろ? だったら、元からこの世界に住んでるNPCは住人じゃないか」

「なるほど。しかしどうしてスキル修得でNPCに迷惑が?」

あー、どうするかな。シザーには教えてもいいか。さっきのエルフさんとのやり取りを思い出すに、住人達とトラブルを起こすような人じゃなさそうだし。その辺はリアルでも店をやってるんだ、問題ないだろう。

俺はスキル名と修得条件、スキル効果とそれによるデメリットを一通りシザーに話した。

「解体をできる住人の所へプレイヤーが押し寄せる可能性を危惧しているのだな。確かに躊躇(ちゅうちょ)するのは分かる。実際、どれだけのプレイヤーがそのスキルを欲しがるか分からぬしな。デメリット面で嫌がる者も多かろうが……と、話が逸れたな」

咳(せき)払いし、シザーは視線をロックリザードの皮へと戻した。

まぁ【解体】についてはもう少し様子見だ。修得条件だけ伏せて、先にスキル情報を公開して反応を見るのもいいし。この辺はスウェインに聞いてみるか。この手のゲームにおける情報公開の是非について俺は詳しくないし。

「で、フィスト氏。君の希望はレザーアーマーとガントレット用の下地をこのロックリザードの皮で作りたいということでいいかね?」

「ああ、そのつもりだ。何か問題があるか?」

「うむ。アーマーはともかく、ガントレット用の下地としては、そのまま使うのに向いておらん」

シザーは皮の背中部分を指して言った。

「ロックリザードの皮は見てのとおりデコボコだ。この上から更に金属部品を取り付けると、当然隙間が生じてしまい、強度に難が出る。ならば凹凸の少ない箇所を使えばいいと考えても、下地としては皮が薄い。ガントレットの下地に使う革は、防御力の向上もそうだが緩衝材としての役割も持つのだ。となると、表面はともかく下地はこれをそのまま使わぬ方がよい」

なるほど、頑丈であればいいってもんじゃないんだな。確かに肌触りも重要か。

「だから、ガントレットに関しては、緩衝材として別の革も同時に使おう。その上に凹凸が少ない薄手部分を重ね、更に金属パーツを取り付けるという具合だ。どうかね？」

「どうかね、と言われても、武具製作に関しては俺は素人だ。シザーの言ったことも理に適ってると思う。それで頼むよ」

餅は餅屋、防具は防具屋だ。シザーがそう判断したのなら、従うべきだろう。そもそも口出しできるほどの知識が俺にはないしな。

「レザーアーマーの方はロックリザード本来の防御力を活かす方向でよいだろう。が、革が薄手なのは変わらんし裏地の肌触りも今ひとつだ。故にこれも、他の革を下地に入れようと思う。それから……それ以外の防具はどうするね？」

「それ以外？」

「今の君の防具は、胴体を守るレザーアーマーと、額を守る鉢金、前腕を保護するガントレットだけだ。その他の部位の防御をどうするかと聞いている」

言われてみたら、今までずっと軽装でやってきたんだった。上腕や肩、腿の防御は後回しにしてたんだよな。基本は回避だし【魔力撃】込みのガントレットで大抵の攻撃は防御できてたから。でもこれからを考えるなら必要か。

「ロックリザードの皮を使うなら、腿や上腕、肩に関しては十分足りる。そちらも合わせて作るが」

「ああ、それで頼む」

申し出を俺は受けることにした。うーん、一気に装備が充実していくなぁ。あ、そうだ。

「ついでなんだが靴の方も新調したいんだけど、ロックリザードは向かないよな？」

「サラリーマンが履くような革靴ならそれで問題ないが、そういうのを求めているのではないのだろう？」

「ああ。ブーツ的な方だな。あと鉄板を仕込んでほしいんだ。蹴りの強化目的だな」

「ほう……フィスト氏もなかなか楽しい発想をするな。よかろう、そちらも適当なものを見繕おうではないか」

　シザーの目が楽しそうだ。隣のスティッチも同様に。

「そういえばフィスト君はハンター系なのよね。それじゃあ、マントなんかもどう？　格闘の邪魔にならないデザインで、森で隠れたりするのに有効なカムフラージュ付けたりとか。当然、野宿とかにも対応可能にするよ」

「あ、いいな。【隠行】も使えるけど、そういうのを併用したら効果が上がる気もするし」

「決まりー。じゃあそれも受注ってことで。ところで鎧のデザインとかの希望はある？　原作資料があればなお良し、だけど」

「いや、デザインはこっちの世界に馴染むやつで頼む。二次元デザイン流用禁止な」

　うん、やっぱりコスプレだとか言われるのは避けたい。

「はい、りょうかーい。それじゃあさっそく採寸しよっか」

　喜々とした表情で、スティッチはメジャーを取り出した。

第一九話　情報公開

ログイン二六回目。

一度ログアウトして家事と食事を片付けて、俺は再度ログインした。

ログインしたままでもよかったんだがリアルのこともしなきゃならんし、何よりその方が効率的だったからだ。

ＧＡＯには色々なステータスがあるが、その中の一つである眠気度についての問題もあった。人間、ずっと起きて活動していると眠くなる。それがＧＡＯ内でも再現されているのだ。

で、その眠気度だが、連続活動時間が一定を超えると集中力の低下、アーツや魔法の発動ミス、ステータス低下等を引き起こし、いいことなど何もない。限界を超えると寝落ちしてしまい、その場合は何をやっても一定時間は目を覚まさなくなってしまう。フィールドで寝落ちしてしまえば、幸運に恵まれない限り悲惨なことになるだろう。

ちなみにこの眠気度は、ステータス画面で確認できない。そういう仕様だ。プレイヤーが眠気を感じたら、それがそろそろやばいというサインになる。色々と工夫すれば寝落ちまでの時間を引き延ばせるらしいが、そこまで無理をするのは廃人プレイヤーでも少数派らしい。

眠気の解消方法は二つ。ＧＡＯ内で一定時間睡眠をとるか、ログアウトして一定時間経過するか、だ。よってログアウトした方が時間を有効に使えるというわけだ。ゲーム内で睡眠できるようにしてること自体に、何かの意味があるんじゃないかと勘ぐってるプレイヤーもいるみたいだけど。

で、俺はすることがないのでツヴァンドの散策をしている。採寸が終わった以上、俺がそこにいて役に立つことはない。色々と着てみないかと誘われたが辞退しておいた。

しかし採寸って面倒なんだな。まさかあの場で演武じみたことをさせられるとは思ってなかった。手足の可動範囲や装着時の遊びを確認するためだったらしいが。まぁ後はシザー達に任せよう。さて、どこから見て――。

「む、フィストではないか」

「スウェイン？」

名を呼ぶ声に振り向いてみれば、そこにいたのはスウェインだった。あれ、まだこの街にいたんだな。とうにこの先のドラードの街に行ったとばかり思ってた。

「どうした、もうアインファストの食材は食べ尽くしたのか？」

当分はアインファストで活動するって伝えてたからな。俺がここにいるのは意外だろう。

「いやぁ、まだ湿地の方は手付かずだし、岩場の方もロックリザードしか狩れてない。しかもそいつが規格外の奴だったんで大変だった」

「それは興味深い話だな。どうだ、時間があるなら私達が滞在している宿に来るかね？　色々と話も聞きたい」

む、ならちょうどいい。

「俺からも相談したいことがあったんだ。案内してくれるか」

街の散策は今度だ。情報交換、これ大事。

で、どうして俺は宿の厨房を借りてロックリザードを調理してるんだ……？

「フィストおかーさーん、お腹減ったよー」

「えぇい、厨房に入ったばっかりで料理が完成するわけないだろ、少しは我慢しろ欠食児童。それから誰がお母さんだっ」

テーブルの方から聞こえるウェナの笑いが交じった声に返事して、俺は料理を開始する。

【シルバーブレード】と再会後、まずはロックリザードの話をした。またまたご冗談をと最初は信じてもらえなかったが、撮っておいた写真を見せると納得してくれた。その後で野宿した話や肉を食べた話をしたんだが、それがまずかった。

食べたい、と皆が口を揃えたのだ。いいや、確かに打ち上げの時に、いずれなと受け流したけどさ、こんなに早くやることになるとは思わなかったぞ。【調理】のレベルはあれからちょっとしか上がってないってのに。

しかしどうするか。串焼きにでも……って、串がないな。

「……あれにしてみるか」

ストレージリュックサックから材料を取り出す。卵に小麦粉、それからチーズとパンだ。

まずパンの中身だけをほじくり返して即席のパン粉を作る。それから卵を溶いておく。

手頃に切ったロックリザードの肉に小麦粉をまぶして溶き卵にくぐらせ、その上からパン粉をまぶす。む、この宿の女将(おかみ)さんが興味深げにこっちを見てる。恰幅のいい、いかにも肝っ玉母さんといった感じの人だ。何かプレッシャーだ。

処理した肉の半分にはチーズを挟んでおく。食感が笹身に似ているので、笹身フライのレシピを引用してみた。後は揚げるだけ――って、しまった、ソースがない……。

えーと、何か替わりになる物はないか……ソースをこの場で作るのは不可能だ。フライの味付けといえば何だ？　醬油……ない。ポン酢……ない。ケチャップ……ない。タルタルソース……マヨネーズがない。いや待て、マヨネーズは作れるはずってレシピ知らん！　普段は店で買ってるんだから仕方ないだろうっ!?　一般的独身男は自家製マヨネーズなんて作らんよ！

「どうしたんだい？」

迷っていると女将さんが声を掛けてきた。

「いえ、実は、作る予定だった料理に使う調味料がないことを失念してまして……」

「こいつを油で揚げるんだろう？　どんな味付けならいいかねぇ」

腕など組んで一緒に考え込む。

「少し酸味のあるソースがよさそうだけど、時間がかかるのは無理そうだしね」

ルーク達の方を見て女将さんが苦笑い。そうなんだよなぁ……トマトを煮詰めればトマトソースは作れそうなんだが時間がなぁ……畜生あいつら期待に目を輝かせやがって。餌を待つ雛鳥か！

困った時の検索頼み！　ログイン中もリアルのネットに繋げるのは本当に有り難い。マヨネーズのレシピさーん。出てきてくださいな……っと出た！　よし、これなら何とかなる！　タマネギタマネギ……それから卵を茹でて……。

「あ、女将さん。ピクルスと油を少し分けてもらえます？」

「はいよ。何だか楽しそうだねぇ」

「いや、必死ですよ。せっかく作るからには、おいしいって言ってもらいたいじゃないですか」

自分だけが食べるならどうとでもなるが、他人の評価は気になるところだ。不安しかないぞ……いや、少しだけ期待もあるし、ワクワクしてる自分もいるな……いやいや、今は料理に集中集中。


結果だけ言うと、ロックリザードのフライは好評だった。

試食を頼んだ女将さんもうまいと言ってくれたし、ルーク達の反応も上々。自身の舌でも満足いく出来だった。素晴らしいな、ロックリザードの肉。今回の評価は確実に肉のお陰だろう。俺の腕？　10レベルに満たない【調理】で、俺の腕だなんて血迷っても言えないよ。

ただ、タルタルソースについては個人的に不満があったのでまた作ろうと思う。その前にマヨネーズだけどな。

おかわりを、などと言い出したので、一度だけ了承した。あと、他の客が興味を示していたので、そちらの分も作った。

それも結構な速さでなくなり、更にルーク達が申し訳なさそうにおかわりを要求してきたが、さすがにそれは断った。俺自身、まだロックリザードは味わい尽くしてないのだ。そうそう肉の放出はできない。こうなると分かっていれば、ギルドに売る肉をもう少し手元に置いておくんだったな。材料調達してきたら作ってやる、と言っておいたので、その気があれば狩りに行くだろう。

他の客にも好評だったので、女将さんにフライとタルタルソースのレシピを伝授しておいた。こちらも材料持ち込みが前提の隠しメニューにするそうだ。ロックリザードの肉ってアインファストだとともかく、この辺りだと入手が難しいみたいだし仕方ない。

「で、どうしてお前達、まだこの辺りで燻ってるんだ？」

一息ついた後で【シルバーブレード】の近況をルークに聞くことにする。

「一応、ツヴァンド周辺の状況を確認してたんだ。でもそろそろドラードへ移動するつもりだよ」

「βの頃と比べてどうだ？」

「特に変化はない。獣や魔物の分布も変化なさそうだし」

βテスターはここまでは来ることができていたらしいし、本当の意味で未知の領域はこの先だしな。まぁ俺はこの辺りは初見だし、ゆっくりと散策することにするさ。

「でもフィストは早いとこドラードへ行きたいんじゃないか？」

「何でだ？」

「だってあそこ、港町だからさ」

素っ気なく言うルーク。しかし俺にとってそれは重要な意味を持っていた。

街の名前は知っていた。でも、どんな所かは知らなかった。港……つまり、海。海ということは……海産物っ！

魚とか貝とか塩とか海藻とかの海の幸。それがこの先にあるというのか……行きたい、ぜひとも行きたい！　しかしツヴァンド周辺にだってまだ食べてない物があるし、アインファストの湿地だってまだ行けてないし……ぬぅ……っ。

「俺達はドラード周辺でしばらく活動する。でもフィストがアインファストやツヴァンド周辺の食材を制覇する頃にはもっと先に行ってるだろうな」

「だろうな。攻略組は大変だ……っと、そうだスウェイン。相談したいことがあったんだ。【解体】スキルのことでな」

「この間のメールで概要は把握した。それ以降、何か問題があったか?」

「あぁ。でもその前に報告だ。プレイヤーによる解体でも、他プレイヤーの修得条件は満たせた」

「ほう……」

スウェインが目を細める。

「その上で、だ。【解体】スキルの情報を公開することについてどう思う?」

俺の懸念は住人達へ迷惑が掛かることだけだ。それがないなら公開することに否はない。ただ俺個人がこの手のゲームに疎いので、そういう情報公開をどのくらい積極的にしていけばいいのかが分からなかったのだ。

「フィストが以前危惧していた、スキル持ち住人への押し掛けは緩和されるだろうな。それに、あれから考えてみたのだが……【解体】スキルを修得したがる者がそれほど多く出るのだろうか、ということもある」

どういうことだ? プレイヤーとしてなら、実入りが増えるのは大歓迎じゃないだろうか。

「これが、解体用ナイフ一刺しで実行できるスキルなら、誰もが欲しがるだろう。が、実際は、全部手作業だ。解体に時間がかかるということは、スキルアップのための戦闘に割く時間が減るということでもある」

まぁ、そうだろうな。実際俺も【解体】を始めてから戦闘系スキルの上昇は緩やかだ。レベル上昇による補正も入ってるんだろうけど。

「そして、問題はその手作業だ。一体何人のプレイヤーが血と脂と臓物にまみれてでも実入りを優先するか。しかも【解体】を得てしまったら、自動ドロップが無効になるという。実入り面では大きいが、それ以外の部分がかなりのデメリットにも映るのだ」

シザーもそんな感じのこと言ってたな。あー……考えてみれば当然か。俺自身が解体作業に忌避感がなかったから気にも留めなかったが、普通はそうなんだよな。なんだ、深く考える必要もなかったのか……。

「てことは、他の修得者も、それが理由で公表してないのかもしれないな」

最初から、修得したがる奴はいないだろうと判断しているのかもしれない。

「他の修得者？　プレイヤーでフィスト以外に【解体】を修得している者がいるのか？」

「いや、そう推察できる情報がある、ってだけ」

シザーから聞いた話をスウェインに話して聞かせる。

状況から見て、まずプレイヤーの仕業だと思うんだが。

「こっちの方では騒ぎになってたりしないか？」

「掲示板で血や内臓の話があったのは確認していたが、なるほど、解体の結果による副産物というなら納得できるな。解体の結果による痕跡にも倫理コードは働かないということか」

「目撃者はご愁傷様なんだけどな。でも、そうか。それなら【解体】については情報公開しておこう。で、その時の受け皿は俺がやる」

まずはスキルの詳細を掲示板で公開。その上で反応を見て、希望者には俺が実演してみせよう。

「いいのかい？　一気に押し寄せてくる可能性もあるよ？」

シリアが念を押すように尋ねてくる。まぁ、そうなったら何とかするさ。

「情報を公開した時点で、それが俺以外にも教えてもらえるものだってのは気付くだろ」

俺にそれを教えた誰かがいる、ってことくらい分かるだろう。そこまで考えが至れば、誰になら教えてもらえるかの予想はつくはずだ。選択肢はそう多くない。

でも、スウェインの予想が正しければ、希望者自体は少ないはずだ。それに、修得条件を満たしたからって、そのまま修得しなきゃいけないわけじゃないしな。

「とりあえず、どのスレに書き込めばいい？」

「んー、スキル総合スレでいいんじゃないかな。あと、さっきの痕跡関係は雑談スレだったから、スキル総合に詳細報告して、雑談へはそっちへのリンク張ればいいと思うよ」

「ん、じゃあウェナの言うとおり、やってみるか」

公式掲示板を立ち上げて書き込みをする。ううむ、緊張するな。

「ところで、この手の情報ってやっぱり基本的には公開しなきゃいけない風潮なのか？」

　作業をしながら聞いてみる。情報の独占とか、忌み嫌われないだろうかという意味だ。

「攻略や情報共有の掲示板での情報交換は頻繁に行われている。どこにどういった動物が出るか、どの魔物にどんな特殊能力があるか。そういう当たり障りのない情報は積極的に出してもいいだろう。誰も損をしないからな」

「でも、スキルやアーツ、魔法の情報はそんなに多くないよ。既存のスキルなんかの検証系では情報の持ち寄りもあるけど、隠しスキルは秘匿されたままってことは珍しくないし。だってそれだけで有利に働くんだもん。【解体】も本来はそういう情報だし」

「特殊な素材の得られる場所等も、秘匿されやすい情報だな。独占したいと思うのは人のサガだろう。事実、我々にしても、公開していない情報というのはあるしな」

　ふむ……あんまり難しく考えず、自分が黙っていたい情報は黙ってればいいのか。とはいえ、あんまりそういう情報を俺が得ることはなさそうだけどな。攻略最前線を突っ走っているわけじゃないし。いや、今回の【解体】はその手の情報なんだろうけど、そう頻繁にあることじゃないだろう。

「ま、臨機応変にいけばいいのか」

　よし、書き込み終了。後は反応を待つとして、

「さて、それじゃあ……ツヴァンド周辺の獲物の情報、一通り教えてもらえるか？　特に食えるやつ優先で」

　俺にとっての最重要情報は、それ以外にはないのだ。

第二〇話　ツヴァンドの休日

　ルーク達と情報交換し、掲示板に【解体】の情報を掲載したのが昨日の話。そのままこの街の狩猟ギルドへ足を運んで情報収集をし、近くの森で狩りをしてその日は終わった。

　その翌日、ログイン二七回目。

「フィストさん、こちらです」

　待ち合わせ場所でミリアムが手を振っていた。その隣にはウェナとシリアもいる。ルーク達男性陣の姿はない。【シルバーブレード】の女性陣が勢揃い。ルーク達男性陣の姿はない。

「待たせたか」

　待ち合わせの時間まではまだ一五分ある。結構前からここにいたんじゃなかろうか。

「今回は、私達がお邪魔する立場なわけだから。こっちが待たせるわけにはいかないよ」

　気にすることはない、とシリアが言う。

　そう、今日のこの集まりは、彼女らが俺の一日に同行するというものなのだ。

　このようなことになった理由は、昨日の雑談でウェナがこう質問してきたからだ。

『フィストって、狩りの時以外はどうやってＧＡＯで過ごしてるの？』

　俺のプレイスタイルは、言ってしまえば食い道楽。ポーションの補充で調薬をしたりもするが、基本的には食べることがメインだ。それは飲食店や屋台の開拓であり、市場での食材購入とその調理である。

　ツヴァンドには来たばかりで、まだそっちは手付かず。それをしようとした時にスウェインとばったり出会って、情報交換となったわけで。

　それを答えると、明日――つまり今日のことだが、同行してもいいだろうかと聞いてきた。どうも男性陣がリアルの都合でログインできないらしく、女性陣の時間がまるまる空いてしまうのだそうだ。断る理由もないので了解し、今に至る。

「でも、本当にいいのか？」

　あちらからの申し出だったので問題ないだろうが、

念を押しておく。

「買い物して、買い食いして、それだけで終わるぞ？」

「いいのいいの。それに、美女三人とデートなんだからラッキーだと思わなきゃ」

笑いながらウェナが言った。思い返せば、ＧＡＯ内で女性と行動するのって初めてか。

「揃ったことだし、行くか」

「あれあれ、リアクションが薄いよ？」

タイプの違う美人三人であるのは否定しない。ただ、アバターだしな。それに複数の女性と一緒に買い物と聞くと、荷物持ち的なイメージになるから、デートって感じにはならんだろう。

「何を期待してるんだお前は」

首を傾げるウェナにそれだけ言って、歩き出す。俺の予定に付き合うわけだから、先導するのは俺だ。後ろでミリアムがウェナに何か注意してるみたいだが、何だ？

「でもフィスト、本当に食べ物関係のことでしか動かないの？」

市場に向かっていると、シリアが聞いてきた。

「どこか立ち寄りたい所があるなら構わないぞ」

「いや、そうじゃなくて。ＧＡＯ内での余暇の過ごし方のことよ。食べ物以外の買い物とか観光とか、攻略とは全く関係ない時間の使い方」

言われて記憶を遡ってみるが、思い当たることがない。大書庫での読書は資料やレシピ漁りだから、攻略に無関係じゃない。観光もした覚えはない。食材以外の買い物も、調理器具とか屋外で使う道具とかだし。

「……ないな」

「せっかくのファンタジー系なんだから、格好とかも色々試してみたら？　フィストの服、初期装備のままでしょ？」

ウェナがそう指摘してくる。そう言われてもな。

「これで支障はないし、アクセサリー関連は全く興味がない。ファンタジーって意味でなら、この格好でいいだろ」

革鎧を着たりナイフを提げたりして、木と石で造られた街並みを歩く。ファンタジーの雰囲気を味わうならこれで十分だ。

「もっとオシャレとかすればいいのに」

「いつも通りに武装してるウェナがそれを言うか」

　ウェナに限らず、女性陣三人とも、装備着用のままだ。いつもと違うのはミリアムくらいで、革鎧は着たままだが弓も矢筒もなく、はいてるズボンが魔獣革製の物じゃなくて六分丈ほどの布製に変わっている。

「フフフ、よく見てよ」

　言いつつ、ウェナがその場で身体を一回りさせる。動きに合わせてカラフルな何かが翻った。何だあれ、尻尾？　【動物知識】で確認すると、虹タヌキという動物の毛だな。小剣の鞘に繋いでるようだ。現実にもファーのキーホルダーとかあるが、あれを大型化したアクセサリーだと思えばいいか。

「タヌキとは……自分のキャラがよく分かってるな、ウェナ」

「誰がタヌキかーっ⁉」

「今なら語尾にタヌーとか付けるとおいしいぞ」

「そ、そんなこと、言うわけないタヌー！」

　冗談で言ったのにウェナがそれを実行し、ミリアムとシリアが吹き出した。そんな二人を見てウェナが笑う。ノリが良くて結構だ。

「仕事の時は駄目だけど、街の中でなら、少しくらい派手でも問題ないからね。それに、敢えて目立たせて囮にするのにも使えるよ」

　【シルバーブレード】におけるウェナの役割は斥候だ。目立つわけにはいかないから、装備の色はどうしても地味めになるし、装備が音を立てたり周囲に引っ掛かったりするのはよろしくない。普通のゲームなら気にすることじゃないんだが、ＧＡＯだからなぁ……現実基準で考えた方が安全なのだ。

「お前達だってせっかくなんだから、街の中でくらいファンタジー系の衣装を堪能すればいいんじゃないか？」

「普段着はそれなりに持ってはいるのよ。ただ、武装してないとナンパ率が上がるの」

　と、溜息交じりにシリアが答えた。

「プレイヤー、住人、問わずですからね」

「いやー、モテる女はつらいねー」

うんざりした表情でミリアムとウェナも頷く。ナンパ避けって意味での武装だったか。ＧＡＯの仕様上、そんな輩が出てくるのは仕方ないが、住人もかよ。

「スウェイン達がいる時は、そっちが防壁になってくれるからいいんだけどね。それに、ボクの場合は挑戦者が現れることもあるから、すぐに戦える方が都合がいいのもあるね」

と、ウェナが小剣の柄を叩く。ＰｖＰ希望者、ってことだろうか。高名なプレイヤーを倒して名を上げようって意図なんだろう。ＧＡＯはボタン一つでの装備の着脱はできず、服にしろ鎧にしろ自力で着替えなきゃならないから、ＰｖＰをするたびにそうするのは面倒だろう。有名人は大変だ。

「そういう意味では、ウェナはもう少し、防具の面積を広げた方がいいと思うのですが」

ミリアムがウェナの腹へと視線を移した。以前と変わらず、ウェナの装備は革製の胸甲とホットパンツ。以前も思ったが、防御って意味ではまずい。ＧＡＯは普通のゲームと違い、防具の防御力は装備している箇所にしか適用されない。ウェナの場合、今の腹や腿は防御力ゼロだ。そこに攻撃を食らったら大ダメージを受けるだろう。

「えー？　いかにもファンタジーの女斥候、って感じでいいじゃない。当たらなければ大丈夫」

が、本人はそれを承知で、イメージ優先の装備にしているようだ。分かってやってるなら口を挟むことじゃないか。

「ところでフィストの方はそろそろ一新しないの？　その鎧だって既製品でしょ？」

シリアが俺のガントレットと革鎧を見る。以前、バスタードソードで貫かれたそこは、修理しないままにしてあった。買い替えるから、修理しても意味がない。

「ああ、それはもう手配済みだ。俺がツヴァンドに来たのも、そのためだし」

「フィストさんの装備がどうなるのか、興味がありますね。金属製防具に変更ですか？」

「いや、この間狩ったロックリザードを素材に使う革鎧だ」

俺が武器を使うタイプだったら、金属鎧で防御力優先にしてもいいんだが、徒手空拳だからな。身軽な方がいい。

「みんながツヴァンドに留まってるうちには完成しないだろう。ま、完成したら写真を送るよ」

ミリアムにそう答え、市場へと足を進める。


ツヴァンド自体がアインファストよりも規模が小さい街なので、市場も同様だった。

「品揃えは、アインファストと変わらないな。取扱数が少ない感じか」

【植物知識】や【動物知識】で商品を確認しながら歩く。今のところ、珍しい食材なんかはない。

「たまにテレビで見かける、ヨーロッパの市場のような感じを想像していたのですが、違うのですね」

物珍しそうに周囲をミリアムが見ている。彼女が言うのは、大きな広場に沢山の屋台や露店が並んでいる光景だろうか。

「こっちはどちらかというと、卸問屋の集まりみたいな感じだな。ミリアムが言うようなのは、それ用の広場があったりもする」

「そんなに大量に買い付けてるの？」

驚くシリアに、まさかと首を振る。

「一応、個人レベルの買い物もできるんだよ。日本の築地市場みたいに」

俺が市場に来るのはスキル上げが主な理由で、次がめぼしい食材を探すためだ。その上で、露店売りで同じ物を探すことの方が多い。露店売りの方だと値切るのも楽しいし、世間話なんかもしやすいからだ。

「よく自分で料理する気になるよね。ＧＡＯの仕様だと現実で料理するのと変わらないし、結構面倒じゃない？」

野菜や果物を歩きながら眺めていると、そんなことをウェナが聞いてきた。

「現実みたいに火力が安定したコンロなんかはないし、

面倒だと思う部分は確かにある」

携帯用のコンロだと火力が今一つなのだ。かといって、薪で火を扱うと強すぎたりするし、火力調整は注意が必要で、手間なのは間違いない。

「でも、下手は下手なりに、完成すると達成感があるし。野外での調理はキャンプみたいで楽しくもある」

基本的に、うまい物が食えるなら他人の料理でも構わないわけだが、自分で作るのも楽しくなってきていたりする。そのせいか、現実でも自炊にもうちょっと力を入れてみようかなんて考えるようにもなってきた。

ふーん、とウェナは相槌(あいづち)を打ち、

「フィストは、というか、やっぱり男の人って料理できる女性がタイプ?」

更なる質問を投げてきた。

「恋人の手料理に憧れる男は多いと思うぞ。交際の前にそれを確認する奴は聞いたことがないけど」

そういえば恋人の手料理なんて、食ったことなかったな俺。料理ができるのかどうか分からないままで別れたし。

「俺は自分が食いたいから作ることもある、ってだけだが。面倒だ何だと思っていても、食わせてやりたい相手でもできれば、変わってくるんじゃないか?」

「そんなものかなー」

ウェナだけでなく、ミリアムとシリアも考え込む。彼女らは料理は全く駄目だって言ってたっけ。気になる相手でもいるんだろうかね?

お、うまそうなリンゴがある。【植物知識】のお陰か、食材の品質なんかも分かるようになったので助かるな。

台に敷き詰められたリンゴの中から、高品質なのを四つ選んで購入し、ウェナ達に投げ渡す。

「うまい物となると難しいかもしれないが、普通に食えるレベルの物を作るのは簡単だ。レシピに忠実に作る、ただそれだけ。オリジナリティやアレンジなんて考えず、基本通りに作るだけでいい。あ、現実の話だぞ」

買ったリンゴを齧ると、甘みが口の中に広がった。うん、甘さは十分。いいリンゴだ。

「あ、このリンゴ甘い！」

「蜜がたっぷり詰まっていておいしいですね」

「現実でもここまで甘いリンゴは食べたことないね」

俺が渡したリンゴを食べて、女性陣が感嘆の声を漏らした。同じ野菜や果物でも、品種改良が進んだ現実より、GAOの方がうまいことがたまにあるから面白い。


ウェナ達に頼まれ、市場で果物をメインに目利きをしてやった。品質の良い物を入手できたので満足そうだった。

そこから場所を移動し、ウェナ達の買い物に付き合うことにした。俺の行く先だと食べてばかりになってしまうので、普通の買い物を間に挟んでの気分転換だ。

予想はしていたが、女性の買い物は長かった。現実でも、GAOの中でもそれは同じだ。着飾る機会はあまりないみたいに言ってたが、ルーク達と一緒にログインしてれば問題ないわけだから、無意味ではないんだろう。服やアクセサリーを見たり買ったりしていた。ただ、俺に似合うかどうかを聞かれても困る。

そして今。俺達は屋台広場にいる。ミリアムが言っていた方の市場のイメージを持つ場所だ。屋台だけでなく、露店も多い。

とりあえずここで自由行動。皆で食べる物を各々で買い、持ち寄ることにした。

そんなわけで、目に付いた食べ物を適当に買い集め、集合地点に戻る。三人はもう集まっていて、テーブルを確保してくれていた。

「すまん、つい目移りしてしまってな」

遅くなったことを謝って、席に着く。木製のそこそこ広い丸テーブルには、彼女らが買った料理が並んでいた。そこに俺が買った物を置いていく。

「うわぁ……結構な量だねぇ」

「大丈夫だ、胃袋は無限なんだから食いきれる」

顔を引きつらせるウェナにそう言って、戦果を出し終えた。残ったら持ち帰ってもいいし。

「で、どれが誰の買ってきた物だ？」

「わたくしが買ってきたのはこちらです」

ミリアムが示したのはサンドイッチと、厚めにスライスしたジャガイモを揚げた物、茹でたソーセージだ。

「あれ、このパン……」

サンドイッチを見て疑問が湧く。具を挟んでいたパンは正方形で耳まである。リアルで言うところの食パンだ。

「こっちにも食パンあるんだな。俺がＧＡＯで見たサンドイッチって、バゲット系ばっかりだったのに」

「プレイヤーのお店で買ったんですよ。ＧＡＯのパンは固いので、柔らかいパンが食べたくて」

「あ、私が買ったのもそうだよ」

シリアが指したのもサンドイッチだ。こっちは耳がなく、コンビニとかでよく見かける三角形の物だった。

「それから、ゆで卵と、パンの耳の揚げ物、根野菜のスティックね」

「うわ、パンの耳の揚げ物ってすごく懐かしいぞ」

小学生くらいの頃だったか、母さんがサンドイッチを作った時には、定番のおやつだったのを思い出す。

今度、自分で作ってみようか。

「で、これがボクの買ってきた物ね」

最後にウェナがパパパと指差したのは、鳥の串焼き、手羽先を揚げた物、そしてジョッキに入ったエールだった。

「で、フィストが買ってきたこれらは何？」

ウェナに問われ、俺は包装代わりに使われている木の葉を広げていく。

「まず、川魚の干物を炙った物」

シシャモやめざしくらいの大きさの魚だ。試食させてくれたのがうまかったので買った。

「次は豚の串焼き」

豚とタマネギを交互に刺した串焼きだ。匂いに誘われて買った。

「鳥肉の揚げ物」

これも匂いに釣られてしまって買った。

「それからカボチャ」

手頃な大きさに切ったカボチャの煮物だ。味見させてくれたのが以下略。デザートでもいける甘さだ。

「……カボチャ……？」

三人の視線が訝しげなものに変わる。

「あの、フィストさん。このカボチャ、紫なのですけど……」

「ああ、このカボチャは元から紫だぞ」

恐る恐る尋ねてくるミリアムに、事実を告げる。

GAOの野菜や果物は、基本的に現実と変わりない物が多い。だが、時々、微妙に違う物がある。このカボチャもその一つだ。中身の色が違うだけで、味は変わらない。

「これは外見だけだが、外見と味がリアルと一致しない食材が、GAOにはそこそこあるからな。ピーマン味のタマネギとか」

「そ、そうなんだ……ってことは、そこの豚串のも？」

何とも言えない表情でシリアが豚串を見た。ピーマンが嫌いなんだろうか？

「いや、それは普通のタマネギ。ピーマン味でも問題ないだろうけど」

「運営ってそんな所でもいぢわるなんだねぇ……」

「意地悪と言うか、妙な拘りだな。無理矢理リアルと違う物にしなくてもいいのにとは思う」

ウェナの呆れた声に肩をすくめたところで、まだ出していない物を思い出した。ストレージリュックサックから、買った物を取り出す。木の器に入れた野菜スープだ。

「器とスプーンは俺のだから後で返してくれ。とりあえず、お前達が食いたいと思える物は以上だ」

「……他に、何か、あるの……？」

「食うか？　頭を落とした蛇をグリル――」

「いらないっ！　さー食べよう！　どれから食べようかなーっ！」

俺の言葉を遮って、ウェナがテーブルの食べ物へと意識を向けた。ちらりとミリアムとシリアを見ると、視線を逸らされた。予想できた反応だけども……結構うまいんだけどな、蛇。あれは俺だけで楽しもう。

「それじゃ、サンドイッチからもらおうか」

個人的に耳付きの方が好みなので、それを手に取る。

瑞々しく新鮮なトマトとレタス、チーズとイノシシのハムが挟んであった。

「うん、食パンだ」

食パンの柔らかさは記憶にあるそれとは違うが、これはこれでいい感じだ。チーズもハムも厚めで味も濃い。食べ応えがあっていいな。

「あ、このスープおいしい。野菜がたっぷり入ってるのがいいよ」

「色には違和感がありますが……甘くておいしいカボチャですね」

「この干物、いいね！　つまみにピッタリ！」

「鳥の揚げ物は……普通だな」

テーブルの上の料理が、評価と共に次々と消えていく。

「いやー、今日はすっかりフィストにお世話になっちゃったねー」

途中、追加を買い足しながら料理と酒を楽しんでいると、陽気な声でウェナが言った。前に飲んだ時も、酒が入るとテンションが上がるタイプだったっけ。

「本当に～。おいしい果物も買えましたし、屋台でもおいしい物を探してきてくれましたし。感謝ですね～」

こちらはおっとり度が増したミリアム。でも酒を勧める時は強引だったりする。今も俺のジョッキに、樽で買ってきたエールを掬って差し出してきた。

「うん、今日は楽しかったよフィスト」

顔色すら変わらないのはシリア。だが時々、急にテンションが上がる。妙な方向に。

つまり全員、ほどほどに酔っ払っていた。

「そんなわけで、ボクからフィストにお礼があります」

言いつつ、ウェナが串を手に取り、差し出してきた。

「はい、あーん♪」

「お前は俺に串を食えと言うのか……」

その串には何も刺さっていなかった。俺はシロアリじゃないから木は食えんぞ。

「あ～、それじゃあわたくしも～」

三人のおでこで。

「以下略～」

ミリアムが手羽先を、シリアがサンドイッチを手に取り、差し出してきた。

「いや、自分で食えるから置いといてくれ」

「いやいや、そこは受け入れるところでしょー？」

再度、ウェナが差し出してくる物があった。フォークに刺さった、殻付きのゆで卵だ。

ウェナはニヤニヤと笑いながら、ミリアムはニコニコ笑いながら、シリアは真顔のままで、その体勢を崩そうとしない。

……一体、どうしろと？

ふと周囲に視線を巡らせると、こちらへと向く無数の視線があった。ある者は面白そうに、ある者は微笑ましそうに、ある者は恨めしそうにこちらを見ている。

「「「はい、あーん♪」」」

三人の声が重なった。お前ら、正気に戻ってくれ。衆人環視の中でそんな真似できるわけないだろうっ！

大きく溜息をつき、決心すると、俺はテーブルの上に残っていたゆで卵を三つ手に取り、その殻を割った。

第二話　亜人

ログイン二八回目。

スレで名前まで出したのに、【解体】スキルに関する問い合わせ件数はゼロだった……なんか、あれだけ慎重になっていたのが馬鹿みたいに思えるほどの無反応っぷり。掲示板のレスを見ていると、解体に掛かる手間がやはりネックみたいだ。というか、面倒なんだそうだ。面倒な作業をして一発でかいのぶち当てるよりは、小さくても数撃つ方が楽でいいらしい。これがオートドロップと切り替えが可能だったら少しは違ったんだろうけど、ドロップ無効、だとなぁ。

あと当然だが、倫理コード解除の方も。好きこのんで血飛沫（しぶき）カーニバルやモツ祭りを見たい人間は少数派のようだ。そりゃそうだ。

まぁ、俺の最大の懸念だった住人達への負担やらは起こりえない、という結論が出たのでその点は一安心なんだけど。

さて、それじゃ今日も街の中を少し散策して、それからひと狩り行こう。

アインファストより小さくても街は街だ。建物は多く立ち並び、人も多い。闘技場や大書庫のような施設はないが、それ以外は規模の差こそあれアインファストと大差ない。

また市場にでも行ってみようかと足を進めていると、建物から出てくる人が目に留まった。鎧を着た男だ。その鎧に見覚えがある。アインファストで衛兵さんが着ていた物と同じ型。つまり、この街の衛兵さんだろう。

衛兵さんは手に紙の束を持っていた。そして建物前の大型掲示板にその紙を貼り始める。あれは賞金首の手配書だ。そういえば最近、賞金首のチェックはしてなかったな。

近づいて、邪魔にならないように手配書を見る。うーん、プレイヤーの賞金首、見たことない顔が増えてるな。犯罪者プレイヤーは今も増加傾向のようだ。

「ん……？」

ふと、気になる記述を見つけた。それはプレイヤーの手配書だった。それ自体はどうということはないが、気になったのは罪状だ。

「リザードマン殺し……？」

リザードマンといえばファンタジーではお馴染みだ。トカゲ人間というやつである。コンピュータ系のゲームではよくモンスターとして出てるが……何でそれを殺したら賞金首に――。

「ちょ、ちょっとすみません！」

もしや、と思ったが情報が足りない。俺は手配書を貼っている衛兵さんに声を掛けた。衛兵さんは手を止めてこちらを見る。

「どうした？」

「あの、ちょっと聞きたいことが……この手配書なんですが」

リザードマン殺しの賞金首の手配書を指す。あぁ、と衛兵は顔を歪めた。

「酷い話だろ？　ツヴァンドへ買い出しに来てたリザードマン集落の住人達だったんだが、つい昨日、門の内側で一人が異邦人に斬られてな。ちょうどその場にいた俺達が取り押さえようとしたんだが、抵抗して逃亡しやがったんだ……」

衛兵さんの言葉が指す意味は一つ。この世界では、リザードマンはモンスターではなく、住人達と交流があるということだ。

正直、意外だった。だがこの情報、今知ることができてよかったと思う。俺達がモンスターだと認識しているそれが、この世界でもそうだとは限らないということなのだから。

「リザードマンって、ファルーラ国内ではどういう扱いなんですか？　俺も異邦人なんで、詳しく知らなくて」

言うと、一瞬だけ衛兵さんは眉を顰めたが、すぐに教えてくれた。

「王国内に住んでる亜人の一族、ってだけだな。基本、ゴブリンやオーク等の亜人のほとんどは独自の生活圏から出歩かんし。とはいえ、全く交流がないわけじゃない。例外はエルフとドワーフ、それと獣人くらいか。

あいつらは独自の生活圏も持ってるが、人族の領域にも頻繁に入ってきて交流してるからな。街に住んでる連中も多い」

うわ、ゴブリンなんかも亜人相当なのか。初見だったらまず敵と認識して襲ってただろうな、俺。ファンタジー系での代表的な雑魚キャラポジだし。本当に、今その事実を知ることができてよかった……。

「これって国によって扱いが違ったりします？」

「どの国も変わらんと思うが。こちらから干渉することは基本的にない。国民ではないからといって隷属させたり無下に扱ったりすることもないな」

ふむふむ、亜人の独立性は確立されてるっぽいな。しかし亜人っていっても色々だからな……普通は魔物だの妖魔だのに分類されてるような奴もこの世界じゃ違うようだし……調べてみるか。

「ちなみに、人間と仲の悪い亜人とか、敵対してる亜人とか、刃を交えても問題ない亜人とかはいるんですか？」

「討伐対象になってる亜人はいないな。だが連中も自分達の領域を侵されて好き勝手されたら手も出してくるだろうぜ。今回みたいに同族が殺されたら、復讐に走ったり人族領域に抗議したりする連中も出てくるだろうな」

「そりゃそうですね」

アインファストの書庫に戻ったら調べてみるか。

どっちにしろ、人間以外の二足歩行を見かけたら、下手な手出しはしないようにしよう。

あと、リザードマンがこの件でうろついてる可能性もあるな。仇討ちとして。

礼を言ってその場を離れる。そして掲示板を立ち上げて検索してみた。亜人に関する情報……ないな……

「エルフ娘……ロリっ娘ドワーフ……ああ、こっちの女ドワーフはそっち系か」

女のドワーフといえば古式ファンタジーだと髭が生えてるパターンもあるからな……髭面の女性は見たいとは思わないが。

「やっぱり……ないな」

掲示板に情報がない。エルフとドワーフ、そして獣人の話題はある。目撃情報もあるようだし。でも他の亜人の情報がない。リザードマンで検索を掛けても一件もヒットしない。ゴブリンやオークでもやってみたが、引っ掛かったのは目撃情報じゃなく、どこにいるんだろうな的なものばかり。まさか、誰も存在を知らんってことはないだろうな……でもさっきの手配書はつい昨日の事件が発端だって言ってたし。まさか、リザードマンが実装されたのが最近とか？

『スウェイン、今いいか？』

困った時の、スウェイン頼みだ。攻略組の彼なら詳しく知っているかもしれない。

『む、フィストか。何かあったか？』

『一つ聞きたいんだが、お前、この世界の亜人についての情報、どれくらい持ってる？』

『亜人？　エルフとドワーフ、獣人のことか？』

『それ以外だ。例えばリザードマン』

『現時点ではその種族は確認されていないはずだが……遭遇したのか？』

なんてこった……スウェインが知らない、って……。GAOがサービス開始してから一カ月以上経ってるのに、目撃情報がないのか？　やはりここ最近でこっそり実装されたんだろうか。それとも本当に今まで偶然目にする機会がなかったのか……どっちにしろ、こりゃまずいな。

『フィスト？』

考え込んでいるとスウェインから怪訝そうな声が飛んできた。気を取り直して質問を再開する。

『念のために聞くが、お前ら、今までにゴブリンやオークを倒してないよな？』

『それらについても現時点では確認されていないはずだ。どうしたんだ一体？』

『ツヴァンドで賞金首の手配書を確認したんだが、リザードマンを殺したプレイヤーがそれを理由に賞金首にされた』

沈黙、というか息を呑むのが分かった。

『ついでに言えばゴブリンやオークも存在することが住人の発言から分かった。でもこいつら、ＴＴＲＰＧでお約束の妖魔や蛮族扱いじゃないみたいなんだ』

『……つまり、問答無用で攻撃を仕掛けたりすれば……』

『殺った奴が賞金首に転落する可能性がある』

今回のは衛兵の前での犯行だったからってのもあるかもしれないが、賞金首認定のプロセスが現在でもはっきりとしない。検証のために犯罪者になるプレイヤーもいないだろうから、きっと今後もその辺りが明らかになることはないだろう。

それより今は亜人のことだ。何も知らなければまず間違いなく、プレイヤー達は亜人を攻撃するだろう。住人達の時以上に血生臭い軋轢が生まれる気がしてならない。

『スウェイン、俺、この件でスレッド立てる』

『あぁ、頼む。フィストが知る限りの情報を挙げておいてくれ。私達は規模の大きいギルドにそれとなく注意を促しておく』

『分かった。スレ立てが終わったらメール入れる』

チャットを切り上げて、新規にスレッドを立ち上げる。いや、本当に……郷に入ってはとは言うけど、思い込みで動くのが危険な世界だなGAOは……。

【必読】GAOにおける人間以外の種族、亜人についての緊急連絡事項【拡散希望】

1：名無しさん

今日、ツヴァンドで賞金首の手配書を確認した中に、『リザードマン殺し』で手配されているプレイヤーがいた。

リザードマンといえばRPGでは敵役として出番があったりするトカゲ人間的な種族だが、GAOにおいてリザードマンは亜人として認識されており、『人間と交流のある種族』だ。上記手配書は、リザードマンを殺したことによって賞金首認定されたものである。

更に、ゴブリンやオークといった種族の存在もこの世界の住人の口から示唆された。

こいつらについても魔物や怪物という認識ではなく『生活圏を異にする隣人』的な扱いだそうだが、そういった亜人に敵対行動を取ると、事と次第によっては緊張が高まることが予想される。

　このレスを読んだプレイヤーには軽はずみな行動は慎んでもらいたい。

　そしてこの事実を、周囲のプレイヤーに教えてやってほしい。


　こんなもんか。なるべく多くの人が見てくれることを期待しよう。

　さて、スウェインにメール送ったらひと狩り行くか。


　ツヴァンド周辺の獲物はアインファストと大差ない、というのは以前聞いていたが、大部分においてそれは事実だった。狩猟ギルドで確認した範囲でもその点は同じだ。アインファスト西部の森とツヴァンド近郊の森は繋がっているので、それも当然と言えば当然か。

ただ、森としてはこちら側の方が深いようで、奥へ進めば進むほど、魔獣との遭遇率が上がるそうだ。

　魔獣は瘴気によって冒された生物及びその子孫を言う。ＧＡＯにおける瘴気は、端的に言ってしまえば『生物を歪める力』だ。普通の生物にとってそれは毒らしく、瘴気に冒されて変質した生物が魔獣となる。この瘴気は人間にとっても害があるそうだ。

　魔獣の最大の特徴は体内に存在する魔核と呼ばれるものだ。魔獣と呼ばれる存在には全てそれがあり、それがないと魔獣ではない。魔核は瘴気によって汚染された魔力の塊のようなものらしく、その魔力によって身体能力が高くなっているのも魔獣の特徴だ。中には炎を吐いたりするようなのもいるそうだ。

　魔核は特殊な処理を施して瘴気を除去できれば色々と使い道があるらしいが、魔獣を倒せる者が少ないとあって、結構な値で取引されるとか。ただ魔核にも等級があり、ピンキリということだ。

　以上、ツヴァンド狩猟ギルド職員からの情報だ。

　俺自身はまだ魔獣と遭遇したことはない。全部動物止まりだ。そういえばウェナ達が装備していた革装備は魔獣の革だったんだよな。あの時点で装備してたってことは、この辺りで獲得できるってことだ。アインファストの森の深部だったのか、こっちまで足を延ばしてたのかは分からないが、もうちょっと俺のスキルが上がったら狙ってみるのも一興か。【解体】を持っている俺なら、魔核も確実にゲットできるかもしれないし、自動ドロップよりは入手確率は高いはずだ。

でも今は普通の動物でいい。分相応、いい言葉だ。

近くに獲物はいないかと【気配察知】を使用する。お、早速反応があるな。数は三か。さて、どんな獲物が待ってるか。

この辺りは木の数こそ多いが見通しが悪いというわけじゃない。【隠行】を使って気配を殺し、獲物へと近づいていく。幸い、あちらもこちらへ近づいてくるので好都合だ。このままだったら不意打ちできそうだな。

俺はその場に留まり、木の陰から様子を窺う。

さて、残念なことになった……獲物じゃなかった。襲っちゃ駄目な奴らだ。

俺の視線の先からやって来るのは二足歩行のトカゲだった。肌は光沢のある鱗で覆われている。色は緑から銀色、だろうか。個体差があるようだ。手に持っているのは槍で、腰には小剣も提げている。服は貫頭衣だけでズボンははいていないし足も素足だ。全員尻尾も生えている。三人のうち一人は革鎧も着ていた。うん、あれがリザードマンだろう。

しかし何てタイミングだ。今、リザードマン達と顔を合わせるのは何というか気まずい……このまま行き過ぎるのを待つか。

が、三人のリザードマンが立ち止まった。その視線がこちらを向いている……って、どうしてだ？　まさか【隠行】が見破られてる？

鎧を着ていないリザードマンが槍をこちらへ向けて何やら声を放ってくる。が、何を言っているのか全く分からない。俺が話せるのは共通語と日本語、精霊語くらいだ。でも多分、何者だ、って聞いてるんだろうな。

「何者ダ？」

そうそう、こんな感じで……って、え？　今聞こえたのは共通語だったぞ。しかも喋ったのは革鎧のリザードマンだ。でも言葉が通じるなら何とか話し合いができそうだ。

「敵対の意志はない！　これから姿を見せる！」

そう言って俺は【隠行】を解除して、木の陰から出た。一応両手を上に上げて、武器を持っていないことをアピールする。

「この森に狩りに来た冒険者だ。もう一度言うが、あなた方と敵対する意志はない」

革鎧のリザードマンがこの集団の指揮官のようだ。槍を構えたままの残り二人を手で制して、一歩前に出てきた。

「貴様ニ聞キタイコトガアル。コノ人族ニ見覚エハナイカ？」

鎧リザードマンがこちらに見せたのは、リザードマン殺しの賞金首の手配書だった。やっぱり追撃部隊だったか。殺されたのはリザードマン達の一人という話だったから、その時の仲間だろうか。

「いや、賞金首になっている奴だということは知ってるが、直接面識がある奴じゃない」

「ソウカ。邪魔ヲシタ」

正直に答えると、それだけ言ってリザードマン達は動き出した。鎧リザードマンは何事もなかったように通り過ぎ、二人のリザードマンは俺を警戒しながら横を抜け、鎧リザードマンを追った。

リザードマンが共通語を話したこともびっくりだったが、意外と人間そのものへの敵意は感じなかったな。多少の交流があることも関係してるんだろうか。でもそれがいつまでも続く保証もない。

この件でこれ以上俺にできることもないか。せいぜい、俺が賞金首を捕まえることができたらあいつらに引き渡す、くらいだな……多分無理だが。

んじゃま、気を取り直して狩りを再開しますか。

第二二話 仕様

ここ数日の狩りでスキルに成長が見られた。ＳＰも入手できたので新たにスキルを修得した。

一つは【脚力強化】というスキル。脚力を強化するスキルだ。【足技】の補助的な意味で修得した。蹴りの威力が上がるのだ。他にも移動速度が微妙に上がった気がする。跳躍力も。足が関係する運動に補正が掛かるスキルと解せばいいだろう。

もう一つは【投擲】というスキル。ものを投げるスキルだ。いい加減、遠距離攻撃の手段が欲しかったので修得した。精霊魔法での遠距離攻撃も可能ではあるんだが、精霊がいない場所では使えなくなるという不安定さがある。それに狩りでは必要以上に獲物を傷めてしまうこともあるので使い勝手が悪いのだ。このスキルなら石だとかナイフだとか手頃な手段で攻撃できる。メインはあくまで【手技】や【足技】だが、牽制したり機先を制したりには重宝するはずだ……。一番の理由は、鳥系の獲物を狩りたいからなんだけどな。

あー、久々にアインファストの屋台でティオクリ鶏食いたい……。


ログイン三〇回目。

狩りも一段落したので『コスプレ屋』に足を運ぶ。防具の進捗具合を確かめるためだ。

「いらっしゃいませー！」

店に入るとスティッチが笑顔と元気な声で出迎えてくれた。

「あ、フィスト君いらっしゃい。今日はどうしたの？」

「進捗はどうだろうと思って寄ってみた」

「鎧の方があと少しで完成ってところかな。明日には引き渡しができると思うよ」

「そっか、それは楽しみだ」

「おや、フィスト氏か」

スティッチと話していると、奥からシザーが顔を見せた。

「どうだね、狩りの調子は？」

「順調。この辺りの獲物なら、もう危なげなく対処できるな。ただしブラウンベアを除く」

　ウルフやイノシシは問題なくなったが、ここに来て新たに遭遇したブラウンベアはなかなか厄介だ。その名のとおり茶色の熊なんだが、後ろ足で立つと二メートルを超える巨体で、図体の割に動きが速く、耐久力も高い。それでも何とか倒したが、【魔力撃】を何発叩き込んだか覚えていない。初めての遭遇だったので勝手が分からなかった、というのもあると思うけど。

「ブラウンベアか。皮はもう売ってしまったか？」

「いや、まだ持ってる。要るか？」

「うむ。君の革鎧にブラウンベアを使っているのだが、在庫が切れてしまってな。注文しようと思っていたところだったのだ」

　あぁ、下地に使う革か。

「それじゃあロックリザードとブラウンベアの革の二層構造になるわけか」

「一部は三層だな。ブラウンベアの革はこの辺りの動物では一番頑丈なのだよ。衝撃にも強いから下地素材としても優秀だ」

「それじゃあ……よ、っと。こいつだ。料金は相殺でいい」

　装備が完成したら結局は金を払うのだ。だったら素材分を差し引いてもらう方が面倒がないだろう。リュックサックからブラウンベアの皮を取り出して渡すと、シザーは喜々としてそれを受け取った。

「今晩中には完成するだろう。その時はメールを送らせてもらう。ところでフィスト氏、先日のリザードマン殺しの件だが、犯人が自首したそうだぞ」

「そうなのか？」

　逃げ出したと聞いてたから、討伐されるまでそのままと思ってたんだが……。賞金首にされたのを知って恐ろしくなったんだろうか。

「うむ。自首して現在は懲役刑に服しているそうだ」

「ん？　自首したことはともかく、判決は公表されたのか？」

「犯人――いや、今は受刑者か。本人が直接、掲示板で告白したのだよ。現在、監獄の中らしい」

懲役刑だから監獄の牢屋の中ってことか。じゃあしばらくは監獄から出ることはできないわけだ。

「でも懲役ってどういうシステムになってるんだ？　まさか刑期終了までログアウトできないわけじゃないんだろ？」

「本人が言うには、まずカウンターが表示され、刑期終了まであと何時間、という感じで、時間が減っていくようだ。で、ログインとログアウトは自由にできるそうだが、カウントはログアウトしている時は止まるらしい」

つまり、ログアウト中は刑期と見なさないってことか。懲役ってことは多分労役なんかもあるんだろうな。作業でもやってるうちはまだいいけど、それ以外を牢屋の中で、ただひたすら時間が経過するのを待つのは苦痛だろう。運動時間とか自由時間みたいなのってあるんだろうか。

「で、今回の刑期は？」

「リアル時間で一二〇時間だそうだ。しかも受刑中はキャラの作り直しができなくなるそうでな。逮捕されたら転生すればいいなどと大口を叩いていた某スレの自称犯罪者共は涙目であろうな」

一二〇時間てことはリアルでなら五日だが、ＧＡＯ内はリアルより時間の流れが早い。体感としてはもっと長く感じることになるだろう。ただ、掲示板の閲覧と書き込みはできるようなので、それがせめてもの救いか。刑期として長いのか短いのか、殺しの罰として重いのか軽いのかは判断しかねるが、かなりきつい罰のように思える。

「そういえば今回の事件、原因って何だったんだ？」

俺が立てたスレに、後で聞き込みによる事件の経緯が書き込まれていたが、それによるとリザードマンが斬られたのは街に入った直後。斬ったプレイヤーは街を出ようとしていたところだったみたいだ。事件が起きたのが門の内側で、すぐそばに衛兵がいながら素通りさせているのだから、危険な存在じゃないと判断できそうなものだが、これもその時その場所にいなかったからこそ言えるわけで。そうできなかった理由が何かあるんだろうか。

「考え事をしながら俯き気味にツヴァンドの外に向かっていたところ、門の直前でリザードマンの一団と鉢合わせたそうだ。ぶつかりそうになって顔を上げたらそこにはリザードマンの顔。いきなり至近距離でそれを見たところでリザードマンが口を開いた。恐らく話しかけようとしたのだろうが、その時のそれは食らい付いてくるように見えたそうだ。恐怖に駆られ、反射的に剣を抜いてしまったらしいのだが、それがリザードマンの首を深く裂いてしまい、一太刀で命を奪ってしまった。残ったリザードマンに加えて何故か衛兵までが自分に向かって来て、怖くなってログアウトしてしまった、というのが本人の言だ」

巡り合わせが悪かった、としか言いようがないな……俺が同じ状況だったら、多分拳を繰り出している。【魔力撃】込みで。今回の当事者も至近距離であいつらの顔を見たのなら、マーカーに意識が向かずに顔に釘付けになってもおかしくない。かなりのインパクトだしな。

「これがフィールドの外だったら何ともなかったんだろうけどな」

考え事をしながら歩いていられるほど外は安全ではない。油断していれば獣は一気に距離を詰めてくるのだから。そうやって警戒していればリザードマンがやって来るのも見えただろうし、マーカーで無害だということが判断できただろうに。

「まぁ、フィールドなら今回のようになる可能性は少しは下がったであろうな」

しかしシザーはフィールドでも同じことが起きえた可能性の方が高いような言い方をした。

「下がるというか、まず起きないだろ。マーカー見ればNPCだって分かるわけだし」

「え？」

シザーとスティッチが同時に声を上げる。あれ、俺、何かおかしなこと言ったか？

「いやいやフィスト君。マーカーは敵味方の識別の判断に使えるものじゃないよ？」

「え？　だってNPCのマーカーだろ？」

「そうだよ。だから分からないんじゃない」

訳が分からん……どういうことだ？

「フィスト氏、ひょっとして君はマーカー設定を切っているのか？」

「ああ、初ログイン前の設定で、最初からオフにしてるけど」

「ということは知らぬのか」

珍獣を見るような目を向けてくるシザーとスティッチ。何やら俺の認識がおかしなことになっているようだ。

「えっと、フィスト君。プレイヤーのマーカー色って知ってる？」

恐る恐るといった感じでスティッチが聞いてくる。

「緑だろ？　ＮＰＣは青。賞金首になったら半分が赤色になる」

それくらいは知っている。賞金首のマーカーも実際に確認したからな。

「じゃあ、動物のマーカー色は？」

「いや、見たことない」

「青だよ」

「え？」

驚く俺に対し、スティッチは再度、はっきりと言った。

「青。動物のマーカーは青。魔獣のマーカーも青。住人も青。プレイヤー以外の生物のマーカーは全て青なの」

「はぁ……っ!?」

何だそれ!?　じゃあマーカー表示してても敵味方は分からないのか!?

「何でそんなことになってんだ!?」

「プレイヤーが存在しないキャラクターは、人であろうが動物であろうが全てＮＰＣである、というのが公式見解であるな。マーカーはプレイヤーとそれ以外を区別する以上の役割はないのだ」

「てことは、今回のリザードマンも……？」

「うむ。吾輩は直接目にしたことはないが、きっと青のマーカー表示であろう。リザードマンだけが別の色ということはあるまい」

「あぁ、プレイヤー所有の動物とか、プレイヤーに帰属する魔術で作られた使い魔みたいに、プレイヤーに帰属するNPCに限っては、緑と青の半々だね。プレイヤーに雇われたNPCは青のままだよ」

てっきり、プレイヤー、NPC、攻撃対象くらいの区分はあるものだと思ってた。あれ？　となると……。

「今まで他のプレイヤーって、どうやって倒していい奴と駄目な奴を区別してたんだ？」

「フィスト君、マーカーなしで今までやってきた君がそれを聞くの？」

問うと呆れ気味のスティッチの視線が返ってきた。

いや、俺は動物しか相手にしてこなかったし……。

「これが他のVRMMOだともう少し細かい区分けがされているのだが、GAOはそうではないということだ。まったく、GAOはプレイヤーに優しくない仕様が多いな」

とシザーが溜息をついた。

GAOは他のVRMMOに比べてグラフィックの質や自由度が高いので有名だが、プレイヤーに優しくない仕様についても有名だったりする。ゲーム内でアバターにプレイヤー名が表示されない等の細かい部分から、飢え度や眠気度といったリアリティある制限、賞金首システムが予告なしに稼働したこと等々。【解体】だってそうだ。ナイフ一刺しでいいのにな。

「今回の件にしても、今までどおりなら別に問題なかったのだ。明らかな敵は動物と魔獣、それに賞金首だけだったからな。しかし、見た目で敵と判断してしまえるような中立キャラが表に出てきたとなると話は別だ。特にゴブリンやオークは、普通のゲームではまず敵であるからな……。遭遇したら迷わず攻撃するプレイヤーも多かろう。今回の件でマーカーの仕様変更の要望を運営に送ったプレイヤーがいるそうだが、多分望み薄であろうな。今までにも、ネーム表示もできるようにしてくれとか、敵のHPを表示してくれとか、アクティブやノンアクティブも分かるようにしてくれ、といった要望が送られていたようだが、その辺りはβの頃から変更がない」

あぁ、敵のHPが表示されたら便利だよな。現状、

ＰｖＰの時しか自分以外のＨＰ表示ってされないし。

あ、そういえば、パーティーメンバーのＨＰも目視できなくて、戦闘中は声を掛け合って回復のタイミングを見極める必要があるとか聞いたな。事実、レイアスとパーティーを組んだ時は、レイアスのＨＰは見えなかったし。これって仮に状態異常で声を出せなくなったりしたら、回復してもらえず死亡、なんてことも有り得るんだろうな。ただでさえ倫理コードのせいで流血とか分かりやすいダメージ描写すら制限されているのに。

「しかし……どうも腑に落ちん」

腕を組んでシザーが眉根を寄せる。

「何故、ＧＡＯ運営はこのような仕様を貫こうとするのか。プレイヤーの要望もかなりの数であろうに、反映される様子が全くない」

プレイヤーのそういう要望や不満を汲み上げてアップデートをしていく。それがこの手のゲームの普通じゃなかろうか。不満が高まればプレイヤーはゲームをやめる。それは運営にとっては死活問題のはずだ。なのに今の運営は現状を崩さない。

運営は、直接俺達に情報を示すことを滅多にしない。法律のことだって、掲示板に書き込んでいなかったらもっと多くの犯罪者が生まれていたかもしれない。リザードマンのことだって、知ってれば襲ったりしなかっただろう。

でもこれは、調べれば分かることだった。この世界に法律があることは知ることができたし、その詳細を調べることだってできた。亜人のことだってちょっとした会話からその存在を知ることになった。そう、情報はあるんだ。ＧＡＯの中、俺達の周囲に。ただ、俺達が何も疑問に思わずに、思い込みでプレイしていただけだとも言える。

「運営がプレイヤーに優しくないっていうよりは、プレイヤー自身が考えて行動することを期待してる、のかもな」

ＧＡＯは俺達にとって未知の世界だ。そんな中で考えなしの行動をしていたら自分に痛みとして返ってくる。それが嫌なら何事もよく考えろと、そう言いたいのかもしれない。

それにしたって極端な気もするけどな。必要最低限くらいは教えてくれてもいいんじゃないかと思う。

「少なくとも、自ら学ぼうとする者に対してだけは、この世界は優しくできているがな。アインファストの訓練所にしてもそうだし、大書庫など情報の山だ」

「鍛冶や裁縫に関する情報、あそこに結構あるんだよねー」

シザーもスティッチも訓練所や大書庫を利用してたようだ。確かにあそこは料理や調薬のレシピもあったし、結構重宝する。

でも、本当に今回は勉強不足を実感した。亜人のことだって、大書庫でちょっと調べていればすぐに色々なことが分かったんじゃないだろうか。

今からでも遅くはないから大書庫で片っ端から本を読むのがいいのかもしれない。さすがに世界の常識的な本はないだろうけど、何もしないよりはマシなはずだ。後は住人達から色々と聞くか……。まぁ、アインファストに戻ってからの話だな。

でも、本当に運営は何を考えてるんだろうか。プレイヤーに優しくない仕様を敢えて維持し、世界の情報は直接開示しない。まさか忘れてました、なんてことはないだろう。ここまでのクオリティのゲームを作れる連中が、そういう部分に気が回らないわけがない。だから今までのこれは、運営の怠慢ではなく、意図的なものなんじゃないだろうか。本当にそうなのかは分からないけど。

でも、現状が運営の意図あっての仕様だというなら、これからもずっとそのまま続いていくんだろう。プレイヤー寄りの改善も多分ない。けど、そういうものだと割り切れば道も見える。

「気になること、分からないことは、まずは自分で調べてみろ、か……」

「む、何だねそれは？」

「子供の頃、父親によくそう言われたなぁと思い出しただけだ」

首を傾げるシザーに、俺は肩をすくめて答えた。

まさか、ゲームの中でも勉強しなきゃいけなくなるとはなぁ……。

第二三話 新 調

ログイン三一回目。

シザーからのメールをもらって、俺は『コスプレ屋』に来た。注文していた物が完成したらしい。さて、どんな出来になっているのか。

「いらっしゃいませー！」

店に入るとスティッチが変わらぬ笑顔と元気な声で出迎えてくれた。

「あ、フィスト君、待ってましたよー」

「さっそく見せてくれるか」

これでも結構楽しみにしていたのだ。前置き抜きに頼むと、ニッコリと笑ってスティッチは店の奥へと消えた。

「お待たせしたな、フィスト氏」

奥からシザーがスティッチと一緒に出てくる。

二人で大きめな木の箱を運んできた。その中に入っているのが新しい装備だろう。二人はそれを俺の前に置いて蓋を開け、中身を取り出していく。

「それではお披露目といこう」

胴体、上腕、そして大腿。その防具全てにロックリザードの革が使われていた。

「基本はブラウンベアの革を下地に、君が持ち込んだロックリザードの革を張った二層構造にしている。胸と腹の一部はブラウンベアを二、ロックリザードを一の三層だ。要望通り、今のと同じデザインにしておいた。着ける順番としては、腹、胸の順番だな」

まずは腹鎧を着けてみる。腹といっても、前は胸辺り、背中も肩甲骨辺りまでカバーしてるな。肋骨（ろっこつ）辺りを境にして上部は少し柔らかめになっている。ソフトレザーとハードレザーを繋いだような感じか？　それに柔らかい部分はロックリザードを使ってない。

そこから胸甲を着ける。腹鎧の上の方は胸甲の下に潜り込む形になった。あぁ、胸と腹に分けて、腹鎧の一部を柔らかめにしたりロックリザードを使わなかったのはこのためか。身体を前に曲げても胸甲から腹に掛かる圧迫感がかなり軽減されてる。身を捻っても突っ張る感じがほとんどしないのもいいな。同じデザインなのに動きやすくなっている。

続けて上腕部と大腿部も装備する。前面を覆う造りで、あまり圧迫しないように多少の余裕を持たせてある。ベルトでの調節も可能みたいだな。ずり落ちないように留め具で肩や腰に連結するようにしてあった。腕を振ったり蹴りを放ってみたり、膝を曲げたりして感触を確かめる。ちょっと引っ掛かるような感じがする時もあるけど動きそのものに支障はない。

「どうだね？」

「ああ、問題ない。ばっちりだ」

着ていた革鎧より少し重たくなったがかなり動きやすい。これがオーダーメイドのすごいところだな。

「で、色はどうするかね？」

「色？」

素材そのままの色なので、今の鎧は岩色というか砂色といった感じだ。というか、色って変更できるのか？

「【鍛冶】や【革細工】のスキルに【色付与】というアーツがあってな。その気になれば、金色の革製品や真っ赤な刀身の剣なども製作可能だったりするのだよ。触媒は必要になるのだがね」

色、か……鎧の下に着ている服は普通に白だ。それに合わせるようにした方がいいのか？　いや、考えてみたら服だっていつまでも初心者の服である必要もないんだよな。さて、俺のやることを考えたら、服にしろ鎧にしろ明るい色は遠慮したいところだ。となると暗めの色がいいんだろう。

「だったら黒で頼む」

「分かった。一通り終わったら染め直すとしよう。次はブーツだな」

シザーが一足のブーツを取り出した。見た目はコンバットブーツっぽい仕上がりだ。

「先芯と中底を鋼板で造り、踵にも鋼板を仕込んである。戦闘用安全靴、といったところだな。素材はブラウンベアだ」

受け取って履いてみる。サイズはピッタリだ。今までのものより重くなったが動くのに支障はない。【脚力強化】の影響かもしれない。これは蹴りの威力も期待できそうだ。

「はい、それじゃ最後にマントねー」

シザーに代わってスティッチがこちらにマントを手渡してくる。

「森とかに潜むことが多いって話だったから、フード付きの迷彩柄にしたよー」

おぉ、こっちの世界で迷彩柄なんて見るとは思わなかった……。

「街だと目立つと思うから、リバーシブルにしてる。普段はそっちを使って、狩りの時は迷彩の方、でいいんじゃないかな」

裏地は薄茶色か。いかにも旅人、って感じの色がいいな。さっそく裏返して羽織ってみる。うん、サイズもちょうどいいし、そんなに動きを阻害する感じもないな。

「マントの色、変更はどうしますー？」

「いや、このままでいい。二人とも、いい物を作ってくれてありがとう」

礼を言うと二人は笑みを深くした。

「で、お代はいくらになる？」

「素材はほぼ持ち込み。しかもブラウンベアの皮をまるまる一頭分と、残ったロックリザードの皮ももらっているからな。工賃込みといっても……うむ、今回は無料でよい」

意外な言葉がシザーの口から出た。素材を渡したといっても、タダだと？

「いや、それは俺に有利すぎないか？」

「そうでもない。持ち込んでもらった素材の質と量を考えれば、釣りを出してもいいと思っているくらいだ。あの量の皮素材を手に入れようとしたら、普通のプレイヤーだと何頭の獲物を狩らねばならぬか……それに、大きな皮素材は、同じ面積分の小さな皮素材よりも高価なのだよ。使える部分の自由度が違うのでな」

そうなのか。大きいのは高く売れる程度の認識だったが……継ぎ接ぎよりも一枚物のほうが強度面でも安定したりするのかね。

「そういうわけで遠慮はいらん。今後何か注文があれば、今回の借りの分を考慮させてもらおう。それから、もしよさげな素材が入手できれば持ち込んでくれ。狩猟ギルドよりは高く買い取らせてもらおう」

そういうことなら、今回は言葉に甘えるとしようか。

「あぁ、それなら欲しい素材があったら先に連絡くれ。金銭面で有利にはなるんだろうけど、狩猟ギルドとの関係を完全に断つ気はないんだ」

一応、俺達の稼ぎも流通に組み込まれてるだろうしな。供給過多だと値崩れを起こすのかもしれないが、いい素材を住人達が求めているのも事実だ。

「さて、フィスト君。もしよければ、なんだけど。写真をいくらか撮らせてもらえないかな？」

色変更作業のために装備を一旦外していると、そんな提案をスティッチがしてきた。

「写真って、何の？」

「当然、私達の作品を身につけたお客さんの、だよ。他のお客さんに商品を提案する時の資料として。そして私達の趣味として、ね」

趣味かよ……。でも、仕事としての側面もあるのか。

ん、待てよ、こいつらの仕事って……。

「それは、ＧＡＯでの仕事、って意味だよな？」

「あはは、何を言っているの。ＧＡＯとリアル、両方に決まってるでしょー？」

あ、そうですか……結局趣味の割合の方が多いんじゃないか？

「拒否権はあるのか？」

「当然だよー。顔見せがまずいならちゃんと加工するから。問題ないならそのままにするけど。あ、そうそう、写真を撮らせてくれたら私服も何着かサービスで付けるよ」

まぁ、いいか。写真の一枚や二枚。素顔といってもアバターのだし、ばれたからって問題ない。ミリアム達に新装備の写真を送るって約束してるし。

決して私服に釣られたわけではない。

アインファストには一瞬で着いた。すごいな転移門。一万ペディアもかかるだけはある。

俺はその足でレイアスの工房へ向かった。ガントレットとその他注文品を受け取るためだ。下地用の革はそれが完成した時点でシザーの方からレイアスに渡してもらっている。

しかし、そう長く離れてなかったはずなのに、随分と懐かしい感じがするなアインファストも。街も人も変わっていない。強いて言えばプレイヤーの数が少し減ったかな。拠点をツヴァンド以降へ移したプレイヤーも多いだろうし。

「レイアス、来たぞ」

「ああ、待ってた」

店に入るとレイアスが出迎えてくれた。カウンターにはいくつかの品が置かれている。

「それではさっそく始めるか。まずはメインのこれからだな」

レイアスがその中の一つ、黒色のガントレットを指す。

以前のガントレットは革の表面に一枚の金属板を貼り付けたような造りだった。今回のも革と金属の組み合わせには違いないんだが、よりガントレットとしての存在感がある。

「下地はブラウンベアとロックリザードの革の二層で、金属部はこの間の鉄鉱石を使って作った鋼だ」

手の部分は以前とほぼ同じ。指先は保護しないタイプだ。今のと違って親指も鋼板で保護されているが、人差し指から小指までの鋼板には小さな鋲が突き出ていた。これは手の甲も同様だ。

「一応、武器としての側面もあるということで鋲を加えてみた。刺突ができる小さな爪を付けようかとも思ったんだが、皮素材を傷付けるのは不本意だろうと思って採用はしていない。指先も、諸々の作業の支障になるかもしれないので付けていないが、希望があれば追加するので言ってくれ」

格闘メインである俺の戦闘スタイルと、狩人としての活動を両方考慮してくれた上での造りに感謝する。指先の防御は不安がないと言えば嘘になるが、やはり動きやすさというか繊細さが確保される方が個人的には嬉しい。

前腕部は以前の平面的な部分の上から丸みを帯びた鋼板が重ねられている。これは刃物を受け流しやすいようにしてくれたんだろうな。

手にしてみるとなかなかの重量感。金属部分が増えているので仕方ないことではあるが、防御力は今の物よりも上だ。

今のガントレットを外し、新作を着けてみる。うん、指や手首の動きは特に阻害してない。重量はやっぱり気になるが、そのうち慣れるだろう。

「問題ない。これで大丈夫だ」

「そうか。なら次だ」

手渡されたのは茶革製の鞘に入った刃物だ。抜くと分厚い刀身が現れる。刃渡りは三〇センチほど。森に入った時に使う刃物が欲しくて注文した剣鉈(けんなた)だ。

「まさか、武器ではなく道具の製作依頼を受けるとは思わなかったがな……。いい経験にはなったが」

「同じ刃物だろ？　まず戦闘じゃ使わないけど、対人戦でこれをメイン武器だと勘違いしてくれるなら都合はいい」

苦笑するレイアスにそう返す。依頼した時、勝手が分からないということで色々と調べたらしい。日常品を作る鍛冶屋に相談にも行ったそうだ。そこまでして作ってくれた物が悪い品なはずがない。

振ってみても違和感はない。出来に満足し、鞘に収めて左腰に提げた。ナイフはナイフで用途は別なのでそのまま提げておく。

「それから最後はこれだ」

残った物は全長二〇センチほどのダガーが二〇本。

【投擲】を修得した時点で注文していた物だ。

四本ずつを腿鎧に備え付けてもらっていたポケットへと差し込んだ。ちなみにブーツの横にもダガー用のポケットが一つずつ付いていたりするのでそこにも一本ずつ。残りはポーチへ収納しておく。すぐに出せないと意味がないからな。

「さて、それじゃ精算を頼む」

「ガントレット代、剣鉈代、ダガー代。そこから素材代を差し引いて合計三万五〇〇〇といったところか。シザーからの伝言で、素材代はブラウンベア込みで差し引かせてもらっている」

代金が発生したことにホッとする自分がいた。それでも安いんじゃないかと不安になったが、本人がそれでいいと言うならいいんだろう。

「ありがとなレイアス。シザーを紹介してくれたことといい、お陰でいい装備が手に入った」

代金を払って礼を言うとレイアスが笑った。

「いや、私も楽しませてもらった。またの利用を待っている。ああ、もし今後、いい素材が手に入ったら持ち込んでくれると嬉しい」

「でも俺、鉱石は探せないぞ？」

一緒に採掘に行ってはっきりしたが、俺にはどこに鉱石があるのかは分からない。偶然拾えるようなものでもないだろう。ドロップ品のゲットも不可になった今の俺じゃ、鉱石を入手する機会はほとんどない。そう思って言うと、

「いや、鉱石じゃなく、魔獣素材の方だ。今後、森の奥に入ったりすることもあるだろう？」

レイアスが求めているのは魔獣素材だった。

「魔獣素材はそのまま武器に使える物もあれば、特殊効果を付与する触媒になるものもある。合金に使えるものや、金属のように溶かせる骨すらあると聞く。そういった物があるならぜひ自分で色々と作ってみたいのだ」

うーむ、動物と魔獣の差はここか。

「まぁ、必ずしも魔獣から有益な素材を得られるとは限らないらしいがな。同じ魔獣の同じドロップ品でも、当たり外れがあるそうだ」

ドロップも一〇〇パーセントじゃないしな。そういう意味じゃ【解体】持ちの俺には獲得の可能性が高いのか。夢が広がり――いや、それ以前に魔獣と呼ばれる存在にタイマンで勝てないと意味がないんだけど。

「分かった。とりあえず片っ端から持ち込めばいいか？」

「ああ、私はまだ魔獣素材を扱ったことがなくてな。練習も兼ねてどんな物でもいいから扱ってみたい。場合によってはシザー達の領分なので、そっちへ渡すが」

「了解。こっちに支障がない限り、優先的に卸すとするよ」

そう約束し、俺は『レイアス工房』を後にした。

さて、それじゃあ久々にアインファスト大書庫へ行くとしますか。

……いや、その前に。ティオクリ鶏だ。ティオクリ鶏食いたい。

第二四話　アインファスト大書庫

久々のティオクリ鶏はうまかった。つい三本も買ってしまったが後悔はしていない。

そのまま俺は大書庫へと向かった。正直、今はどんな些細な情報でも欲しい。亜人について調べるためだ。

「あら、フィストさん。お久しぶりです」

建物内に入ると受付にいる長い茶髪をした眼鏡の女性が頭を下げた。既に顔馴染みと言える、司書のミスティだ。

「久しぶり。今日も利用させてもらうよ」

「いつもありがとうございます。今日も写本作りですか？」

俺が料理や調薬のレシピを書き写していたことを知っているので、ミスティは使用料を受け取りながらそう聞いてくる。

「いや、今回は調べ物がメインだ。亜人に関する書物はあるか？　どんな亜人がいるのかとか、人間との関係が分かるようなやつ」

「それでしたらあちらになりますね」

ミスティがある本棚を指差す。礼を言ってそちらへ向かおうとして、

「ん……？」

俺は足を止めた。

今、ミスティが指した本棚。それそのものには何ら問題はない。

が、違和感がどんどん大きくなっていった。初めてここへ来た時にもあった違和感、それが何であるのかもう少しで分かりそうな……。

「なぁ、ミスティ。鍛冶に関する本ってどこにある？」

「鍛冶はそちらですね」

「じゃあ、裁縫に関する本は？」

「その隣です」

「言語に関する本」

「亜人関係の右隣ですが」

「他国に関する本は？」

「法律関係の本棚の二つ左です」

「……世間の常識みたいなのを書いた本ってあるか……？」

「ありますよ。他国関連の本と同じ棚です」

俺の問いに淀みなくミスティが答える。俺の予想が確信に変わっていく。

「ところで、奥の本棚や二階にある本棚って、どんな本が置いてあるんだ？」

「詩や物語が多いですね。後は各分野の専門書などです」

「専門分野って、鍛冶とか調薬に関してもだよな？以前そっちを案内されなかった理由は？」

「異邦人の方々からの漠然とした問い合わせに関しては、まずはこちらの本棚から案内するようにとの指示もありまして。具体的かつ専門的な事柄に関する要望があれば、あらためて該当する本棚を案内するように、と」

……やっぱりか。

「このロビーにある本棚って、いつからここに？」

「……確か、半年以上前でしょうか。それまでは、本棚の場所には机がありましたし、蔵書は奥の本棚に入っていました。何故このようにしたのかは分かりませんが」

「設置後、本の種類と数に変更は？」

「なかったと記憶しています」

この世界での半年以上前ってことは……サービス開始前、ってことだよな。それ以来、本の内容に変更はない、と。

大書庫は入口から入ると吹き抜けのロビーがある。ここに本棚や閲覧用の机を置いてるが、その奥には一階と二階それぞれにもっと多くの本棚が並んでいる。

初めて来た時、俺はこれに違和感を持った。どうしてこんな配置にしたんだろうか、と。

ロビーにある本棚は、壁際にあるものを除けば、席の合間を縫うように配置されている。何とかスペースを作って配置した、という感じだ。奥のように整然とした並びじゃない。

それに、本自体も数が多いわけじゃない。本棚には結構な空きがあったし、同じタイトルの本が数冊あるのが常だった。

今まで、そして今回もそうだが、俺が求めた本は全てロビーの本棚にあった。ロビーの奥にある本棚を案内されたことは一度もない。これだけ広い大書庫で、いくら何でも聞いたこと全てがロビーの本棚で片付くのは不自然だろう。

「俺達用、だったんだ……」

ロビーの本棚を見て、思わず呟く。

恐らくこのロビーにある本棚の本、これは俺達『プレイヤー向け』だ。それも初心者用の。訓練所が戦闘系のチュートリアルなら、ここはさしずめヘルプだろうか。ＧＡＯの世界に関する情報を集約したスペース。ＧＡＯで活動していくために必要な基本情報を一箇所にまとめてるんだ。

「……どうかしましたか？」

「いや、何でも……。あ、また無地の本を何冊かもらうよ」

言葉を濁して俺は数冊の無地本を買い、本棚へと移動する。

俺の想像が正しいかどうかなんて、運営にでも聞かなきゃ分からない。でもそんなことを聞いても意味はない。重要なことは、今ここにある本が全て、俺達の役に立つ物なのかどうかだ。

まずは亜人関係の本を探した。『アミティリシアの亜人一』というタイトルの本があったのでそれを手にとって席に着く。

目次を見ると、ざっと種族名が並んでいた。エルフ、ドワーフ、獣人、ゴブリン、オーク、リザードマン。住人達から聞いた種族に加えて、コボルド、人魚も亜人として掲載されているようだ。他は……特にないな。この流れなら、サハギンとかハーピーとかが含まれてても不思議じゃないんだが……。

「コボルドも出会ってたらやばかったなぁ……敵認定的な意味で」

これもゲームじゃ敵として出ることが多い種族だ。まぁいい、とりあえず今ここに載ってる亜人は全て攻撃ＮＧってことで。それ以外は……漏れてる可能性もあるし、その都度確かめるのが安全かつ堅実だろう。

それじゃ、順番に各種族を確認してみるか。

まずエルフ。特徴は長い耳と不老長寿。ただ不老といっても最終的には見た目も老いていくようだ。弓を得意とし、一族全てが精霊魔法を修めている。ん？主に森に住むが、海辺に暮らす一族もいる、と。住む地域によって肌の色に違いがある……森に住むエルフの一族は肌が白く、海辺に住むエルフ一族は褐色の肌をしている、か……あれ、つまりダークエルフっていないのか？　特にそれらが仲違いしてるわけでもなさそうだし。森エルフと海エルフなんて言い方もするみたいだ。ふむ、海エルフをダークエルフと勘違いしないようにしないとな……。

お次はドワーフ。男性ドワーフは低い背にがっしりした体格が特徴ってことは、これもほぼイメージどおりだな。男性ドワーフは若いうちから髭をたくわえる。女性のドワーフは確か髭がない合法ロリだったはず……うん、これにも幼女に見間違えることもあるって書かれてる。ただ、見た目はロリっ娘で細身なのに膂力は人間の男を超える場合がほとんど、と……。世の変態紳士が下手に声を掛けたらぺちゃんこにされるわけだな。酒を愛し、職人気質が多いってのはイメージからは外れない。男は鍛冶や木工、女は細工物が得意みたいだ。ただ、得物は鎚系が多い、と。ここが少しイメージから外れるか。ドワーフといえば個人的には斧の印象だった。

次は獣人。基本的に人間と大差ないが、決定的に違う特徴は獣のような耳と尻尾。それから少し毛深い、と。首から上が獣、というタイプではないんだな。爪や歯が鋭かったり手足に肉球が付いていたりもしないようだ。彼らは聖霊と人間の間に生まれた子の子孫らしい。獣人の数は結構多く、獣人の国まであると……。すごいな、獣人の勢力。人間より優れた身体能力を持つ者が多いが、鍛冶や工芸といった生産活動は不得手らしい。

ふむ、ここまでの三種族は、人間とも積極的に関わってる種族だって言ってたな。それじゃ、次に行くか。

ゴブリン。ファンタジー系RPGの敵役筆頭だが、この世界では違うらしい。人間よりやや小柄で、薄い頭髪と緑がかった肌がGAOのゴブリンの特徴だ。主に森の中に集落を作り、狩猟と採取で暮らしているそうだ。種族特性としては夜目が利くらしい。人間の生活圏に現れることはごく稀（まれ）だそうだが、毛皮などを持ち込んで物資を購入していくこともあるとか。

次はオーク。これもファンタジー系ではよく敵として出る。容姿は出典によって色々だが、GAOでは豚やイノシシの頭をした亜人ってことになってるな。人間より一回り大きく強靱（きょうじん）な肉体を持ち、膂力に優れるとある。こいつらは主に山岳地帯に住んで狩猟と採取で生活してる。ゴブリンと同じく人間の生活圏には滅多に現れないようだ。イノシシや野豚と間違えて狩らないように気を付けないとな。エロ方面？　オークによる陵辱祭り？　そんなことは知らん！　というか、普通に女オークもいるみたいだから、他の亜人に性欲なんて湧かんだろ、多分。

リザードマン。トカゲ人間だ。体型は人間に近いが首から上はトカゲで、尻尾も生えている。住んでいる場所は色々で、湿地帯や湖の近くが多い、か。ツヴァンドに来たリザードマンはどこから来たんだろうな。こいつらも人間と交流を持つものの、頻繁じゃないみたいだ。生活はやっぱり狩猟メイン。

次々行こう。コボルドだ。これもファンタジーじゃ割とメジャーかな。姿は様々だ。醜い妖精なこともあれば、犬みたいな頭で鱗や角があるとされることもあるし、文字通り犬頭の獣人系なこともある。GAOでは犬人間みたいだな。小柄で全身もっふもふ。敵と認識されなければ、獣人と並んでケモナーなプレイヤー垂涎（すいぜん）の的になるだろう。身体能力は高くないが手先が器用で鼻も利くらしい。それから他の亜人には珍しく農耕なんかもしているようだ。主な生息地は森の中みたいだな。

最後は人魚。これは俺達が持つ人魚のイメージどおりだ。男も女も下半身が魚。彼らは基本的には人間の領域へ自分達から出向くことはないようだ。人間との交流が皆無、というわけではないみたいだけど。むしろ人間の方から出向いていって交易みたいなことをしているようだ。

うーむ、結構な数の亜人を確認できたな。しかし、これらと実際に交流を、となると難しそうだ。まず、彼らは固有の言語を持つ。この中での例外は獣人だけで、共通語を使うようだ。人間の領域へやって来る連中は共通語を覚えていることが多いとあるが、エルフやドワーフ相手でも話が通じない時は通じないようだ。この間のリザードマンは特異な例なんだろうな。

共通語が通じないのなら彼らの言語を修得するしかないんだが、俺が修得条件を満たしている亜人の言語は今のところ何もない。そして、言語系スキルには厄介な点がある。一般的なスキルは使用することによって次第にレベルが上がっていき、一定レベルを超えるとSPを取得できる。しかし言語系スキルはレベルが存在しない。修得したらそれまで。スキルの使用そのものには全く支障がないんだが、成長しないということは、その後のSPを得ることもできないということでもある。序盤で修得するには厳しいスキルなのだ。

そもそも今後遭遇する機会があるかどうかも不明な種族のための言語を、SPを消費してまで修得する必要があるのかという問題もある。出会った時に会話ができないのは困るが、かといってそれに備えて修得しておくのはどうなのか……そもそもどうやって修得すればいいか分からないし保留だなぁ……。

さて、亜人の話に戻ろう。彼らの居住地についてはこれといった記述がない。まぁ獣人は国家があるからいいとして、エルフの森とかドワーフの鉱山とか呼ばれるような場所は、存在するんだろうけどこの本には載っていない。他の本にはあるかもしれんけど。いつか行ってみたくはあるので、今後も情報だけは収集していこう。

人間と亜人の関係は悪くないようだ。交流があるか、または不干渉って感じか。争っているという事実はなさそうだな。

亜人同士で仲が悪かったりするのかというと、これもどうやらないようだ。エルフとドワーフの仲が悪いというのは結構な定番なんだが、GAOでは違うらしい。ゴブリンやオーク、コボルドも特に上下関係があるわけではないようだし、他種族と仲違いしている様子もない。

あと気になったのは獣人だな。聖霊と人間の子孫ってことだが聖霊って何だ？　精霊とは違うよな……。調べてみるか。

さて、これで亜人については一通り確認できたことになるのか。今読んだ本が一だから、続きがあるのかと探してみるも、二以降は本棚にない。ファンタジー世界定番の種族がいくつか未確認のままだが、そっちに載っているのかもしれない。それっぽいのが出た時は慎重に接することにしよう。

さて、それじゃ別の本を読んでみるか。席を立って亜人関係の本棚へ本を戻す。他に亜人関係の本はないだろうかと探そうとして、ふと隣の本棚に意識が向いた。正確にはそこにいる男にだが。

茶色の短髪に革鎧。眼鏡を掛けた二〇代半ばに見える男は、隣の本棚、つまりは言語関連の本棚から次々に本を抜いていく。背表紙に見えたタイトルは『はじめてのオーク語』とあるな。それだけじゃなくリザードマン語にコボルド語、って……。

「根こそぎか……」

思わず漏らしてしまったところでそれが聞こえたのか、男がこちらを見た。刻が止まる。

「あ、ひょっとして、使います？」

男は脇に抱えた本を見て尋ねてくる。

「いや、すぐにどうこうする気はないけど、すごい勢いだな、と」

「あはは、お恥ずかしい」

素直な感想を述べると男は苦笑いを浮かべながら空いている右手で頭を掻いた。

しかし言語関係ばかりか。一体何が彼をそこまで駆り立てるんだろう。

「何でまた、言語関係ばかりを？」

好奇心に勝てず、問う。すると、

「異文化交流に言語は必須だと思いませんか？」

と返してくる。

「共通語で通じるうちはいいんですが、この先、他の種族と会話ができないのは勿体ない。それに、話が通じれば無用な争いも避けられるでしょうし、有益な情報が得られるかもしれないじゃないですか」

「それは理解できるけどな……」

「ええ、いつ使う機会があるか分からない言語系スキルを、今のうちから複数修得しておくのは、今後が不利じゃないか、ということですよね。ですから、修得可能な状態にまでは持って行っておこうかと思いまして」

言葉を濁すと、その先を察したのか、補足するように男が言った。ん、修得可能状態？

「ひょっとして、それで修得可能に？」

「ええ。この辺の本は辞書なんです。共通語と別言語の、ですけどね。これを全部読み込むことで、言語系スキルリストに修得可能な言語として登録されるんですよ」

英和辞典みたいなものか。って、全部読み込まなきゃ駄目なのかよ。何というか気が遠くなりそうだな……。

「修得可能にしておけば、いざ必要になった時に修得すればいい。もちろん、そのためにSPに余裕を持たせておかなきゃいけませんけどね」

「もう覚えている言語があるのか？」

「ええ、ゴブリン語は既に修得しました。エルフ語は先日、修得可能まで行きましたね」

何という……こいつ、通訳でも志す気だろうか。って、ゴブリン語？

「ゴブリン語は修得済みなのか？」

「ええ、実は先日、ツヴァンド付近の森の奥に迷い込んだ時に遭遇しましてね。言葉が通じなくて大変でした」

あははと笑う男。おいおい、ゴブリンの目撃者がここにいたよ……それとも【世界地図】があるのに迷ったことを突っ込むべきだろうか……アレも一応、表示自体はオンオフ切り替えできるから、切ってたのかもしれんけど。

「よく攻撃しなかったな？」

「ええ、武器を持っていて複数でしたし、戦闘系スキルはあまり上げていないので、戦っても勝てないだろうと思って逃げようとしたら、攻撃してこずに何やら話しかけてきたので」

ああ、敵対的な行動を取らなかったから冷静になれたのか。まぁ、敵なら普通、問答無用で襲ってくるしな。

「何とか身振り手振りで道に迷ったことを訴えたら、どっちへ行けばいいか教えてくれたんですよ。まぁ、帰る途中で一つ目の熊に襲われて結局死に戻ったんですけどね」

こうして話を聞くと、本当にゴブリンは敵じゃないんだな……。違和感はあるが、これがＧＡＯなんだと受け入れよう。

「まぁ、そういうわけで。その時は色々混乱していて、ろくにお礼もできなかったので、今度訪ねてみようかと思って言語修得したんですよ。居場所の正確な位置は分からないけど何とかなるでしょう」

と言って男は笑う。何というか、義理堅い男だ。また一つ目熊に襲われなきゃいいけどな。

でも言語か……。修得するタイミングはともかく、修得可能にしておくのは悪くないか。

「修得にコツとかあるか？」

「私は辞書を書き写してますね。時間はかかりますが、漏れがないので確実です」

やっぱりコツコツやるのがいいんだな。レシピの写本を作ることを考えたら、作業量が多いかどうかの違いだけか。

それから少しの間、話をした。リザードマン関連の事件を知らなかったようなのでその件を伝え、男からはゴブリンに関することを聞く。ついでにゴブリンの目撃情報を掲示板に書き込むことに同意をもらっておいた。

男はそのまま席へと歩いて行った。これから次の言語を覚えるのだろう。

さて、俺はどうするかなぁ……。言語を覚えるのはいいけど、あそこまでの情熱はないし、気勢をそがれたというか……まぁ、言語はぼちぼちでいいか。

それでもしばらくは大書庫に通うことにしよう。狩りは一休みだ。

第二五話　指　導

大書庫での調べものは有意義であった。

明らかになった新事実に喜んだ反面、勘違いをしていた事実や危うい思い込みに肝を冷やしたりもした。

何がどうだったのかについてはその件に当たった時に述べるとして、ロビーの本は言語関係を除いてとりあえず目を通してみた。必要そうな情報はメモを残してある。特に丸々書き写したのは二冊。『アミティリシアの常識・非常識』と『病症辞典』だ。特に前者は暇な時にじっくり読み込んで、少しずつ記憶していくことにしている。病気はリアルと同じ物もあるが、GAO世界特有のものもあったので、万が一に備えて残しておくことにした。

中には本当に初心者向けなのかと首を傾げる本もあった。『宮中作法』や『冠婚葬祭作法』なんていつ使う機会があるんだか……。

それ以外にも色々と情報を仕入れることができた。特にロビー以外の場所の専門書はいくつか読んでみたが、現時点では理解が及ばない部分もあるものの、今後役に立つであろうものもあり、それを扱えるレベルになるのが楽しみだったりもする。中には、今後絶対に手を付けないだろうなと思われる分野の情報もあったけど。

そういった調べものについて一区切り付け、また狩りに励もうかと思っていた矢先にそれは来た。

それは一通のメール。見知らぬプレイヤーからのものだ。

GAOのメールはフレンド登録していなくても送ることが可能になっている。プレイヤー名で検索すれば候補が挙がり、それを宛先にすればいいのだ。ただGAOは同名のプレイヤーもいたりするので注意が必要だろう。同名プレイヤーの中から個人を特定するにはどうすればいいんだろうな。まぁ、知らないプレイヤーにこちらからメールなんて、今後もすることはないだろうからいいんだけど。

それはともかく件名は『解体スキル指導希望』とい

うものだった。記念すべき第一号である。どうも料理をするプレイヤーらしく、【解体】を修得して効率よく素材を得たいのだそうだ。

断る理由はなく、俺の狩り復帰一日目は【解体】指導込みということになった。


ログイン三五回目。

待ち合わせはアインファストの北門前にしておいた。獲物の候補をいくつか挙げたところ、鹿を狩りたいということだったのでそれをメインにすることにしたのだ。俺も鹿は見たことはあっても狩ったことがなかったのでいいタイミングだったとも言える。見つからない可能性もあるが、その時はその時だ。『普通の』ロックリザードもいるだろうし、鳥もいるだろう。

約束の時間にはまだ余裕があるな。こちらの恰好は先方に伝えてあるので、それを目印にして来るはずだが。

北は岩山の方面になるので、狩りに出るプレイヤーは意外と少なかったりする。狩りをするなら森の方が獲物に遭遇する確率も高いからだ。その代わり、鍛冶職プレイヤーの出入りは頻繁だ。外に出ようとするプレイヤーもそれらしい者が多く――。

「あなたがフィストさん？」

声を掛けてきたのはそれらしくない人だった。

金属製のブレストプレート。その下にはミニスカートくらいの丈のチェインメイル。革製の手袋とブーツ。被っているヘルムは顔を覆わないタイプだが、額から鼻に掛けて金属板が垂れていて、頭部に特徴的な角が付いている。腰には剣を提げ、背中にはラウンドシールドを背負っていた。そして手には全長一メートルほどの片刃の戦斧。形は髭刃状だな。

うむ、これを一言で表現しろと言われれば、なんちゃってヴァイキング、だろうか。

「ああ、俺がフィストだ。あなたがグンヒルト？」

見覚えのある、凛々しい系の顔立ちの美人さんに問うと、彼女は頷いた。

「初めまして、グンヒルトよ。今回のお願い、聞き届けてもらえて感謝するわ」

「いや、どうってことないさ」

頭を下げるグンヒルトに、手を振って答える。

「しっかし……随分と『狙ってる』よな。王女殿下って呼んでいいか？」

顔と装備を改めて一瞥して言うと、グンヒルトが笑った。

「駄目よ、それを狙うなら最初から名前を別のものにしてるわ」

彼女のアバターの容姿は、海賊王女ソフィアのそれだった。アニメ化もしたとあるラノベのヒロインで、海洋国家の荒くれ王女だ。これで装備も再現できたら完璧なんだが。『コスプレ屋』に依頼したら可能かもしれないから、その気があるなら後で紹介してやるとしよう。

それはともかく。

「【解体】スキルの修得を希望ってことなんだが……。倫理コード解除とオートドロップ無効については納得済みでいいんだな？」

「ええ、覚悟の上よ。といっても、実際その目で見たら気持ちが揺らぐかもしれないけどね」

まぁ、臓物パーティーを好きでやりたがる女性なんていないだろうしな。いずれにせよ、やってみてからだ。

「よし、それじゃ行くか」

立ち話をしていても始まらない。グンヒルトを促し、俺は北門へと足を向けた。


移動しながら簡単に自己紹介などをする。

グンヒルトはβからのプレイヤーで、当時はもっと逞しい系のキャラ造形で、斧をぶん回していたらしい。結構名の知れたプレイヤーだったそうだ。が、その途中で料理に目覚めたんだとか。リアルでジビエ料理に出会ったのも理由の一つらしいが、ＧＡＯでなら思う存分食えるじゃないか、と。

そんなわけで、製品版では名前を変え、方針も一新。今はツヴァンドで小さなジビエ料理店を営んでいるとのことだ。

　素材は自分で狩っていたが、店を作ってからは客用と研究用の素材を確保するのが大変で、悩んでいた時に掲示板で【解体】スキルを知った、ということらしい。

　しっかし、俺が知り合うのはβテスターが多いな。こんな頻繁に遭遇するものなんだろうか？

「で、フィストはどういうスタイルでやってるの？」

「俺は自分がうまい物を食いたくてな。というか、未知の味に興味があったから、自分で獲物を狩って食っていこうと、まぁそんな感じだ」

「へぇ……【バトルコック】みたいなことやってるのね」

　グンヒルトの口から聞き慣れない単語が出てきた。

「【バトルコック】？」

「ええ、私も直接会ったことはないんだけど、リアルに存在しない未知の味を求めて活動してるβテスターよ。今のフィストみたいに自分で獲物を狩って、自分で調理して食べてるらしいわ」

　へぇ……βの頃から俺みたいな理由でプレイしてる人がいたのか。会ってみたいな。

「名前は？」

「確かセザールだったかしら」

　マンションみたいな名前だなと思ったのは秘密だ。でも名前は某最強の料理人から来てるんだろうなと予想する。一文字違いだが。きっと武器より素手の方が強いに違いない。


　その後も他愛ない話をしながら進み、山の麓の森へと辿り着いた。

「さて、まずは獲物を探さないとな。目当ての鹿が見つかればいいいんだが」

　この間の大物が出てきたら最高なんだが贅沢は言うまい。

【気配察知】で獲物を探す――ん、近くにいる？　反応の方向を目で追うと木の枝に止まっている鳥がいた。鶏くらいの大きさの鳩で、身体は茶色で目の周りだけ黒い。メグロバトだな。

「あ、メグロバト」

グンヒルトも気付いたようだ。しかし鳥か……解体の実演には向かないよな。まぁ、食材確保でいいか。

ダガーを一本引き抜き、【隠行】を行使して近づく。さっきは横を向いていたが、今はこちらに背を向けているので気付かれてはいないだろう。

命中が期待できる距離まで詰めて投擲する。幸い狙いを外れることはなく、ダガーはメグロバトの首へと突き刺さった。鳴き声すら上げずにメグロバトが木から落ちる。ふむ、いい具合にクリティカルしたのか、一撃だったな。修得したばかりの【投擲】でこの結果は運がいいと言える。

「よし、メグロバト、ゲット」

ダガーを抜いて血と脂を拭き、ポケットに収める。

獲物は……そうだな、血抜きしよう。

ナイフで首の辺りをさっくりと斬って逆さに吊す。

「本当に、死体が残るのね」

消えずに残ったメグロバトを見ながら、感心したようにグンヒルトが呟く。血抜きの工程自体に怯んだ様子はない。

「この手の鳥だと、ドロップってどんな感じなんだ？」

「脚一本ね。運が良ければ、ほぼ丸ごとドロップするらしいけど、私はお目に掛かったことがないわ」

「そうか。喜べ、【解体】を修得できたら、毎回そうなる」

「それは楽しみね」

やがて血抜きが終了したのでそれをストレージリュックサックに放り込んで再び【気配察知】を行う。ん、近づいてくる気配が四か。うまく血の臭いに誘われてきたかな。

「グンヒルト、こっちに何かが四体接近中。警戒を」

「了解」

グンヒルトがラウンドシールドを背中から下ろして左手に持つ。剣は抜かず、戦斧の方を使うようだ。女ヴァイキングの実力、見せてもらおうか。

俺の方もガントレットの両拳を打ち鳴らして戦闘態

勢に入る。レイアスのガントレットの初陣だ。その威力、確かめさせてもらおう。

姿を見せたのは予想どおり、四匹のウルフだった。こちらを認めると立ち止まり、威嚇の声を上げながら身構える。

「二匹ずつでいい?」

「ああ」

提案に即答すると、女傑が飛び出した。俺も同時に地を蹴ってウルフ達へと向かう。こちらの敵対の意志を感じたか、ウルフ達も向かってきた。

「ふっ!」

気負う様子もなく、グンヒルトの戦斧が閃く。垂直に振り下ろされたそれを避けることができず、頭が縦に割れた後でウルフが消え散った。同時にグンヒルトはシールドでもう一匹のウルフの顔を打ち付ける。跳び掛かってきていたウルフはそれの直撃を喰らって宙に浮く。追撃するようにグンヒルトが再び斧を一閃。ウルフは首とそれ以外に分かれて地面に落ち、砕けて消えた。一瞬だったな……。

そうしている間にこちらにもウルフが迫っていた。二匹同時に掛かってこられないように横へ移動しながら、まずは一匹に狙いを定める。跳び掛かってきたのに合わせるように、俺は【魔力撃】と共に拳を繰り出した。

ぐしゃり、と嫌な音がした。ぎゃいんとウルフが悲鳴を上げる。鼻が潰れて吹き飛んだウルフが地面を滑っていく。

残った一匹の意識がそちらへ向くが、その隙を逃す気はない。思い切り足を振り上げる。鋼を仕込んだブーツの爪先がウルフの顎をしっかりと捉えた。ウルフの身体が真上に移動し、その後重力に引かれて落下する。

まだ生きてはいるようだが、痙攣したままで襲ってくる余力はなさそうだ。先に殴り倒したウルフも虫の息のようだった。うーむ、どっちも手応えバッチリだったな。明らかに威力は上がっている。攻撃部位次第ではウルフも一撃か。レイアスもシザーもいい仕事をしてくれた。

まぁ、それはそれとして。

「ウルフをあっさりと……戦士職で十分やっていけるんじゃないか？」

女ヴァイキングの戦闘力には恐れ入った。多分四匹相手でも楽勝だったんじゃないだろうか。まあ、元ネタの方でも独りで船一隻を制圧する女傑だけども。

「βの頃よりはレベルも低いけど、スタート開始と同時に結構駆け抜けたからそれなりのレベルにはなってるのよ。それに感覚は以前のが何となく残ってるし、それに従ってればこの辺の動物に苦戦することはまずないわ」

それって身体が戦い方を覚えてて、ある程度はプレイヤースキルにまで昇華しているということだろうか……以前はよっぽど強い人だったんだろうなぁ。獲物を狩るにも戦闘力は必要だから、いいことなんだろう。

「さて、教材ゲット」

話を切り上げて、俺は自分で倒したウルフを一箇所に集めて血抜きを開始する。

「一応、俺の解体作業を一通り見届けることでスキル修得が可能になる。で、どうするグンヒルト。ちょうどここには二匹のウルフがあるわけだが……俺と一緒に挑戦してみるか？」

「え、い、いきなり？」

グンヒルトが怯む。その顔でその反応はナイスだな。さっきあっさりとウルフを両断した女傑とは思えないギャップがいい。言ったら怒られそうだから言わないが。

「俺と同じように作業をしながらってことになるな。感覚的には摑みやすくなると思う」

でも待てよ、自動修得してしまう可能性もあるから、修得を迷ってる場合はお薦めできないな。修得したスキルをなかったことにはできないし。

「いや、やっぱりやめとこう。自動修得してしまったらキャンセルできないから、見るだけの方がいい」

【気配察知】で周囲を探る。別のウルフがこっちへ来る様子はないな。それじゃあ始めるとしますか。

「とまぁ、こんな感じだ」

俺の目の前には解体完了したウルフが一匹分。毛皮と牙、肉が収穫で、それ以外は廃棄だ。

グンヒルトは冷静に俺の作業を見ていて、特に忌避感はない様子だった。

「やっぱり結構な時間がかかるのね」

「工程の確認をしながらだったからな。普段はもっと早く済む。初めはそれなりの時間がかかるだろうけど、慣れれば確実に時間短縮できる。俺の場合は他に解体できる場所がないから現場処理してるけど、グンヒルトは仕留めて店に持ち帰ってからの作業でもいいんじゃないか？　正直なところ、その方が安全ではある」

「そう、ね。でも店にそこまでのスペースはないし。どこか、解体に使わせてもらえる場所とかないものかしら」

うーん、食肉解体場や狩猟ギルドで場所だけ借りるってのもアリだと思うが、有料とかになる可能性もあるな。解体の依頼については作業料を取られるし。

「……まぁ、お店はいずれ引っ越すわ」

解体場所について思いを巡らせていると、そんなことをグンヒルトが口にした。

「食堂自体は今くらいの規模でもいいけど、解体ができる作業場のあるお店がいいわね」

「現場で解体、でもいいと思うけどな。不要なものの後始末も簡単だし」

「さすがにそのためだけに【精霊魔法】を修得するのも、ね。別に穴を掘ってもいいんだけど」

血や臓物に群がる獣もいれば、それのせいで危険を察して逃げていく獣もいる。後始末をちゃんとしておかないと他のプレイヤーに迷惑が掛かるしな。それにやっぱり作業中の安全の問題もある。

「で、決心はついたか？」

改めてグンヒルトに問う。【解体】を修得するのか、という意味だ。まぁ、答えは出ているようなものだ。

メニューを立ち上げ、スキルリストを開くグンヒルト。それが彼女の答えだった。

「よし、それじゃ早速実践と行こう」

「ええ、よろしくね師匠」

俺が斃（たお）した狼を前に、グンヒルトはナイフを抜いた。


最初のウルフには手こずっていたが、三回目ではスキルのアシストも馴染んだようで、目に見えてスムーズに解体できるようになっていた。

「もう俺の手助けは必要なさそうだ」

「今のは上出来だと自分でも思えるわ」

ウルフの解体を終えて、満足げにグンヒルトが笑う。手元が血にまみれているのがアレだがいい笑顔だ。

「さて、次に行こうか」

グンヒルトが獲物を【空間収納】に片付けたところで、移動を開始する。

「それにしても、出ないわね」

森の中を歩きながら、グンヒルトが呟く。

彼女が言うのは鹿のことだが、今のところ出てくるのはウルフばかり。

「いるのは間違いないんだがね」

俺が直接見たのは化け物みたいにでかい奴だけだが。普通のサイズの鹿もいるはずだ。

獲物を求めて歩く。【気配察知】に反応はない。さっきまで出てきていたウルフすら姿を見せない。急に出が渋くなったな。

更にしばらく歩いて、ようやく反応が出た。数は三。位置は……真正面？　おかしいな、木が生えているだけで姿が見えないが。

「フィスト、あれ」

グンヒルトが指差した先は木の上だ。この辺りの木はそれほど高くないんだが、その木は周りに比べて倍以上の高さがあった。そして、木の上にいる動物。外見はニホンザルで、体毛は黒に近い焦げ茶。顔の色は赤ではなく、紫っぽい。【動物知識】には憎まれ猿と出た。何だこのネーミングは？　相手の嫌がることを好む、って……性格悪い猿だな！　だからこその名前か。

向こうもこちらに気付いたのか、騒がしく鳴いて威嚇してくる。猿かぁ……食えるんだろうか？　昔見たアドベンチャー映画で猿の脳みその料理を見たことがあるけど、人型はやっぱり抵抗がある。

「不気味な猿ね。名前のとおり、性格の悪そうな顔をしているし」

「どうする？」

「どう食べていいか分からないから、無視しましょうか。木の上だし、面倒だわ」

　攻撃手段がないわけじゃないが、俺もグンヒルトも近接戦闘系だ。積極的に狩りたいとも思えない獲物だし、ここは――

「ぬおっ!?」

　咄嗟に身を捻る。さっきまで俺の顔があった場所を、木の枝が通り過ぎていった。憎まれ猿が投げてきたのだ。他にも石やら木の実やらが飛んでくる。よく見たら連中のいる木の枝にあちこちに石が置いてあった。投げる物を準備してるとか、嫌な猿だなっ！

　グンヒルトはラウンドシールドで投擲から身を守っていた。威力はそれなりにあるのか、結構大きな音を立てている。

「【盾】スキルのレベリングができるんじゃないか？」

「一方的に攻撃されるのは趣味じゃないわ」

　飛んできた石を拳で撃ち落として聞くと、シールドの陰でグンヒルトが溜息を漏らした。さっさと撤退するか、そう提案しようとした時。

「おっと」

　飛んできた物をガントレットで受けると、軽い手応えが返ってきた。当たったそれはそのまま地面に落ちる。何だろうかと見てみるとライムグリーンの球体だった。それは表面が蠢（うごめ）いたかと思うと、崩れて地面に広がっていく。イラムシっぽい毛虫の固まりだった。うげ、と思わず呟き、ガントレットを見る。表面で潰れたりはしていないことにホッとした瞬間、

「ひゃあぁぁぁぁぁぁっ!?」

　突然の悲鳴。そちらを見ると鉄色が視界いっぱいに広がり、後頭部をガッチリと固定された。

「ぬぐぉっ!?」

　同時に彼女のブレストプレートが顔面に押しつけら

れた。ちょっと待て！　斧を軽々振り回す筋力でこれをやられると痛い！　顔が！　後頭部が！　何より首に全重量が！　折れる！

仕方なくグンヒルトの身体をホールドして後ろへ下がる。視界は閉ざされたままなので足元が――。

「ごふっ！」

憎まれ猿の射程から離れようと急いだのがまずかったのか、そのままつまずいてしまった。重装備のグンヒルトが俺を地面へとプレスする。

「おい、グンヒルト！　正気に戻れ！」

背中を叩きながら呼び掛ける。それを数回繰り返し、ようやく拘束力が弱まった。腕が離れ、上体が離れる。目尻に涙を浮かせたグンヒルトの顔が見えた。

「ご無事ですか、王女殿下？」

問うと、状況を理解したのか俺の上から跳び起きて離れるグンヒルト。俺も上体を起こして顔を撫でる。あー、やっぱりブレストプレートの痕が付いてる。

「ごっ、ごめんなさいっ！」

「いや、それより何があった？」

顔を赤くして何度も頭を下げる彼女に理由を尋ねる。ピタリと止まった女戦士は、恐る恐る背後を振り返り、一点を指した。そこには彼女が使っていたラウンドシールドが放置されていて、その周囲にもライムグリーンが広がっている。

「イラムシ？」

憎まれ猿が他にも毛虫玉を投げたんだろうが、あれのせいか？

「私、あれだけは駄目なのよ……一匹や数匹はどうってことないし、群れていてもそこに居るのが分かっていれば我慢もできるんだけど……突然目の前にあの量が現れると……」

「駄目なら一匹でも駄目だと思うんだが、何か理由が？」

「子供の頃、山でかくれんぼをしていた時にね。茂みだと思って潜り込んだそれが、あれのコロニーみたいになっていて……」

身体を抱え、蒼い顔でグンヒルトが告白する。想像するだけでおぞましい光景だ。至近距離で大量に、ってのがネックなのか。しかも突入したってことは、だ。

「で、その後はかぶれたか」

「軽装だったから顔も手足も酷いことになったわ……」

あれ、痛いし痒いしで大変だからなぁ。そんなトラウマがあれば仕方ない反応なのか。理由は分かったし、不幸な事故だ。それはいい。

ただ、調子に乗って騒ぎ立てているあの猿共はどうにかしないとな。グンヒルトの反応で調子に乗ったのか、木の上で嗤うようにはしゃいでいるのがイラッとくる。あいつら、イラムシの毒とか平気なのか。それとも毒はないんだろうか。また投げるつもりなのか、毛虫玉を手に持っている奴もいる。

近くに転がっていた石を拾う。立ち上がってそれを憎まれ猿に全力で投げ付けた。油断していたのか一匹の顔面に命中。枝から落ちたそいつは頭から地面に激突し、動かなくなった。騒ぎが一瞬で止まる。

そして、俺が二個目の石を拾う頃には他の木を伝って逃げ出していた。逃げ足速っ。


その後、落ち着きを取り戻したグンヒルトと共に狩りを再開。猿共を追っ払ったことで運も巡ってきたのか、希望だった鹿（通常サイズ）も狩ることができた。

「今日はありがとう」

アインファストに戻ったところでグンヒルトが礼を言ってきた。こっちとしては教授もうまくいったし、生徒の希望どおりの獲物も狩れたので文句はない。

「それから、ごめんなさいね。取り乱したとはいえ、あんなことを……」

「ん、それは仕方ない。気に病むな」

せっかく戻った元気が消えていきそうなグンヒルトに、手を振って答える。

「原作らしくないギャップがあっていいんじゃないか？」

「もう……外見こそソフィアだけど、中身まで一緒じゃないわよ」

原作の海賊王女は雄叫びを上げながら斧を振り回し、

血風の中で美しくも獰猛な笑みを浮かべる豪傑だからな。可愛らしい部分もあるとはいえ、今日のグンヒルトみたいな悲鳴を上げるタイプではない。

からかい半分で言ってやると、顔を僅かに赤く染め、グンヒルトが頬を膨らませた。

「それより、メシにでもするか。ゲージも溜まってきたし」

「だったら今日のお礼の一部で、私が御馳走するわ。いい店を知ってるのよ」

お礼はいいとして、一部？

「私は料理人だもの。本命のお礼は、あなたがツヴァンドに来た時に料理を振る舞うこと、でどうかしら？それまで何もなし、っていうのも気が引けるし」

ああ、なるほど。そういえば報酬のこととか詰めてなかった。だったら、それでいいか。

「了解だ。案内を頼む」

グンヒルトの提案を受け入れる。料理人が勧めてくれる店だから期待も大きい。本命の方はしばらく先になりそうだが、今から楽しみだ。

第二六話　忍　者

あれからアインファスト周辺で狩りをしている。

北の山では鹿も狩れたし、いくらかの鳥も狩った。

東の湿地は何度か足を運んだが、打ち切ることにした。足元が悪い上に毒を持ってる生物が多い。蛭（ひる）のような厄介な生物もいるし、実入りがあまり良くないのだ。ポイズントードもオオヤツメウナギもファルーラニュートもうまかったんだが、それだけを狙うために赴くには気が乗らない。肉しか売り物にならないし、ポイズントードの毒も必要なものじゃないし。あぁ、カエル毒は何度か食らって耐性が付いたのは収穫と言えるけど、確実に修得できるか分からない毒耐性を、そのためだけに食らい続けるのも勘弁だ。そもそも解毒ポーションが圧倒的に足りない。

だから今は北の山と西の森を狩り場にしている。山で出会ったあの大鹿に未練もあるし、そろそろ森の奥に入って魔獣なんかも狩ってみたいのだ。


ログイン四〇回目。

今日はアインファスト西の森の中。戦闘系スキルも【手技】が20になったこともあって、ぼちぼち奥に入ってみようと考えている。正確には様子見、だけど。

【気配察知】をしながら奥へと進む。獲物は今のところなし、だな。いくらか動いてるのもいるけど、遠ざかっていく感じなので無理に追いかけることもない。

【世界地図】を埋めていくように森を歩き、薬草の群生地を見つけたら地図に落としていく。使える薬草類はいつでも確保できるようにしておきたいし。

しばらく歩くが珍しく獲物に遭遇しない。普段ならこちらに向かってくるのがいくらかいるんだが……先客でもいたんだろうか。薬草の類も採取されてるような痕跡があるし。こりゃあ今日はこの辺り、ハズレかなぁ。

しかし薬草の群生地は数が多かったので、結構な量の薬草を確保しつつ、更に進んでいくと、

「ん……？」

人の声が聞こえた。どっちだ？　へ～ルプっ！　って言ってるな。英語ってことはプレイヤーの声かこれ……余裕がありそうに感じるのは気のせいだろうか。

ともあれ確認してみるか。【気配察知】を使うといくつかの気配が――って、あれ、今いくつかの気配が消えたぞ……？

何だか妙な感じがする。が、声の主は確認しておかなきゃな。本当に困ってるなら見捨てるわけにもいかないし。

消えなかった気配の方へと向かう。

「Ｏｈ！　そこのプレイヤーの方！　助けてほしいで御座るーっ！　ＨＥＬＰ！」

そこに居たのは……え、っと……何だ……。

「忍者……？」

一見すると黒っぽい忍装束のようなものを着たプレイヤーだった。声から判断するに男だ。何だか英語の発音がネイティブっぽく聞こえるな。日本在住の外国人プレイヤーか？　だったら忍者じゃなくてＮＩＮＪＡと呼ぶべきだろうか。

とにかくそのプレイヤーは俺の目の前に『ぶら下がって』いる。頭を下に向けて。

足にはロープが結ばれていて、そのロープは木の枝を経由して見えなくなっている。しかし人間一人を吊せる罠か……リアルでは獲物を吊り上げるような罠は禁止されてるらしいが、こっちの世界はその手の罠も規制されてないようだ。

とりあえず、言うことは一つ。

「狩人さんの罠に掛かるとか、酷いことするなお前」

「えっ!?　ここ、拙者が責められる場面で御座るかっ!?」

おぉ、拙者に御座るときたか。いいね、ロールプレイ。

「違うで御座るよっ!?　これは拙者が仕掛けた罠で御座るっ！」

つまり自分で仕掛けた罠に掛かったのか……見事な自爆だな。

「ロープを斬って降りればいいだろう。苦無とか持っ

てないのか？」

「このロープ、強度を増すために鋼線が仕込んで御座る！　苦無では断ち切るのは困難で御座るよっ！　それに得物は落としてしまったで御座るっ！」

よく見ると、男の真下に抜き身の小剣が落ちていた。あぁ、これじゃどうしようもないな。しかしやっぱり持ってるのか、苦無。

俺はロープを視線で追いながらその行き先を確認する。樹の幹の裏にロープを括ってある岩があった。なるほど、これくらいの岩の重みなら人も持ち上がるか……って待て。どこからこんな岩を調達してきた？

【空間収納】を使えば可能だからそっちはまぁいいとして、どうやってこの岩を仕掛けてたんだ？　確か【罠】のスキルは屋内と屋外で分かれてたはずだが、そういうのを無理なく可能にするアーツでもあるんだろうか？　まぁいい、そういう詮索は後だ。

「これからロープを解くからな」

「かたじけない！」

ロープを解き、しっかりと保持する。長さが足りないので地面までは無理だが、ゆっくりと降ろしてやる。

「もう大丈夫で御座る。手を離してくだされ」

ロープを離すと男はそのまま落下。しかし手を地面に着き、そのまま身体を曲げて地に足を着けた。

「ふぅ……一時はどうなることかと……」

「自分の仕掛けた罠に掛かるなんて、そうそうないからな。このまま放置されてたら面白いことになってたんだろうけど」

善良なプレイヤーや住人が見たらちょっとしたホラーだな。

「宙吊りのままログアウトせざるを得ない状況で御座るな。その後で野の獣に食われたりＰＫに嬲（なぶ）り殺しにされてたかもしれぬで御座るが」

やれやれ、と溜息をつくと、男はこちらを向いて姿勢を正し、その場に土下座した。

「危ういところを助けていただき、感謝するで御座る！　このご恩、生涯忘れぬで御座る！」

おぉ、見事な土下座……じゃなくて、大袈裟な奴だな。

「まあ、縁があったってことでいいだろ。そんなに畏まる必要はない。頭を上げてくれ」

何というか居心地が悪い。困った時はお互い様なのだ。

「俺はフィストだ。この森には狩りと採取に来てたところだ。お前は罠なんて仕掛けてるところを見ると、狩りの途中か？」

名乗り、状況を確認すると、男は立ち上がり、頭を下げた。

「これはご丁寧に。拙者、ツキカゲと申す者。この森へは罠の訓練を兼ねた狩りに来ていたで御座る」

こうしてみると、やはり忍者だなぁ。忍者刀がないのは仕方ないとして、腰には小剣か。しかし忍装束なんてよく作ったもんだ。

「よく作り込んでるな、その恰好」

頭巾とマスク、黒い装束に手甲、足は足袋と、いかにも本格的、というか。昔、これと似たものを伊賀の方へ遊びに行った時に見た気がする。

「フィスト殿は忍に興味があるで御座るか？」

す、とツキカゲの蒼い目が細くなった。ぬ、何だこの、獲物を見つけた的な目は？　いや違う、これは会社にたまにやって来る保険屋のおばちゃんの目、勧誘者の目だ。

「のめり込むほどじゃないけどな。お前はどっぷり浸かってるようだが」

迂闊に同調したらまずいと判断し、方向を変えてやる。延々と忍者の話をしたり忍者にならないかと勧誘されたりしてはたまらん。

「それは当然で御座る。我ら、忍で御座る故」

何の躊躇もなく、断言するツキカゲ。すっかり役に入り込んでるな……まぁ、これも楽しみ方の一つか。って……我ら……？　何故に複数形？　他にも同じことをしているプレイヤーがいるのか？

「どうかしたで御座るか？」

「あ、いや、何でもない。で、また罠を設置するのか？　それとも素直に狩りに行くか？」

首を傾げるツキカゲに言葉を濁し、今後のことを聞く。ここで立ち話をしてても仕方ないしな。

「そうで御座るな……今日のところは罠は諦めるで御座る。もしよければ、このままひと狩りお付き合い願えぬで御座ろうか？」

「あぁ、構わない」

元々、奥の方の様子見に来たのだ。人数がいた方が心強いのは確か。それに、この忍者スタイルがどういう戦い方をするのかも興味あるしな。

かたじけない、と再びツキカゲが頭を下げる。

それじゃ狩りを再開するか。まずは獲物を探して
──!?

「なぁ、ツキカゲ。お前、【気配察知】を持ってるか？」

少し声を落として問う。

「持ってるで御座るよ。忍の嗜(たしな)みで御座る」

「だったら分かるな。囲まれてる」

ツキカゲとのやり取りの間に近づいたんだろう。俺達の周囲に『何か』がいる。距離は二〇メートルくらいか。ゆっくりと距離を詰めてくる。

「八つ……結構な数で御座るな……」

周囲を直接窺うような真似はせず、ツキカゲが数を告げた。八？　俺には六しか確認できない。ツキカゲの方が【気配察知】のレベルが高いのか？

俺はメニューを開いてツキカゲにパーティー加入を促す。パーティーチャットで内緒話をするためだ。即座にツキカゲは了解をした。

『囲い込んでくるってことは、獣の類じゃないな……人か？』

『恐らくは。こちらを獲物と勘違いしているか、あるいはPKか……』

動物狙いのプレイヤーや住人が、獲物を逃がさないように包囲している、って可能性はあるか。でも、PKだと厄介だな……。

プレイヤーを殺すプレイヤー、PK。システムで禁止しているゲームもあるが、GAOではシステム上は許されている。ただし賞金首システムがあるので、PKは賞金首になっていることが多い。賞金首になると、逮捕されたり討伐された時にかなりのペナルティが付くというデメリットがある。

それでも、ＰＫは存在する。このゲームの最初で言い含められる『理性と良心を持った人間であること』から逸脱する行為だというのに。そんなに対人戦がしたいなら、システム的にもＧＡＯ世界内の法律的にも許されているＰｖＰで満足すればいいものを。他にも闘技場で戦う等、対人戦そのものの機会はそれなりに用意されているというのに。

さて、相手がＰＫだった場合だが、どうしたものか。

ツキカゲの技量は分からないが、二対八を覆せるほどの強さなのかどうか。多分、望み薄だ。俺自身も【手技】がようやくレベル20に届いた程度。戦闘系スキルレベルが強さの全てってわけじゃないが、レベルが高い方が有利であることは確かだ。

相手のレベルが軒並み俺より低いなら望みもあるが、それも期待はできない。何しろＧＡＯのサービス開始以来、新規プレイヤーは来ていない。第二陣への開放がまだ始まっていないからだ。こんなことをやろうって連中が、弱いままだとも思えない。

「さて、狩るにしても、どっちへ行く？」

『で、どうやる？　俺の【気配察知】だと引っ掛からない奴が二人いるんだが』

気付いていないように装いつつ、俺達は今後の方針を話し合う。一応、相手をＰＫだという前提で行動することにした。

「そうで御座るな。もう少し奥へ行ってみるのもよいかと」

『どの位置を把握してるで御座るか？』

『正面二人、左右一人ずつ、背後二人』

『左右も二人ずつで御座る。恐らく【隠行】持ちで御座るな。となると、得物は飛び道具の可能性があるで御座る』

身を隠しての狙撃とか鉄板だからなぁ。【隠行】は戦闘行動を取ると解除されるので、魔法職じゃないのは間違いないだろう。

「あんまり奥に行くのもな。この辺で少し様子見をしてもいいと思うんだが」

『ツキカゲ主導で、飛び道具持ちと思しき奴を仕留めていくか？』

『承知。まずは右手の【隠行】使いを炙り出すで御座る。拙者の後に続いてくだされ』

「ふむ、ならば、あちらの方へ行ってみるで御座るか。拙者、あちらの方面の地図がまだ未開なので御座る」

言ってツキカゲが歩き出した。了解、と返事して、俺も後に続く。

今の位置取りだともう一人いる【隠行】使いに背を向けることになるが、そこはツキカゲがうまく誘導してくれるだろう。常にツキカゲの背後に位置を取るように歩く。

『そろそろ行くで御座るよ。隠れている奴に石を投げ付けてみるで御座る』

『分かった。あぁ、言い忘れてた。俺、マーカー切ってるから、相手がPKかどうかを見た目じゃ判断できん』

『PKだったら、そのように言うで御座る』

「うわっ!?」

瞬間、一〇メートルほど先に男が現れた。尻餅を付いた状態で、手には弓と矢。アーチャータイプだ。

「PK! 二名!」

ツキカゲが小剣を抜いて駆ける。狙いはアーチャーだ。それを阻むように茂みから別の男が出てきた。装備は革鎧。手には斧とラウンドシールド。

「後は任せるで御座る!」

斧の一撃をかいくぐり、ツキカゲが間合いを詰める。アーチャーは矢を番(つが)えようとしたが、再度の投石で狙うことができなくなった。ツキカゲの小剣が閃(ひらめ)くもアーチャーは避ける。しかしその顔には驚愕の色が浮かんでいた。ツキカゲの狙いはアーチャー本人ではなく弓の弦だったのだ。弦の切れた弓など、ただの棒でしかない。

あちらは大丈夫と判断し、俺は斧男へと向かった。抜いておいた剣鉈を、斧男の顔面に向かって投げ付ける。

慌てて男はシールドで防御した。剣鉈がシールドに突き立つ。盾といっても木製だ。結構深く突き立っているので恐らく貫通しているだろう。斧男も肝を冷やしているに違いない。

シールドが男の視界を遮った瞬間、俺はそれに隠れるように身を低くして駆けた。一気に肉薄し、シールドの縁を掴んで思いっきり捻る。

　何かが折れるいい音がしたと同時、斧男が悲鳴を上げた。ラウンドシールドの保持は取っ手を持つこともそうだが腕に通して固定するタイプもある。今のは後者だったようで、シールドを奪えればと思っての行動だったんだが、予想以上の効果を発揮したみたいだ。不意打ちが効いたかな。

　この隙を逃す理由はない。掴んだ盾を振り回すように引っ張ると、苦痛に呻きながらも斧男はそれに逆らえずに身体を流す。そうしてこちらに晒すのは、無防備な首。今度はナイフを抜いて盆の窪へと思い切り突き立てた。赤い液体が散り、びくんと震えた身体が崩れ落ちる。そのまま斧男は砕けて消えた。

　人数で不利なので躊躇う暇はなかった。ＰｖＰの時も思ったが、覚悟してのこととはいえ、やっぱりゲームだとしても人を殺すのは抵抗があるな……それに倫理コード解除はプレイヤー相手でも有効らしい……しかし一撃ってのはどういうことだ。急所だったからクリティカルヒットでもしたんだろうか。

「悩むのは後か……っ」

　落ちたままの剣鉈を拾い、ツキカゲの方を見る。

アーチャーの姿は消えていた。仕留めたんだろう。

「見事で御座るな」

「それより次だ」

　戦端を開いた以上、向こうは一斉に掛かってくるはずだ。ツキカゲの賞賛を流して意識を背後に向ける。

【気配察知】で位置を確認して——。

「増えた……？　いや、何だこりゃ……？」

　残り六人のはずだった。【隠行】使いが見えないとしても五人。しかし【気配察知】に引っ掛かった数は一〇人を超えていた。そしてすぐに六つの気配が消え、そしてその後で他の気配もいくつかが消える。

　残った気配がこちらに近づいてくる。数は三。

「ツキカゲ、新手だ。さっきの連中とは別口みたいだ」

「あー……そうで御座るな……」

警戒を続ける俺に対し、何故かツキカゲは気が抜けたような声を出した。

「フィスト殿、実は言い忘れてたことが御座ってな」

「何だ？」

「拙者が宙吊りになっていた時で御座るが、拙者、実は救援要請をしていたで御座る」

「それで？」

まだ三人の姿は見えない。うまい具合に木々の死角を使って近づいてるようだ。こりゃ厄介だな……さっきの連中の比じゃない。

「恐らく、今フィスト殿が感じ取っている気配は、拙者の知っている者達で御座る」

その言葉が終わったと同時に、木々の間から三人の姿が見えた。

それはツキカゲと似た恰好だった。つまり忍者だ。それも、より正統派っぽい。

「ツキカゲ、大事はないか？」

「このとおりで御座る。それに、頼もしい助っ人もいたで御座るから。こちら、罠から解放してくれただけでなく、先程のPK共にも立ち向かってくれた拙者の恩人であるフィスト殿で御座る」

やって来た忍者と言葉を交わし、ツキカゲが俺をそいつらに紹介すると、目の前の忍者三人はこちらへと頭を下げた。

「どうやらツキカゲが世話になったようで。感謝いたす」

「いや……俺の方も危なかったわけだし、お互い様さ。それに、そちらには俺の方が助けてもらったようなものだし」

さっきのPK共と戦い続けていたらどうなっていたか分からんしな。かなりの高確率で殺られていただろう。

「いやいや、先ほどの手並み、見事でしたぞ」

突然、後ろから声がした。振り向くとそこにも忍者がいた。こいつ一体いつの間にここまで近づいた⁉

「ええ、虚を衝き、相手を惑わし、急所に正確な一撃。見事でした」

今度は横から女の声が来た。またかよっ⁉　しかも二メートルと離れてねぇっ！

「……一体、今、ここに何人いるんだ……？」

絞り出すように口にする。多分、恐らく、ろくなことにならないが、言わずにはいられない。【気配察知】を展開して身構える。

「ふむ。我らが同朋の恩人に姿を見せぬのは無礼というもの」

目の前の忍者が指を鳴らす。瞬間、【気配察知】に新たに引っ掛かった数は一〇。つまり、ツキカゲを除けば総勢一五人。木の上から、茂みの陰から、そして俺の背後や横から次々と姿を見せる。

全く気付けなかった……何なんだ、こいつらは……。

「で、あんたら……一体何なんだ……？」

「我らはギルド【伊賀忍軍】。この仮想世界で忍の道を究めんとする一団だ」

リーダー格の忍者は、胸を張ってそう言った。

第二七話 ギルド【伊賀忍軍】

西の森での戦闘が終わって、俺とツキカゲはアインファストへ戻ってきた。

森で出会った他の忍者達は、そのまま鍛練という名の狩りに出掛けた。俺はツキカゲと一緒に警備詰め所へ行き、賞金首の換金だ。

「では、こちらが今回の懸賞金になります」

布袋に入った金を事務のお姉さんが渡してくれた。中身を確認すると白金の硬貨が入っている。一万ペディア白金貨が一〇枚、合計一〇万ペディア。

GAOには通貨が何種類かある。金属の種類でいえば、この手のファンタジー世界ではお約束の銅、銀、金、白金だ。一ペディア銅貨、一〇ペディア大銅貨、一〇〇ペディア銀貨、一〇〇〇ペディア金貨、そして一万ペディア白金貨。ゲーム上は、プレイヤーが望んだ時に自動でこれらの通貨が出現するようになっているが、実際に受け取った通貨の種類がそのまま反映されるわけではない。例えば無一文の状態から白金貨を入手したとしても、買い物をする時にはそれ以外の通貨に変換されて出現するわけだ。

ちなみに住人達は、ちゃんと財布を持っていて、そこから金を出している。せっかくだからプレイヤーも同じようにしてほしいんだけどな。

布袋が手の上から消える。これで俺の所持金に一〇万ペディアが加算されたわけだ。

ツキカゲの方は俺のより大きい袋を受け取っていた。忍者達が仕留めた分を一括で換金しているためだ。七人分で、一人一〇万としても最低七〇万ペディアか……結構な額だ。

換金が終わったので俺達は詰め所を出た。ツキカゲの案内で街を歩く。どうも、俺をギルドへ案内してくれるらしいのだ。興味があるのでお邪魔することにした。

「しかし、忍者スタイルのプレイヤーなんて、今まで全く見なかったんだけどな」

「街を歩く時は、上から別の服を着ているで御座るからな」

　そういうツキカゲの恰好は、この世界の私服だ。頭巾とマスクも外しており、金の短髪と青い目をした顔が露わになっている。

「装束で活動するのは基本的にフィールドと、夜に街の中で訓練する時で御座るな」

「そんなところまで拘ってるのか……すごいな」

　何という情熱だろう。それだけ忍者が好きなんだろう。そしてそんな連中が集まったのが、これから案内されるギルド【伊賀忍軍】なわけだ。

「ところでギルドってどこにあるんだ？」

「東門の外で御座るよ」

　なんと……街の外、だと……？

「街の外にギルドなんて建てられるのか？」

「可能で御座る。街の外であるが故に、今は土地が安いので御座るよ。外壁ができたらもっと値も上がるので御座ろうな。ちなみに街から離れた土地も買うことができるそうで御座る」

　あぁ、門のすぐ外って都市開発区画みたいな扱いだったっけ。東門の外に建設現場みたいなのがあったのは覚えてるが、あれがそうだったのかもな。

　ＧＡＯでは不動産の売買も行える。既存の土地や建物を買うことができ、土地に家を建てることも可能だ。しかし、街の外の土地も買えるのか……安全面を確保できるなら、一考の価値もあるな。森の中の一軒家とか楽しそうだし。

「てことは、今から土地を買っておいて、城壁が完成して高値になったところを売れば大もうけ、と？」

「それは拙者らも考えたで御座るが、正式な街になる前の都市開発区画の土地は、使用目的で縛られるで御座る。家の建築なら建築、畑にするなら畑。遊ばせたままだったり目的外の使用をすると没収されるらしいで御座るよ。城壁が完成し、正式に街の区画となって初めてその縛りが取れるのだとか。それに、いつ完成するか分からぬで御座るし」

　土地転がし対策ってことか。やっぱりうまい話はそうそう転がってないな。

「でも、ギルド結成したと同時にポンと与えられるもんじゃないんだな」

この手のギルドを結成すると、その拠点を無償でもらえて、そこに手を加えて大きくしていくのだとか聞いたことがあるんだが。

「いや、一応はもらえるで御座るよ。ただ、初期でももらえるのが六畳くらいの部屋二つだけなので御座る。しかも自由度が低く、そこは増築不可能なので御座るよ」

ハウスというよりルームで御座るな、とツキカゲは笑う。

「ギルド結成自体は少々の手間が掛かるだけで御座るが、ギルドハウスといわれるものは一筋縄ではいかぬで御座るよ。初期部屋で満足できなければ自分達で確保せねばならんので御座る」

それは初耳だった。

「まず、結成もそうで御座るが、役所に届け出る必要があるで御座る」

「役所っ!?」

ツキカゲの言葉に耳を疑った。まさかそこまでやるかGAO……。

「ギルド関係に限らず、役所への届け出は結構あるで御座るよ。まぁそれは置いておくとして、初期ギルドハウスは無償貸与で御座るが、そこを使わず自前でとなると、新しく建てる、既存の建物を購入するというだけでなく、賃貸などもあるで御座るな。これはギルドハウスに限らず、プレイヤーが店を出したりするのも同様で御座るが。ギルドの結成だけして、拠点は持たぬまま、というのも多いそうで御座る」

なるほど……。そういえば、ルーク達のギルドハウスって聞いたことなかったな。まだ持ってない可能性もあるのか。他に俺が知ってる限りだと、レイアスやシザー達は自分の店を持ってるが、あれは建てたか買ったかしたんだろうな。レイアスの店は内装から弄ってたし。グンヒルトの店はどうだか知らないが、引っ越すとか言ってたから持ち家じゃないのかもしれない。

うーむ、しかしそうなると、俺が自給自足生活を送るためには土地だけじゃなく家の建築もしなきゃならんのか……うまい具合に土地付きの一軒家が見つからなければ、自分で開拓するしかないな……。

しかし話を聞いていると、ギルドを結成する意味ってあるんだろうか。もらえるのが拡張不可な六畳二間だけって……。

「ギルドのメリットってあるのか？」

「自分達のコミュニティを公的にというかＧＡＯ世界内に知らしめるという意味はあるで御座るが……それならばパーティーでもいいで御座るしな。システム的にはギルドメンバーとのチャットが可能になったりするで御座るが。あと、拠点を作ったら倉庫の機能をもらえるで御座るな。ストレージを持っていると有り難みが薄れるで御座るが」

「……微妙だな……」

「しかしまぁ、システムでそれができる以上、何かしらのイベントに関わるのではないかとはいわれているで御座る。ギルド間の抗争や、ギルド限定クエストなどで御座るな」

そういうのもあるのか……いや、あると決まったわけじゃないけど。でも自分達の居場所を作る、っていうのは楽しそうだが、ソロの俺には関係ない話だ。

「他にもＮＰＣの商業系ギルドに参加することもできるようで御座るよ。興味があるならば調べてみるのがよいかと」

ＮＰＣのギルドにも参加できるのか。狩猟ギルドや調薬師ギルドに参加したら特典とかあるんだろうか。買い取り額割増とか購入時割引とか。逆にギルドに属することで厄介事に巻き込まれる可能性もあるかもしれんけど。

「さ、見えたで御座るよ」

東門を抜け、ツキカゲが指し示した先には、土壁に囲まれた割と広い一角があった。壁の上から覗く建物の屋根は茅葺（かやぶ）きっぽい。あぁ、規模は多少違うけど、俺はあれと似たものを三重県の某市で見たことがある。

「見事な忍者屋敷だな」

「そうで御座ろう。再現に苦労したで御座るよ」

誇らしげにツキカゲが言う。うん、それはいいけどな、はっきり言ってアインファストの建築物の中にあの建築様式は、すっごく浮いてるぞ。特に他の建物がまだ建っていない現状では尚更だ。忍者屋敷だって存在当時は周囲に溶け込んでたものだろう。少しは忍べ。

なかなか立派な門があった。ここだけ見たら、忍者屋敷というよりは武家屋敷の趣がある。

門をくぐると屋敷があり、他にも土蔵や小屋もあった。小屋の方からは金属を叩く音が聞こえる。鍛冶でもやっているのだろう。手裏剣とか自作しているのかもしれない。

ブーツを脱いで屋敷内へとお邪魔する。細部はさすがに再現できなかったみたいだが、雰囲気は紛れもなく俺が知っている忍者屋敷だった。抜け道とかどんでん返しとかも再現されてるんだろうかなぁ。

案内された部屋には着物姿の初老の男が一人。

「ようこそ、フィスト殿」

俺のことは既に伝わっていたのか、男が俺の名を口にした。

「初めまして、フィストと言います」

用意された座布団に正座し、頭を下げると、男もこちらへ頭を下げた。

「某(それがし)、ギルド【伊賀忍軍】を統率するヤスナガと申します。此度(こたび)はツキカゲの危機を救っていただき感謝いたします」

「いえ、俺も皆さんに救われましたので、お互い様ということで」

ハンゾウじゃないんだなと思いつつ、お約束のやり取りを交わす。それが終わったタイミングで、着物を着た女性がお茶を持って部屋に入ってきた。

目の前に置かれたのは湯飲み。着物といいこれといい、至る所に拘りが見えるなぁ……。

「日本茶ではありませぬが、雰囲気重視ということで」

ヤスナガさんはそう言って、自分の前に置かれた湯飲みを手に取る。さて、どうすべきか。何か仕込んでると考えるのは穿ちすぎなんだろうな。

俺も湯飲みを口へと運んだ。あ、これ紅茶か。いい香りだな。

「さて、それではそろそろ本題に入らせていただこう」

居住まいを正すヤスナガさん。ツキカゲが誘ってきた時から薄々とは感じてたが、やっぱり用件があったのか。

「フィスト殿。【伊賀忍軍】に参加する気はありませぬかな？」

うん、意外だった。まさか勧誘だったとは。

「え、っと……どういうことでしょう？」

「既にお聞き及びでしょうが、某らはこの仮想世界で忍の道を究めるために活動しております。実は某らのギルドは参加者全員が、祖先に忍を持っていたり、忍の研究をしていたり、観光協会や市の職員であったり等々、何かしら伊賀に縁のある者達でしてな」

リアルでも忍一色ってことか……なんつー濃い集団だ……。

「ゲームとはいえ、その中で忍として活動する……ロールプレイというのですか、それをやっておるわけです。スキルを使えばその再現もかなりできる。それどころか物語の中の忍者すら再現できましょう。忍の技を代々受け継いできた者達も、それを存分に振るうことができると、結構楽しんでおりますよ」

後半、何か物騒な言葉が聞こえたが、気にしないことにしよう……。

「しかしまだ、数は少ない。第二陣にて合流する同志もおりますが、身内だけで完結するのもつまらぬ話でしてな。有望な者を見つけたら勧誘してみるようにと、皆には申し伝えておったのです。そんなところに、ツキカゲから報告がありましてな」

反射的にツキカゲの方を見る。当の本人は俺の斜め後ろで素知らぬ顔をしていた。

「既にフィスト殿は【気配察知】も【隠行】も修得している様子。それに武器の投擲と短剣による攻撃もこなしていた、と。そのスキル構成だけでも、某らに通じるものがある。ならば興味を持ってくれるのではないか、そう思い、招待した次第です」

なるほど。そう言われれば似通った部分はある。忍者ってことを考えたら、恐らく【調薬】や【暗視】なんかも押さえてるんだろうな。

「そして、本音を申せば……戦力を増強したいという狙いもありましてな」

「戦力、ですか?」

「はい。某らと同様に、この世界で忍の道を究めんとする集団がおるのです。その名を【甲賀忍軍】」

「何やってんだ忍者共っ!?」

思わず叫んでしまった俺に罪はないはずだ。つか伊賀と甲賀がライバルって創作上の話じゃないのかよっ!? 忍同士で殺し合いかっ!? どこの甲賀忍○帖だっ!?

「いやいや、誤解をしないでいただきたい。あくまで、忍としての技を競い合うというだけです。まぁ……たまには、やりすぎることもある、でしょうが……。不幸な事故というのはいつでも起こりますからな」

しれっと言い放つヤスナガさん。本気なのか冗談なのか判断に苦しむな。

まぁ、話は分かった。現在のスキル構成から忍者へ移行しやすいプレイヤーをメインに勧誘してるってことだ。確かにさっきの森での戦闘じゃ、格闘家らしからぬ戦い方をしてるし、それが見事に忍者スタイルに合致していた。ツキカゲが誤解するのも分かる。

が、残念ながら俺は忍者じゃないし、そのスタイルにする気もない。

「せっかくの申し出ですが、お断りさせていただきます」

はっきりと俺は告げた。ツキカゲが息を呑むのが分かった。ヤスナガさんには目立つ反応はない。

「理由を伺ってもよろしいかな?」

「あなた方がこの世界で忍の道を追究するために活動しているように、俺もこの世界で追い求めているものがあります」

俺がこのゲームを始めた理由。それはこの世界にあり、リアルにはない未知の食材を味わうことだ。俺の腕を買ってくれたことは嬉しいが、目指す方向が違う以上は首を縦に振るわけにはいかない。

「ふむ……フィスト殿はフィスト殿の信念に従って、

この世界を生きているのですな」

何か大袈裟に解釈したみたいだが、納得してくれたならいいか。

「分かりました、この話はここまでとしておきましょう。しかし、気が変わったらいつでも声をお掛けください。【伊賀忍軍】はあなたを歓迎いたしますぞ。そしてそれが叶わずとも、【甲賀忍軍】にだけは参加せずにいていただけるとありがたい」

強引な勧誘はしないが完全に諦めたわけではないようだ。期待に添えないのは申し訳ないが、これぼかりは仕方ない。まぁ【甲賀忍軍】に入ることもまずない。どっちかに入れ、と言うなら先に縁のできた伊賀の方だろう。

「さて、ツキカゲ、フィスト殿を案内してさしあげろ」

「了解で御座る。さ、フィスト殿。これから忍者屋敷ツアーの開始で御座るよ」

ヤスナガさんの指示に応え、ツキカゲが立ち上がりながら言った。おいおい……。

「あんまり内部情報を漏らすのもどうかと思うが、いいのか？　興味はあるが、あんまり部外者に公開していい情報でもないだろうに」

忍者屋敷内の仕掛けの位置や種類なんて機密扱いじゃないんだろうか？

しかしツキカゲは両腕を広げてＨＡＨＡＨＡと笑った。発音といいオーバーアクションといい、どうもこいつは日本人らしからぬ雰囲気を放つ時があるな……。

「心配は無用。あくまで見せても問題ない部分だけで御座る」

「ならいいんだけどな。それじゃ頼む」

ヤスナガさんに会釈し、立ち上がる。


その日は屋敷だけじゃなく、鍛練の光景とか、鍛冶場で作っている物とか色々と面白いものを見せてもらった。

忍具や薬も一部は売ってくれるとのことだったので、手裏剣と苦無、撒菱を購入。逆に手持ちの薬草を譲ってやったり。

ツキカゲとは互いにフレンド登録をした。ギルドには入らないが、このギルドとの付き合いは長くなりそうだ。

第二八話　病気用ポーション

ログイン四一回目。

久しぶりに俺は『コアントロー薬剤店』を訪れた。

「いらっしゃいませ。あら、フィストさん！」

ローラさんが笑顔で出迎えてくれた。おや、今日はジャン君いないな。遊びに行ってるんだろうか。

「お久しぶりです。その節はありがとうございました。今日はどんなご用件ですか？」

「ちょっと薬を見に来たんです。あと、薬草の調達ですね」

「そうでしたか。どうぞご覧になっていってください」

単に薬を求めてくる人には接客するんだろうけど、俺が【調薬】スキルを持っていることを知っているので、ローラさんも細かいことは言ってこない。俺は俺で勝手に見せてもらうことにした。

まずはポーションの棚に目をやる。ヒーリングポーションの品揃えは十分だ。少し前までポーションが枯渇してたのが嘘みたいだな。

「完全に流通は戻ったんですね」

「ええ、おかげさまで。【シルバーブレード】の皆さんとフィストさんには大変お世話になりました」

こうして自分の行動が目に見える結果になるっていうのは何だか嬉しいな。面と向かって言われると恥ずかしいけど。

それよりも、とポーションを確認する。ヒーリングポーション、ヒーリングポーション……毒消しポーション各種……やっぱりないな。

「ローラさん、病気用のポーションってありますか？」

俺が今日、ここに来たのはその確認のためだ。

大書庫で見つけたレシピの中には病気用ポーションのものがあった。ただ、それがどれだけ流通してるか分からなかったので、顔見知りのこの店に足を運んだのだ。

「病気用ですか……うちの店では取り扱っていませ

んね。調薬師ギルドの方に問い合わせてみましょうか？」

流通が皆無、ってわけじゃないんだな。でも、どうしてなんだろうか。

「店に置いておけない理由があるんですか？」

「病気用ポーションは高い上に需要が少ないんですよ」

その答えは店の奥から出てきた男から返ってきた。店主のコーネルさんだ。

「いらっしゃいフィストさん。どうですか、狩りの調子は？」

「こんにちは。今のところは順調です。で、高いっていうのは？」

ヒーリングポーションは割と安い価格で販売されている。毒消しポーションも割高ではあるが、それほど高価というわけではない。何が問題なんだろう？

「ポーションに求められるのは即効性ですからね。その効果を得ようと思うと、フィストさんもご存じのように手間も材料も掛かり、その結果高価になるわけです」

うん、それは分かるけども。例えば傷癒草だって、そのまま使っても傷薬になるしな。ヒーリングポーションの値段は、その即効性による部分も大きい。

「それに、病気は普通の投薬治療をするのが一般的ですので。怪我にしたって少々のものならポーションなんて使いません。傷薬だってありますし、そのために医者だっているのですから。過剰な回復促進は身体に悪影響を与えることもありますしね。ですから、病気用のポーションは敬遠されるんです」

つまりこの世界では、自然治癒、通常薬の投薬による治療、魔法やポーションによる治療といった感じで優先順位的な意識が働いてるんだろうな。結局、病気用ポーションが高いのも、即効性によるものに加えて、需要がそう多くないって部分も絡むんだろう。より安く、より身体に負担を掛けないで治療する方法があるなら尚更だ。

てか、ポーションの使いすぎって身体に悪いのか？今のところそういう話は聞かないんだが、何かあるんだろうかね。

　それはともかく。

「てことは、そう悠長に構えていられない病気用のポーションなんかは需要があるんですよね？」

「そうですね。強い病気には強い薬が必要になりますから」

　結局、ヒーリングポーションや解毒ポーションの需要が高いのって、その場で治療しなければ危険だから、だもんな。怪我を負ったらその場で治す。でなきゃ死んでしまうわけだし。毒を受けたらその場で治す。

「うーん……需要がないなら作っても意味がないのかな」

　ほとんど死蔵になりそうだな……いや、一部需要があるであろう物もあるんだが……。

「病気用ポーションを作れるようになったのですか。どんな病気のものを？」

「性病用ですね。他にも色々作ってみるつもりではあるんですが――」

　ＧＡＯで女遊びをしたせいで【性病】のバッドステータスをもらったプレイヤーが結構いるようなのだ。久々に蜂蜜街スレを覗いてみたが、治療方法は今のところ継続的な通常薬の投与しかないらしい。金額的にはたいしたことないみたいだが、完治まで時間がかかるのが難点なんだとか。そんな中で一発完治のポーションは売れると思うんだが、店頭に並んでないと、いくらで売ればいいのかも分からない。

　と、そこで気付いた。コーネルさんの生温かい視線に。

「そういうことでしたか……いや、大変でしたね……」

「え、あの……違いますよ？　俺が罹患したとかそういう話じゃないですよ？」

「ええ、分かります。最近、異邦人の方が同じような用件でやって来ることがあったので」

　そりゃあプレイヤーも、医者に診てもらうのすら抵抗があるだろうからな。薬だけで治るならそっちを求めるだろう。って、だから違います、俺は綺麗なままですって。

「まぁ、男性ですから仕方ないですよね。でも利用するなら、信用ある娼館を利用するのがいいですよ」

って理解あるようで酷いこと言わないでください
ローラさんっ!? 俺が女を買ってること前提で進めないでくださいよっ!?

「だからっ！ 俺、そういう経験、ないですからっ！」

あれ、何か一瞬、二人が固まったような……。

「まぁ……無理に捨てるものでもないですし……そのうちいいことありますよ、ええ」

「い、いい人に巡り合えるといいですね」

うわ、また失敗した……経験がないのはGAOでの話で、リアルでは卒業してるってのっ！

「とにかくっ！ 真面目な話です。性病関連のポーションって需要があると思います?」

「ふむ……それなりに需要はできると思います。さっきの異邦人の話ですが、性病の薬自体にはあまり興味を示しませんでした。あくまで即効性のあるポーションを求めていましたので」

とはいえ、プレイヤーだけにしか需要がないってのも、なぁ……病気持ちが何人いるかは分からんけど。

元々、自分用の薬を確保するために取った【調薬】だし、これで大儲けを狙う気もないんだが。ん、待てよ。

「娼婦達には売れると思います?」

そうだ。病気をもらった被害者の男達だけじゃなく、その感染源となる女達への需要はどうだろうか？ 病気が発覚した時点で、まともな店舗なら客を取らせないようにして治療に専念させるだろう。当然、その間は儲けが減るわけだ。それがポーションですぐに治るのならどうだろう。

「なるほど……娼婦にしてみれば収益に繋がる部分でもありますし、そちらも期待できそうですね。中にはポーションを使ってでも早く治したい、という者はいると思います」

これなら、いけるかな?

「もし手応えがあったら、コーネルさんの所で作ってもらうのもいいですね」

俺は薬売りが本業じゃないし、薬は薬屋で扱うのがいいだろう。そう思ったのだが、俺の言葉にコーネルさんは目を見開いた。

「フィストさん、貴重なポーションの製法は無闇に公開しない方がいいですよ」

　そして、そんなことを言ってくる。え？　いや、このレシピ、大書庫にあったんですが？　まさか、この世界でもメジャーなポーションじゃないってことか？

「もしかして、性病用のポーションのレシピって伝わってないんですか？　てっきり需要がないという思い込みで扱ってないのかと」

「私の知る限りでは、アインファストでは扱っている店はありません。ギルドの方でも把握できているものはありませんでしたよ」

　調薬師ギルドでは、加盟している調薬師がどんな薬やポーションを作れるのかを把握しているらしい。いざという時に円滑に薬を調達するためだ。

　でも意外だったな。大書庫で入手できるようなレシピが、まさかこの世界で普及していないとは。それとも、過去にはあったが廃れたんだろうか。元々はこの世界の本から仕入れたレシピだし、それをこの世界に還元するのは悪いことじゃないと思うんだが。

「でも俺、薬売りは本業じゃないですし。それにコーネルさんには虫除けとか色々な薬剤のレシピを教えてもらってますから」

「それはどこの薬屋でも売っているような物の製法ですから。でも今回のは、店の秘伝となり得るものです。そうおいそれと教えてもらうのは抵抗がありますね」

　この世界の調薬師は、調薬師に師事し、製法をそのまま受け継いでいく。だから店によって取り扱う薬にも差が出てくる。その店でしか買えない薬というのは調薬師にとって大きなアドバンテージなのだそうだ。

　こういうことを正直に教えてくれる辺り、コーネルさんは誠実な人だなぁ。

　でも流通に乗るかどうかは別として、それくらいの勢いになると、俺がずっと取り扱うことはできない。他に調薬師に縁がないというのもないわけじゃないが、コーネルさんになら安心して託せるという方が大きいのだ。

　まぁ、その辺は後の話だ。今は優先すべきことに取り掛かろう。

　必要な話を聞き、必要ないくらかの薬草を調達し、そのまま近場の宿に駆け込んで部屋を取って調薬を開始した。種類関係なく手当たり次第に調薬をした結果。

「うーん、一気に作りすぎたか……」

　普段使うヒーリングポーションはともかく、他の薬が一気にストレージを圧迫するようになってしまった……まぁこれは、箱詰めにでもしてしまえば解決するからいいとして。

「とりあえず、売れそうなのはこれ、かな」

　ラットフィーバーといわれる、フォレストラットという大型ネズミに噛まれたり引っかかれたりすることで感染する熱病用のポーション。これはアインファストやツヴァンド周辺でも罹りうる病気で、しかも潜伏期間がなく症状がすぐに出るタイプだ。普通の薬でも治るが、完治には数日の時間と複数回の投薬が必要になるから、即効性を求めるプレイヤーはいるだろう。

　次は解毒ポーション。カエル毒用だが、湿地帯の人気は低いらしいので需要はあまりないだろうな。毒蛇系は遭遇してないから、そもそも材料である毒が手に入っていないし。

　生活関連に役立つ薬もいくつか作ってみた。虫除けの軟膏と消臭剤。どちらも生活というか狩りに役立ちそうな感じの薬剤だ。蚊取線香みたいなのも今度作ってみようかな。

　それからポーションじゃない傷薬も作ってみた。ポーションの過剰摂取による障害については、今から用心しておくに越したことはないだろう。何がどう積み重なっていつ牙を剝くか分からないのがＧＡＯだ。

　で、とりあえずはこんなところなんだが……さて、問題は性病用ポーションだ。状況は売れると言っているが、本当に欲しがる奴がいるだろうか。それに初めて作ったので、効果の程も疑問だしな。一応、品質は問題ないはずなんだが……自信がない。

「ちょっと種を蒔いてみるか」

　俺は掲示板を立ち上げて、蜂蜜街スレに書き込んだ。

モルモット募集。性病用ポーションを何種類か作ってみた。いくらで権利を買う？

反応はすぐに来た。


ログイン四二回目。

アインファストの蜂蜜街に、俺は初めて足を踏み入れた。

活気はある。それは間違いない。が、どことなく退廃的な雰囲気があるのは色街の常だろうか。時間は夜。リアルと違ってネオンサインはないが、魔法の明かりが街を照らしている。

道を行くのは男が多い。女の姿も見えるが行き交う者はおらず、路地の入口に佇(たたず)んで物色するような視線を放っている。恐らく街娼だろう。

いくつかの店の前には呼び込みの男がいて、欲望溢れる男共の関心を引こうと声を上げている。

そんな街の中を俺は歩く。マントに付いたフードを目深に被り、目線だけで目的の店を探す。

程なくその店は見つかった。そこは娼館ではなく、普通の酒場だ。

ドアをくぐると典型的なこの世界の酒場だった。いや、雰囲気だけで言うなら少々危なげなものが漂っている。普通の酒場と比べて人相が悪いのが多い。今もこちらを値踏みするように無遠慮な視線が向けられている。

俺は真っ直ぐに、店の一番奥の席に向かった。席には三人の男が座っている。その近くまで寄って、何も言わずに立ったままで反応を待つ。

「俺達に何か用か？」

男の一人が、そう問うた。それに俺は応える。

「ひょっとして、同郷じゃないか？」

「どこから来た？」

「富山から」

男達が息を呑んだ。

「どうやらそのようだ。座ってくれ」

男の一人に促され、俺は空いている席へ座った。

ここにいる三人は、蜂蜜街スレの住人だ。俺の書き込みからプチ祭りになり、我も我もと意外なほどの反響を見せた結果、真偽を確かめるために選ばれたプレイヤーである。薬の効果は確約できないというのに、それでもモルモット権を勝ち取った紳士達だ。

ちなみにさっきのやり取りは、こうして合流するために設定した符丁だ。

注文を取りに来た、少し化粧の濃い女にウイスキーを注文し、それが来るまでに話を詰める。

「スレでも事前に言ってあるが、効果は確約できない。それを確かめるための募集だったということを今一度、心に留めておいてくれ」

「ああ、それは承知している」

「で、俺が持っているポーションも、どんな病気にも効くってわけじゃないと思う。だから、こちらから指定したのに罹ってる人選を頼んでたが、それも間違いないな？」

頷く三人。

注文した酒が来たので会話を一度中断。それで口を湿らせて、最後にもう一度だけ確認する。

「覚悟はいいか？」

逡巡する者はいなかった。俺は腰のポーチからポーションを三本取り出す。病名についてはラベルを付けておいた。

恐る恐る、男達がポーションを手に取る。端から見たら怪しい薬を売り付けているように見えるかもしれないが、一番奥の席なので多分大丈夫だろう。

栓を開け、男達は一気にそれを飲み干した。そして一様に苦い顔になる。うん、味の保証はできないんだ、すまない。

しかしそんなことはどうでもいいのか、男達はウィンドウを開いた。ステータスの確認だ。

一斉に男達が目を見開く。呆然（ぼうぜん）とステータスを見つめることしばし。

「よっしゃあぁぁっ！」

「治ったーっ！」

「ああっ！　健康って素晴らしいっ！」

三人が歓喜の声を上げた。何事かとこちらに視線が集まったが、三人のプレイヤーはそんなことを気にする様子はない。早速掲示板を立ち上げて報告をしているようだった。

こっちはこっちで、ちゃんとポーションの効果が出たので安心した。が、これは念を押しておかねばならない。

「以前にも言ったが、安定しての供給の見通しは立っていない。これについては後日またスレに書き込むから、過度な期待はしないでくれ。俺も専業で調薬をしてるわけじゃないんでな。それに、安定供給ができたとして、値段に文句はつけないこと。一応は適正価格になるようにはしてみるが」

「ああ、分かった。希望の光が差し込んだ、それだけでも俺達には十分だ」

「ありがとう、本当にありがとう。あんたのお陰だ！」

「まさに蜂蜜街スレの救世主……いや、救性主だ！」

ん、何だろう、最後のだけ微妙に何かが違った気がするが……何故言い直したんだ？

「それじゃあこれが報酬だ、受け取ってくれ」

三人がそれぞれテーブルに通貨を置く。今回のに関しては、オークション方式を採ったので、結構な額になった。それだけ値が上がったということだ。紳士達のエロに懸ける情熱は凄まじいな。あ、それで思い出した。

「もし知ってたら教えてくれ。以前、スレで病気もらったって一番に告白した奴いたろ。あいつ結局どうなったんだ？　転生したのか？」

あれ以降、じっくりスレをチェックしてなかったので、その結果を知らなかったのだ。ちょっとだけ気になっていたので聞いてみた。

「あー……普通の投薬で治したよ。治るまでが辛かったけどな」

「ってお前かよっ⁉」

まさかの本人とは。しかも治した後でまた罹ってるとか……どんだけだ⁉

他の二人も知らなかったのか驚いている。お前が勇者だったのか、とか呟いていた。

「さて、それじゃ俺は行くぜ」

「俺もだ。今日という日をどれだけ待ったか」

「そうだな。ありがとう救性主、これで日常に戻れるぜ」

三人が席を立った。妙に意気込んでいるが、これからどうするつもりだろうか。

「どこ行くんだ？」

「「「娼館に決まってるっ！」」」

「懲りないなお前らっ!?　この、紳士共めっ！」

「「「ありがとうございますっ！」」」

「褒めてねぇよっ！」

意気揚々と、男達は出て行った。喜んでくれたのはいいんだが……いや、いいならいいか。

代金を回収し、酒の残りを飲んで席を立つ。ここで飲み続ける理由もないしな。

さて、せっかく蜂蜜街まで来たんだ、以前聞いた、蜂蜜を売ってるっていう店に行ってみるか。

「ん？」

店を出ようとしたところで、入口の張り紙に気付いた。そこにある一文に目が留まる。

「アインファスト闘技祭開催……優勝賞金五〇万ペディア」

開催は、って……リアル換算で二日後？　受付は明日までか。

公式ＨＰをチェックしてみる。闘技祭に関する情報はない。隠しイベントか何か、なんだろうか。

ふむ、どうするか……。

ゲート・オブ・アミティイリシア・オンライン／完

あとがき

初めまして、翠玉鼬と申します。

まずは『小説家になろう』で拙作を読んでくださっている読者の皆様にお礼を申し上げます。元々、趣味で書いていた拙作がこうなろうとは、夢にも思っていませんでした。題材のVRMMOもの自体、有名どころが既にありましたし、自分だったらこの題材でどう書くだろうか、から始まったものでしたので。こうして書籍化の運びになったのも、今まで読んでくださった読者の皆様がいてこそです。

拙作の主人公であるフィストですが、今のところ際立つ物は持っておりません。現時点ではステータス的にも普通のプレイヤーですから、大活躍する爽快感というものに欠けております。そんな彼が主人公らしく、色々な縁を持ったり特殊な何かを得たり、人目に付く活躍をしたりというのは今後のお話となります。何故かメインヒロインと思われている（?）翠のあの娘も次までお預け——おや、そういえば前のページに何か——（チラッ

最後になりましたが、拙作に声を掛けてくださり、このような機会を与えてくださった担当編集のOさん、素敵なイラストの数々を用意してくださった又市マタロー様、出版の件で相談に乗っていただき、理解を示してくださった職場の方々、ありがとうございます。

そして今回、この本を手に取ってくださった皆様、ありがとうございます。

また皆様にお会いできることを願って。

平成二十八年七月　翠玉鼬

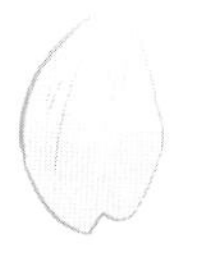

ゲート・オブ・アミティリシア・オンライン

発行日　2016年7月24日 初版発行

著者 翠玉鼬　イラスト 又市マタロー

発行人　保坂嘉弘

発行所　株式会社マッグガーデン
〒102-8019 東京都千代田区五番町6-2
ホーマットホライゾンビル5F
編集 TEL：03-3515-3872　FAX：03-3262-5557
営業 TEL：03-3515-3871　FAX：03-3262-3436

印刷所　株式会社廣済堂

装　幀　矢部政人

本書は、「小説家になろう」（http://syosetu.com/）作品に、加筆と修正を入れて書籍化したものです。

ISBN978-4-8000-0590-8 C0093